KB036137

태양과 달을 얻은
사르센바이

태양과 달을 얻은 사르센바이

*

가장 빛나는, 때론 슬픈 사랑 이야기

신동흔 지음

설화, 서사와 스토리텔링의 원형

설화는 먼 옛날부터 전해온 신화와 전설, 민담 등을 아울러서 일컫는 말입니다. 옛이야기라고도 하지요. 설화는 자유롭고 즐거우면서도 담긴 뜻이 깊은 이야기입니다. 그 속에는 기쁨, 슬픔, 사랑, 미움, 두려움, 욕망 같은 자연적 감정은 물론이고 현실을 타개하려는 의지와 미지의 세계에 대한 동경, 신비롭고 환상적인 체험 등 다채로운 서사가 담겨 있습니다.

　설화는 모든 문학적 이야기의 원형입니다. 오늘날 다양한 매체를 통해 수많은 이야기가 다양하게 펼쳐지는데, 뿌리를 찾아 올라가면 신화나 전설, 민담 등과 만나게 됩니다. 소재나 줄거리 같은 외적 측면보다 화소(motif)와 구조, 세계관 같은 내적 요소가 더 중요합니다. 요즘 유행하는 판타지 스토리텔링만 하더라도 그 화소와 서사 구조가 설화와 닿아 있는 것들이 많습니다.

　설화는 폭이 매우 넓습니다. 무척 현실적인 이야기도 있고, 초월적이며 환상적인 이야기도 있습니다. 사람들의 모든 경험과 상상력이 그 속에 녹아들어 있지요. 그것은 세월의 간극을 넘어서 오늘날의 우리에게도 재미와 감동, 깨우침을 전해줍니다. 웹툰과 웹소설, 드라마와 영화, 애니메이션 등 현대 스토리텔링에서 설화적 요소가 갈수록 확대되는 것은 우연이 아닙니다. 수천 년간 살아서 이어져 온 설화는 앞으로도 오래도록 재미있고 가치 있는 이야기로 우리와 함께할 것입니다.

설화, 청소년을 위한 인생의 나침반

'세계설화를 읽다' 시리즈는 세계 곳곳의 보석 같은 설화를 찾아내고 잘 갈무리해서 양질의 독서물을 제공하고, 나아가 이야기 문화를 되살리려는 의도에서 기획되었습니다. 설화는 오래된 이야기이지만 낡은 이야기가 아닙니다. 설화는 파격적이고 역동적이며 진취적입니다. 그래서 신세대 청소년들과 딱 어울리지요. 넓혀서 말하면, 젊은 사고와 행동력을 가진 모든 사람들과 어울립니다.

　오랜 세월 동안 입에서 입으로 이어져 온 설화는 '인생 교과서'라 할 만합니다. 자신을 돌아보게 하는 이야기, 인간관계를 새롭게 하는 이야기, 시련을 극복하고 거듭나는 이야기, 참다운 용기를 불어넣는 이야기, 불의한 세상과 맞서 정의를 구현하는 이야기……. 그 내용을 따라가다 보면 재미와 감동, 그리고 교훈이 저절로 몸에 스며듭니다. 그리고 상상력과 창의성, 논리적 판단력과 문제 해결 능력이 쑥쑥 자라납니다.

　설화는 인생의 나침반인 동시에 마음을 위한 최고의 양식입니다. 그림 형제는 옛이야기를 두고 인류의 삶을 촉촉이 적시는 영원한 샘물과 같다고 했고, '영원히 타당한 형식'이라고도 했지요. 조금도 과장이 아닙니다. 책에 실린 여러 이야기를 만나다 보면 다들 고개를 끄덕일 것입니다. 설화는 아이들만의 것이 아니라 우리 모두의 것이라는 사실을 잊지 마세요.

설화, 이야기판을 되살리는 힘

설화는 생생한 구술 언어로 만날 때 참맛을 느낄 수 있습니다. 하지만 구술성을 오롯이 살려낸 대중용 이야기책은 많지 않습니다. 청소년과 일반인을 위한 세계 설화 모음집은 좀체 찾아볼 수 없어요. 설화가 사람들로부터 소외된 상황인데, 그보다는 사람들이 설화로부터 소외됐다고 말하고 싶습니다.

　이 책에서는 세계 설화의 정수를 한데 모아서 젊고 역동적인 스토리텔링의 향연을 펼치고자 했습니다. 국내외 각종 설화 자료집을 미번역 자료까지 두루 살피면서 최고의 이야기를 정성껏 가려 뽑은 뒤, 이를 12명의 개성 넘치는 스토리텔러 목소리로 생생하게 살려냈습니다. 세대 공감 스토리텔링의 텍스트적 구현입니다. 그 중심에 Z세대 청소년을 두었습니다.

　12명의 스토리텔러는 이야기 화자인 동시에 청중이며, 각 이야기가 끝난 뒤 소감을 나누는 해설자 구실도 합니다. 이야기의 재미와 가치를 되새기는 특별한 자리입니다. 그 이야기 향연은 독자들이 표현의 주체가 될 때 비로소 완성됩니다. 'Storytelling Time' 부분에 제시한 여러 스토리텔링 활동이 그것입니다. 이는 상상력과 창의성, 논리력, 표현력을 키우는 최고의 활동이 될 것입니다.

'세계설화를 읽다' 시리즈가 'K-스토리텔링'의 새로운 시발점이 되기를 기대합니다. 이 책의 이야기들은 열매인 동시에 씨앗입니다. 그 씨앗이 여기저기서 차락차락 싹을 틔워 수많은 푸른 숲을 이루어내기를 꿈꿉니다. 그럼으로써 우리 사는 세상이 더 맑아지고 풍성해지고 아름다워지기를 소망합니다.

나의 서사적 여정에 변함없이 따뜻한 동반자가 되어주고 있는 가족과 제자와 동료들, 그리고 세상의 모든 설화 화자와 수집자, 편집자, 번역자들께 감사드립니다. 옛이야기를 좋아하는 모든 독자님들, 마음껏 즐겨주세요. 그리고 스토리텔러가 되어주세요.

신동흔

이야기꾼 프로필

연이 (여/14세/옛이야기를 사랑하는 중학생)

똑똑하고 부지런하며 맡은 일을 야무지게 잘 해내는 모범생.
다정하고 활달하며 주변 사람을 두루 잘 챙길 뿐 아니라
늘 긍정적이고 밝고 씩씩하다. 이름 때문에
<연이와 버들도령> 속 연이의 환생이라는 말을 듣는다.
작가를 꿈꾸는 문학소녀로 모든 종류의 이야기를 좋아하며,
설화에 담긴 뜻을 풀이하는 일에도 관심이 많다.

퉁이 (남/16세/운동과 게임과 이야기를 좋아하는 고등학생)

낯설고 신기한 것에 관심이 많은 행동파.
시골 출신의 전학생으로, 투박하고 무뚝뚝해 보이지만
의외로 세심하며 동생들을 잘 챙긴다.
책이나 문학에 관심이 없었으나 옛이야기의 매력에
빠져들어 설화 마니아가 되었다.
<내 복에 사는 나, 감은장아기> 속의 '막내마퉁이'가
마음에 들어서 퉁이를 부캐로 삼았다.
영웅담과 모험담을 특히 좋아한다.

엄지 (?/11세/비밀이 많은 Z세대 이야기꾼)

나이에 비해 체구가 작은 편이며, '엄지'를 부캐로 삼았다.
엄지동자인지 엄지공주인지는 비밀이다.
다른 이야기꾼들도 엄지가 여자인지 남자인지 알지 못한다.
자타 공인 어린 철학자로 생각이 깊으며,
누구에게도 꿀리지 않는 당당한 성격이다.
언젠가 걸어서 전 세계를 여행하겠다는 계획을 가지고 있다.

이반 (남/24세/사회 진출을 준비 중인 대학생)

일찌감치 군대를 다녀온 복학생. 딴생각하다 엉뚱한 실수를

할 때가 많아서 친구들에게 바보 취급당하기 일쑤다.

설화의 매력에 빠져 스토리텔링의 세계에 발을 들였으며,

그와 관련된 특별한 진로를 탐색 중이다.

얼간이로 취급되다 남다른 활약으로 세상을 놀라게 하는

반전의 주인공 '이반'이 마음에 들어서 부캐로 삼았다.

세라 (여/30세/지성과 미모를 갖춘 엘리트 직장인)

자유롭고 독립적인 삶을 추구한다.

다양한 취미를 즐기다가 옛이야기에 반해서

스토리텔링을 영순위 취미로 삼게 됐다.

전설적인 이야기꾼 세에라자드의 화신을 자처하고 있다.

소수자와 약자의 삶에 관심이 많으며,

정의 구현이 이루어지는 이야기를 선호한다.

설화를 논리적이고 창의적으로 해석하는 데에도 관심이 많다.

달이 (해맑고 귀여운 총달새 소녀)

동화 속에서 날아 나와 사람들과 더불어 사는 존재다.

세상을 자유롭게 날아다니며 보고 들은 이야기들을 들려준다.

초등학교 1학년 여자아이 정도의 지적 수준과 감성을 지니고 있다.

구김 없이 귀여운 여동생 스타일이다.

새나 동물이 등장하는 짧고 재미있는 이야기를 주로 한다.

동이 (못 말리는 꾸러기 당나귀 이야기꾼)

달이와 마찬가지로 동화 속에서 튀어나온 존재로,

슈렉 친구인 동키의 사촌 형뻘 된다.

말투나 행동은 영락없이 아저씨다.

남녀노소 모두와 격의 없이 어울리는 장점을 가지고 있다.

재미있는 우화나 소화를 재기발랄하게 이야기한다.

뀨 아재 (남/40세/늘 행복한 귀염둥이 삼촌)

젊은 생각과 감각, 라이프 스타일을 갖춘 신세대 아저씨.

얼리어답터로서 드론과 AI를 전문가 수준으로 다룬다.

미래 트렌드의 중심에 설화가 있다는 믿음 속에

옛이야기를 한껏 즐기고 있다.

확고한 인생철학과 이야기관을 지니고 있으며,

이야기를 재미있게 잘해서 인기가 많다.

로테 이모 (여/48세/아이들을 키우며 옛이야기에 관심을 갖게 된 주부)

자녀 교육에 관심이 많은 전형적인 40대 여성.

설화 구연에 탁월한 능력을 갖추고 있다.

독일과 스페인, 튀르키예 등에서 오래 지내며

많은 이야기를 접했기에 주로 유럽 지역의 민담을 이야기한다.

'로테'라는 이름은 독일의 유명한 이야기 아주머니인

'도로테아 피만'에서 따왔다.

뭉이쌤 (남/57세/30년 넘게 구전설화를 수집하고 연구해 온 옛이야기 박사)

깡촌에서 도깨비불을 보며 자랐다. 신화와 전설, 민담에
넓은 식견과 관심을 가지고 있다. 이야기판에서
인도자 구실을 하는 가운데 설화의 의미 해석을 주도한다.
'뭉이'는 여의주를 여러 개 물고 있는 이무기에서 따온 부캐다.
옛이야기라는 하나의 여의주에 집중해서
승천을 이뤄낸다는 계획을 가지고 있다.

노고할망 (여/??/살아 있는 신화로 통하는 여신)

고조선 이전부터 살아온, 세상 모든 할머니를
대변하는 이야기꾼. 젊은 할머니 같은 외모인데,
더 늙지는 않을 것 같은 느낌이다.
세상사 깊은 이치를 담고 있는 신화들을 주로 이야기한다.
옆에서 가만히 미소를 짓는 것만으로도 안정감을 전해주는,
모두의 큰어머니 같은 존재다.

약손할배 (남/83세/편안하고 푸근한 옆집 할아버지)

어려서부터 옛이야기를 즐겨 듣고 말하며 살아온 정통 이야기꾼.
독서가 취미로, 어른들에게 들은 한국 설화 외에
책으로 접한 다른 나라 이야기들도 많이 알고 있다.
생각이 유연하고 개방적이어서 젊은이들을 잘 이해하고 포용한다.
먼저 나서서 말하기보다 다른 사람들의 이야기를
경청하는 스타일이다.

차례

머리말

이야기꾼 프로필

✳

집중 탐구! 이야기의 비밀 코드
설화의 다양한 종류와 특성

신화와 전설, 민담 | 전설의 포인트, 증거물 | 민담의 세 유형 | 민담과 3의 법칙

이 책의 주제는 '사랑'입니다.

진정한 사랑이란 무엇인지를,

사랑은 어떤 힘을 가지고 있는지를 잘 보여주는

세계 여러 나라의 특별한 설화들을 한데 모았습니다.

찬연하게 피어오르는 사랑의 빛에 대한 이야기와 함께,

크나큰 슬픔으로 이어지는 사랑의 그림자에 대한

이야기도 담았습니다. 우리는 왜 사랑을 해야 하는지,

사랑은 누구와 어떻게 해야 하는지,

사랑에 대한 원형적 서사와 만날 수 있습니다.

사랑은 선택인 동시에 '도전'이라는 것을,

나아가 인간의 본래적 존재 방식이라는 것을

실감하게 될 것입니다.

stage 01

이것이
사랑이다

세라

다들 오랜만이에요! 엄지와 연이와 퉁이, 잘 지냈지? 이번 이야기판은 내가

문을 열어볼게. 주제는 사랑이야. 내가 한국에 소개된 적 없는 특별한 이야기

를 하나 준비했어. 영어로 출판된 오래된 설화집에서 찾은 이야기인데 마음

에 들 거야.

작은 암말과 소년

*

덴마크 민담

옛날에 아주아주 잘생긴 외동아들을 둔 왕이 있었어. 왕자는 상 냥하고 훌륭한 젊은이였는데, 좀 거만했대. 지위, 용모, 재능을 다 가지다 보니 자부심이 지나쳤던 거야. 늘 멋지고 우아한 것만 찾는 건 그렇다 쳐도, 흉한 걸 너무나 싫어해서 참지를 못해. 불 쾌한 걸 보면 병이 날 지경이라니 좀 심했지? 그러다 보니 보기 싫다는 이유로 왕궁에서 쫓겨난 사람이 한둘이 아니었대.

어느 날, 왕자는 사냥을 나갔다가 길가에서 캠핑을 하게 됐어. 친구들하고 멋진 아침 식사를 하는 중이야. 그때 흉측하게 생긴 노 인이 말을 타고 다가온 거야. 곱사등이, 애꾸눈에 목이 잔뜩 굽은 노인인데 옷이 누더기지 뭐니. 타고 있는 암말은 더 끔찍해. 작고 뚱뚱한 몸을 짤막한 다리로 지탱하고 있는데, 온몸이 곰팡이 색깔 이야. 다리 길이가 제각각이어서 발걸음을 내디딜 때마다 절뚝절 뚝. 눈곱 가득한 두 눈 앞으로 너저분한 머리카락이 출렁출렁.

"으윽! 저 흉측한 것 좀 치워. 역겨워서 참을 수가 없잖아!"

왕자가 소리치니까 부하가 급히 달려가서 노인과 암말을 쫓아 버렸어. 그들이 멀리 사라졌는데도 왕자는 찌푸린 눈살을 못 펴는 거야. 먹던 음식까지 그냥 다 밀쳐버렸대.

근데 그 노인이 엄청난 마법사였던 거야. 나쁜 마법을 부리는 흑마법사. 어느 날, 왕자가 혼자 길을 가는데 갑자기 그 노인이 턱 나타나서 앞을 가로막지 뭐니. 번득이는 눈을 왕자 얼굴에 들이대고선 냄새나는 입으로 험한 말을 마구 내뱉는 거야.

"어이, 귀하신 왕자님! 내 암말이 그렇게 역겨우셨어? 표정 참 대단하시더군. 당하는 입장이 어떤지 생각해 본 적 있나 몰라? 물론 없으시겠지. 내가 기회를 드리려고. 그래야 공평하지 않겠어? 지금 뭐 하는 거냐고? 저주를 내리는 거야, 최악의 저주. 영원히 풀 수 없을걸. 크크크."

그렇게 말을 쏟아내는데 왕자는 입이 얼어붙어서 한마디도 못 해. 그때 노인이 지팡이로 왕자의 몸을 툭툭 치면서 중얼중얼 주문을 외웠어. 그러자 왕자가 순식간에 말로 변해버렸지 뭐니. 노인이 타고 있던 것과 같은 작은 암말이야. 아니, 더 작고 더 못생겼어. 마법사는 그 모양을 보면서 낄낄대다가 사라져버렸어.

말이 된 왕자가 흘러내린 머리카락 너머로 자기 몸을 보니까 저절로 비명이 나와. 하지만 입 밖으로 울려 나온 건 사람 소리가 아니라 말 울음소리였지.

왕자는 절망했어. 왕궁으로 돌아갈 생각은 아예 하지를 못해. 남한테 그런 흉한 모습을 보인다는 건 죽었다 깨어나도 못 할 일이거든. 암말은 혹시라도 누구 눈에 띌까 싶어서 숲속으로 걸음을 옮겼어. 깊은 숲속 외진 곳에 털썩 쓰러진 작은 암말의 두 눈에서 눈물이 주르르르. 그 와중에도 얼굴이 더 흉해질까 걱정이야.

왕자가 갑자기 사라지니까 나라에는 아주 난리가 났지. 왕이 사방으로 사람들을 내보내서 찾아봤지만 소용없었어. 왕자의 흔적은 어디에도 보이지 않았지. 나라는 온통 슬픔에 빠졌어. 아니, 왕궁에서 죄없이 쫓겨났던 사람들은 좀 달랐을지도 모르겠네.

암말로 변한 왕자는 숲속에 쓰러진 채로 움직일 줄 몰랐어. 추위와 배고픔과 날벌레까지 모든 게 힘들었지만 가장 괴로운 건 절망감이야. 남들을 무시하면서 살았던 날들에 대한 후회가 파도처럼 밀려왔지. 노인이 저주를 내리면서 한 말이 하나하나 뼈를 때렸단다.

그렇게 먹지도 움직이지도 않는 채로 몇 날 몇 밤이 흘러갔어. 아무도 모르게 죽을 운명이지. 말은 조용히 눈을 감고 죽음을 기다렸어. 그때 꿈결처럼 웬 소리가 들려온 거야.

"애야, 정신 좀 차려봐! 죽은 거 아니지?"

말은 잠깐 눈을 떠서 눈앞에 서 있는 사람을 보고는 그대로 정신을 잃었어. 눈을 뜬 것만 해도 기적이야.

말을 발견한 사람은 한스라는 소년이었어. 나무를 하러 왔다가 말을 발견한 거지. 한스가 깊은 숲속까지 들어온 건 슬픔 때문이었어. 자기 집 유일한 재산이었던 늙은 말이 전날 세상을 떠났거든. 그 말을 생각하면서 걷다가 외진 곳까지 온 거지. 그런데 거기 뜻밖에도 작은 말이 쓰러져 있었던 거야. 한스 생각에 그게 우연 같지가 않아.

작고 못생긴 말이지만 한스는 상관하지 않았어. 먹을 걸 가져다 주고 춥지 않게 몸을 덮어줬지. 자기 체온으로 감싸주기도 하고. 그렇게 말 곁에서 꼬박 하룻밤을 보냈지 뭐니. 아침이 되니까 말이 기운을 차리고 눈을 떴어.

"깨어났구나! 정말 다행이야. 우리 집으로 가자."

그러니까 말이 일어나서 한스를 따라 나섰어. 한스 덕분에 살아갈 용기를 낸 거지. 한스는 말을 데리고 집으로 들어가면서 소리 쳤어.

"아버지! 엊그제 죽은 늙은 말 대신 새 말을 구해 왔어요!"

근데 아버지가 말을 보더니 얼굴을 찡그리는 거야.

"어이쿠, 이런 작고 못생긴 말이라니! 먹여봤자 소용없겠다. 없 느니만 못해."

"그래도 불쌍하잖아요. 혹시 모르니까 일을 한번 시켜봐요."

아버지가 시험 삼아서 일을 시켜보니까 곧잘 해내지 뭐니. 그 말이 한스 곁을 떠나기 싫었던 거야.

"아주 쓸모없진 않군. 잘 먹여봐라."

한스는 신이 났지. 정성을 다해서 말을 돌봤어. 말도 한스를 잘 따르며 열심히 일했어. 다른 말들만큼은 안 되지만 말야.

그렇게 가을, 겨울이 가고 봄이 왔어. 둘은 단짝이 됐지. 근데 아 버지는 그 말이 통 보기 싫은 거야. 어느 날, 아버지가 한스를 불러서 말했어.

"그 말을 시장에 데려가서 팔고 와라. 당장 내일 먹을 것도 없는
거 알지?"

한스 집이 원래 가난해. 사람 먹을 것도 없는 형편이지. 한스는
아버지 말을 거스를 수 없었어. 말을 데리고 시장으로 가는데 발
걸음이 천근만근이지. 그냥 아무도 말을 사지 않기를 바랄 뿐이
야. 한스는 일부러 외진 곳으로 가서 말없이 서 있었단다. 근데 웬
애꾸눈 사내가 다가와서 말값이 얼마냐고 묻지 뭐니. 한스는 일부
러 높은 값을 불렀어.

"2천 크로네요."

"뭐? 2천? 엄청 비싸군. 좋다, 내가 사지."

그러자 한스가 당황해서 말했어.

"잠깐만요. 그 값에 팔아도 되는지 아버지께 여쭤봐야 해요. 다
음 장날에 다시 올게요."

한스는 그렇게 둘러대고서 말을 데리고 돌아왔어. 아버지에게
는 말을 못 팔았다고만 했지. 그랬더니 다음 장날에 아버지가 직
접 말을 팔러 간다는 거야. 이상한 낌새를 눈치챈 거지. 그러자 한
스가 말했어.

"알겠어요, 아버지. 그 대신 말값으로 3천 크로네를 부르셔야
해요."

"무슨 소리냐? 이 말은 500크로네 받기도 어려워."

"실은 지난 장날에 2천 크로네를 준다는 애꾸눈 아저씨가 있었

어요."

"미친! 그 값에 안 팔았단 말이냐? 이 멍청이!"

아버지는 화를 잔뜩 내고서 시장으로 말을 끌고 갔어. 그래놓고는 혹시나 해서 말값으로 3천을 불렀지 뭐니. 다들 쳐다도 안 보는데, 애꾸눈 사내가 오더니 3천 크로네를 턱 내미는 거야. 아버지 생각에 그런 횡재가 없지. 집에 와서도 희희낙락이야. 하지만 한스는 너무나 슬퍼서 한참을 울었단다.

다음 날 아침이 됐는데 한스가 보이질 않아.

"아니, 애가 어딜 간 거지?"

"걔가 글쎄, 말을 만나야 된다면서 새벽에 나갔어요. 하여튼!"

"그래? 그러다 돌아오겠지 뭐."

한스의 엄마와 아빠는 별 신경도 안 써. 하지만 한스는 집에 못 돌아오더라도 말을 꼭 찾겠다는 마음이었지. 한스는 이 마을 저 마을 찾아다니면서 작은 말을 끌고 간 애꾸눈 사내에 대해 물었어. 묻고 물으면서 가고 또 간 끝에, 집에서 멀리 떨어진 곳에서 그 사내를 찾아냈단다. 그는 왕궁에서 일하는 사람이었지. 말로 변한 왕자가 살았던 곳과는 다른 왕궁이야. 그때 그 지역에는 작은 나라들이 많았거든.

한스는 무작정 왕궁으로 들어가서 말했어.

"저를 마부로 써주세요. 열심히 일할게요. 품삯도 필요없습니다."

마침 왕궁에 마부 보조가 필요했던 참이야. 한스는 거기서 일하게 됐지. 하지만 왕궁 마굿간에 한스의 암말은 없었어. 그 말은 외진 구석에 놓인 작은 마차에 매여 있었단다. 애꾸눈 사내가 따로 말을 부려먹고 있었던 거야. 보니까 작은 몸에 상처가 가득해.

한스는 달려가 말을 껴안으면서 등을 쓰다듬었어. 말의 눈에도 눈물이 그렁그렁하지. 그때 애꾸눈 사내가 오더니 둘을 떼놓으려 하지 뭐니. 한스는 말을 꼭 껴안았지만 어른의 힘을 당하지 못하고 땅바닥에 팽개쳐졌어.

그런데 지나가던 공주가 그 모습을 본 거야. 보니까 한스도 불쌍하고 말도 불쌍해. 공주가 한스에게 다가가서 말했어.

"이게 네 말이었구나. 내가 말을 사면 네가 돌봐주겠니?"

들어보니까 그게 한 줄기 빛이지 뭐니. 한스가 힘차게 고개를 끄덕이자 공주는 아버지한테 가서 그 말을 사달라고 졸랐어. 왕이 말을 보더니 얼굴을 잔뜩 찌푸리지.

"하필 저런 추한 말을! 내 마굿간에 좋은 말 많으니까 거기서 고르렴."

하지만 공주는 꼭 그 말이라야 한다는 거야. 딸이 애원하니까 왕이 이기질 못하지. 왕은 5천 크로네를 주고 말을 사서 공주에게 줬어. 말은 공주 손을 거쳐서 한스에게로 갔지. 한스가 얼마나 기뻤을지는 두말하면 잔소리야. 그 모습을 보니까 공주도 덩달아서 행복하지.

그렇게 셋은 좋은 친구가 됐어. 한스가 잘 돌봐주고 공주가 와서 즐겁게 놀아주니까 말은 조금씩 예뻐지기 시작했대. 몸은 아직 불균형이지만 눈은 갈수록 초롱초롱해. 말은 등에 공주를 태우고

움직이는 걸 아주 좋아했지. 공주도 그 말을 점점 좋아하게 됐어.

"한스, 분명히 말해두지만 이 말은 내 거야! 불만 없지?"

그러면 한스가 그냥 멋쩍게 웃지. 한스는 말하고 같이 있는 걸로 충분해. 실은 공주가 있으니까 더 좋지!

그 나라 왕에게는 아들이 없고 딸만 둘이었어. 한스하고 친구가 된 공주는 작은딸이었지. 근데 어느 날, 큰딸이 연못에서 낚시를 하다가 엄마의 반지를 잃어버렸지 뭐니. 그건 절대 잃어버리면 안 되는 보물이었어. 왕국의 상징물 중 하나였거든.

왕이 사람들을 시켜서 연못 안팎을 샅샅이 뒤졌지만 반지는 나오지 않았어. 생각다 못한 왕은 반지를 찾는 사람을 공주와 결혼시키겠다고 선언했지 뭐니. 그러자 수많은 왕자들과 귀족들이 모여들어서 반지를 찾아 나섰지. 하지만 반지는 통 나타나지 않았어.

그 반지를 누가 찾았을까? 한스? 빙고! 근데 정확히는 한스가 아니라 암말이야. 그 말이 연못가에서 금빛 물고기가 반지를 물고 들어가는 걸 봤거든. 내내 기회를 엿보다가 한스가 물을 먹이러 왔을 때 그 물고기를 발로 탁 쳐낸 거야. 한스가 그 물고기를 왕에게 바쳤는데 뱃속에서 반지가 턱 나온 거지. 왕은 어둡던 얼굴이 환해졌어.

"드디어 찾았구나. 내 큰딸의 짝은 한스다. 애야, 괜찮지?"

큰딸은 한스가 성실한 사람이란 걸 알고 있었어. 게다가 자기가 잃어버린 보물을 찾아줬으니 은인이잖아? 공주는 고개를 끄덕였어. 그때 한스가 나서더니 이렇게 말하는 거야.

"임금님, 공주님, 정말 감사합니다. 하지만 사실대로 말씀드리면, 반지를 찾은 건 제가 아니었어요. 작은 암말이 한 일입니다. 상은 말이 받는 게 맞습니다."

왕은 그만 난감해졌지. 할 수 없이 그 말을 불러들이기는 했는데 어떻게 해야 할지를 몰라. 큰딸도 당황스럽지. 한스라면 몰라도 말에게는 전혀 마음이 없었거든. 다들 어쩔 줄 모르고 있는데 작은딸이 나서서 말을 꼭 끌어안더니 이렇게 말했어.

"안 돼! 언니에게는 한스가 어울려. 너는 내 짝이야! 내 곁에 있어줄 거지? 널 사랑해!"

공주는 그 말을 진심으로 사랑하고 있었던 거야. 헤어질 상황이 되니까 그걸 깨달은 거지.

그때 어떤 일이 벌어졌을까? 빙고! 마법사의 저주가 딱 풀린 거야. 여러 사람 앞에서 공주가 사랑한다고 말해준 게 마법을 푸는 열쇠였지. 공주가 끌어안고 있는 건 이제 말이 아니었어. 멋지고 잘생긴 왕자였단다.

"공주님, 나도 당신을 사랑해요. 세상 누구보다도요. 아니, 한스가 나를 사랑하고 내가 한스를 사랑하는 것만큼요."

다들 어안이 벙벙하지. 제일 먼저 움직인 건 한스였어. 그는 왕자에게 다가가서 그를 꼭 안아주었어. 그러자 큰딸이 한스에게 다가와서는,

"이봐요, 거기 아니에요. 당신 짝은 나거든요!"

그러면서 손을 잡아끄니까 다들 웃고 박수치고 야단이지. 제일

신난 건 작은 공주야. 왕자에게 눈을 찡긋하면서,

"당신은 영원한 나의 말이에요. 평생 잘 받들어 모실 거죠?"

왕자는 웃으면서 고개를 끄덕였어. 진짜로 공주를 정성껏 받들어 모실 생각이었지. 공주뿐만 아니라 세상 모든 사람들을. 아무런 편견이나 차별 없이. 이유는 말 안 해도 알겠지?

얼마 뒤 왕궁에서는 한거번에 두 쌍의 결혼식이 열렸단다. 한스와 큰 공주, 왕자와 작은 공주 이렇게 두 커플이지.

그 자리에 또 누가 있었을까? 어느 날 갑자기 왕자를 잃어버리고 슬픔에 잠겼던 이웃 나라 왕과 왕비! 아들을 찾고 어여쁜 며느리도 얻고 또 다른 아들까지 얻었으니 최고의 경사지. 또 다른 아들이 누구냐고? 당연히 한스지!

왕자는 이제 거만한 사람이 아니었어. 누구보다 배려심이 많은 사람이었지. 한스랑 비교하면 어떨지는 나도 잘 모르겠네. 뭐 굳이 비교할 필요는 없잖아? 뒷날 왕이 된 두 사람은 두 나라를 세상에서 가장 사이좋고 평화로운 곳으로 만들었다고 해.

연이   세라 언니, 좋아요. 마음이 따뜻해졌어요.

퉁이   멋진 반전이었어요. 한스가 암말하고 이어지는가 했다가, 작은
         공주와 짝이 되나 했더니, 이렇게 마무리될 줄이야. 나는 작은 공
         주가 한스를 사랑하는 줄 알았어요. 근데 말이었다니!

세라   공주가 말을 타고 다니면서 함께 어울렸잖아? 그러니 잘 맞는 짝
         이지.

퉁이   오, 갑자기 좀 야한 거 같아요. 하하.

연이   으이구! 나는 한스의 사랑으로 안 풀렸던 저주가 공주의 사랑으
         로 풀린 게 흥미로워요. 왕자가 여자를 함부로 대했던 것과 상관
         이 있을까요?

세라   오, 그럴 수 있겠네!

엄지   이 이야기가 남녀 간 사랑뿐만 아니라 멋진 우정을 얘기하는 점
         이 좋아요. 한스와 작은 공주도 신분을 뛰어넘는 우정 아니었을
         까요?

뭉이쌤 그래. 그 부분이 인상적이야. 사람과 동물, 남성과 여성, 귀족과
         평민, 잘난 사람과 못난 사람…… 이 모두를 뛰어넘는 인간적 유
         대 같은 거. 그게 바로 사랑이겠지!

연이   근데 작은 말을 샀던 애꾸눈 사내의 정체는 뭐였을까요?

세라	실은 나도 궁금했는데, 혹시 전날의 그 마법사 아니었을까?
퉁이	오호! 마법사가 다시 왕자를 훼방한 건가요? 앗! 기회를 준 건가? 뭐예요, 쌤?
뭉이쌤	하하. 내가 어찌 알겠니? 둘 다일 수도 있고 둘 다 아닐 수 있다면 엉터리일까?
세라	답이 열려 있다는 말씀이잖아요. 그냥 더 생각해 볼 거리로 삼을게요.
엄지	근데 한스 아빠와 엄마의 태도는 맘에 안 들어요. 권위적인 느낌.
퉁이	맞아 맞아. 나 같으면 어찌 그럴 수 있냐고 대들었을 듯.
세라	나도 그런 생각을 했었어. 좀 답답하기도 하고. 그런데 어쩌면 한스가 그렇게 존재감을 무시당하면서 살아왔기 때문에 작은 말을 챙기고 감쌀 수 있었던 게 아닐까 생각되더라고.
연이	상처를 겪어봤기 때문에 남을 감쌀 수 있었다는 얘기네요. 누구나 그럴 수 있는 거 아닌데 멋지다!
퉁이	나중에 한스 부모는 어떻게 됐을까? 한스와 함께 살았으려나?
뭉이쌤	그 뒷이야기는 각자 상상해 보는 것으로. 이제 다음 이야기로 넘어갑니다.
엄지	네, 이번에는 제가 해볼게요.

엄지

제가 들려드릴 이야기의 주인공은 업둥이예요. 이름이 왜 업둥이인가 했는데,
찾아보니까 밖에 버려져서 남이 데려다 키운 아이를 뜻하는 말이더라고요. 가
슴 아픈 이름이었어요. 그럼, 시작할게요.

업둥이와 레나

*

독일 민담

한 마을에 산을 관리하는 사람이 살았어요. 산지기죠. 어느 날, 그
가 깊은 숲에 들어갔는데 어린아이 울음소리가 들려왔어요. 이상
해서 소리를 따라가 보니까 나무 위에 웬 사내아이가 혼자 앉아서
울고 있지 뭐예요. 큰 새가 아이를 낚아채서 거기 올려놓은 거예
요. 산지기는 착한 사람이라 그냥 지나치지 못했죠. 아이를 안아
내려서 집으로 데려갔어요.

그 집에는 딸이 하나 있었어요. 이름은 레나예요. 두 아이는 한
집에서 함께 자라게 됐죠. 산지기가 남자아이에게도 이름을 지어
줬는데 사람들은 걔를 그냥 업둥이라고 불렀어요. 어릴 땐 아무것
도 모르잖아요? 두 아이는 함께 밥 먹고 함께 놀면서 아주 친해졌
어요. 없으면 못 살 정도였대요.

그러던 어느 날 아침이었어요. 산지기가 새벽에 일을 나가고 없
는데 늙은 요리사가 우물에서 계속 물을 길어 오는 거예요. 레나
가 고개를 갸웃하면서 물었죠.

"아주머니, 왜 물을 이렇게 많이 길어 와요?"

"왜냐고? 가마솥에 물을 가득 끓여서 업둥이를 집어넣으려고 그런다. 업둥이 주제에 상전 노릇 하는 거 못 봐주겠거든. 허튼짓 하면 너도 무사하지 못할 거야."

레나가 보니까 그 눈빛이 완전 독사예요. 레나는 몸이 굳어버리는 것 같았어요. 하지만 가만있을 수 없지요. 레나는 몰래 집 뒤로 돌아서 업둥이가 있는 곳으로 들어갔어요. 쉿! 하면서 입에 검지 손가락을 대고는 업둥이 손을 잡아끌면서,

"어서 가야 해! 사람들이 너를 해치려 해."

업둥이는 옷도 제대로 못 챙겨 입고 레나를 따라서 나왔어요. 둘은 뒷담을 넘어서 마을 밖으로 도망치기 시작했죠. 잠시 후 요리사가 레나와 업둥이 방에 가보니까 텅 비어 있지 뭐예요. 화가 난 요리사는 하인들을 불러서 소리쳤어요.

"업둥이가 레나를 꾀어서 도망갔다. 빨리 걔들을 붙잡아 와!"

하인들은 빠른 걸음으로 아이들 뒤를 쫓았어요. 멀리서 그 모습을 발견한 레나가 업둥이에게 말했어요.

"날 버리지 않을 거지? 네가 날 안 버리면 나도 널 안 버릴 거야."

"절대로, 절대로 너를 안 버려!"

"좋아. 네가 장미나무가 되면 나는 꽃이 될게."

잠시 후 하인들이 도착해 보니까 아이들은 간곳없고 꽃 한 송이가 달린 장미나무뿐이에요. 하인들이 돌아가서 그렇게 말하니까 요리사가 마구 화를 내죠.

"멍청이들! 줄기를 잘라버리고 꽃을 꺾어 와야지 그냥 와? 어서 다시 가!"

본모습으로 돌아와서 도망가던 아이들은 다시 하인들이 쫓아오는 걸 발견했어요.

"날 버리지 않을 거지? 그러면 나도 널 안 버릴 거야."

"절대로, 절대로 안 버려!"

"네가 교회가 되면 나는 샹들리에가 될게."

이번에도 아이들은 없고 샹들리에가 걸린 교회뿐이에요. 할 수 없이 돌아가서 그 말을 하니까 요리사가 더 크게 화를 내요.

"바보 천치들! 교회를 부수고 샹들리에를 가져와야지!"

늙은 요리사는 직접 하인들을 이끌고 아이들을 잡으러 나섰어요. 레나가 그 모습을 보고는,

"네가 날 안 버리면 나도 널 안 버릴 거야."

"절대로, 절대로 안 버려!"

"알겠어. 네가 연못이 되면 나는 오리가 될게."

요리사와 하인들이 도착해 보니까 연못뿐이에요. 요리사는 엎드려서 그 물을 마시기 시작했어요. 물이 쭉쭉 줄어들었죠. 그때 오리가 빠르게 헤엄쳐 와서 부리로 그녀의 머리를 끌고 물속으로 들어갔답니다. 늙은 요리사는 그대로 물에 빠져 죽었어요. 두 아이는 본모습이 되어 집으로 돌아갔답니다. 누구도 둘에게 손댈 수 없었죠. 아마 지금도 함께일 거예요.

이야기에 대한 이야기

연이   퉁이   엄지   세라   뭉이쌤   노고할망

퉁이   짧지만 강렬한 이야기다. 안 잊어버릴 것 같아.

엄지   나도 마음속에 강하게 남더라고. 둘이 주고받는 말도 그렇고, 변신한 모습도 그렇고.

연이   요리사는 왜 애들을 갈라놓으려는 걸까? 정체가 뭐지? 그냥 나쁜 마녀?

세라   뭉이쌤, 이 요리사를 레나의 엄마로 봐야 할까요?

퉁이   오! 딸의 남친을 미워하는 엄마? 무섭다!

뭉이쌤   그렇게 볼 수도 있겠지만, 그냥 주변의 세상 사람일 수도 있어요. 사랑하는 사람들을 괴롭히면서 인격 살인을 하려는 사람들이 세상에 많잖아요. 요리사와 하인들이 무리로 움직이는 걸 눈여겨볼 만해요.

세라   아, 제 주변에도 있어요. 남이 잘되는 걸 못 보고 도마 위에 올려서 칼질하는 사람들.

퉁이   그래서 요리사인가?

엄지   주변에서 흔들어대면 버티기 힘들죠. 그래서 자꾸 서로의 마음을 확인하나 봐요.

연이   마음이 짠하다. 뭔가 비장해.

노고할망   그래. 하지만 본인들이 굳은 믿음을 가지고 있다면 누구도 갈라

놓을 수 없지. 업둥이와 레나는 누구보다 깊이 사랑하면서 잘 살았을 거야.

엄지 그랬으면 좋겠어요. 그리고 어른들이 우리의 사랑을 믿어주면 좋겠어요.

세라 쌤, 두 아이의 거듭된 변신도 심리적 상징으로 볼 수 있겠죠? 변신에서 매번 업둥이가 버팀목 구실을 하는 게 인상적이에요. 나무도 그렇고 교회도 그렇고…….

뭉이쌤 그걸 발견했군요. 이 관계에서 더 굳은 마음을 먹어야 하는 게 업둥이 쪽이기 때문일 거예요.

퉁이 장미나무에서 교회로, 또 연못으로…… 좀 머리 아프다!

연이 그래도 공격을 물리치는 데 결정적 역할을 한 건 오리로 변한 레나였어요!

뭉이쌤 그래. 서로의 역할이 있어야 진정한 사랑이겠지. 자, 이 이야기에 대해선 이 정도로 하고 다음으로 넘어가자꾸나. 퉁이야, 준비한 거 있지?

퉁이 넵! 멋진 이야기로 잘 준비해 왔습니다! 제대로 들려드릴게요.

(통이)

제가 들려드릴 이야기는 카자흐스탄에서 전해온 민담이에요. 그 나라 이야기

중에 재밌고 멋진 게 많더라고요. 그 중에도 저에게 큰 감동을 전해준 사람이

있는데, 이름이 사르센바이예요. 긴 이야기인데, 사랑에 포인트를 둬서 이야

기해 볼게요.

사르센바이의 사랑

*

카자흐스탄 민담

옛날 옛날, 북쪽 나라 초원 지역에 사르센바이라는 고아가 있었어요. 아이는 부모도 없고 재산도 없이 어느 부잣집에서 양 치는 일을 했어요. 양들이 숫자도 많고 멋대로여서 돌보기 어려웠지만 아이는 정성을 다해서 일했습니다.

사르센바이가 보살피는 양들 중에 다리가 불편한 작은 양이 있었어요. 부자는 사르센바이가 1년 동안 양떼를 잘 돌보면 그 양을 주겠다고 약속했어요. 자기 양이 생긴다는 건 꿈같은 일이었죠. 다리가 불편한 건 상관없었어요. 아이는 희망에 부풀어서 더 열심히 일했습니다. 하지만 하늘은 그런 작은 행운도 허락하지 않았어요. 하루는 늑대가 나타나서 양을 한 마리 내놓으라는 거예요.

"양이 없어지면 주인이 나를 그냥두지 않을 거야."

"하지만 난 배가 고파서 견딜 수 없거든. 그럼 이렇게 하자. 주인에게 가서 양 한 마리를 지킬 건지 열 마리를 죽일 건지 물어봐."

아이는 주인에게 그 말을 전했어요. 주인은 계산이 빠른 사람이에요.

"한 마리를 아끼려다 열 마리를 잃는 건 바보짓이지. 늑대 말대로 해라. 단, 어떤 양을 줄지는 운에 맡기는 거다. 늑대 눈을 수건으로 가리고 양을 잡게 하는 거야. 공평하지?"

사르센바이는 마음이 가벼워졌어요. 문제가 해결됐다고 생각한 거죠. 하지만 착각이었어요. 늑대는 하필 사르센바이가 받기로 했던 양을 잡았지 뭐예요. 아이는 아주아주 서럽게 울었습니다. 늑대가 미안해할 정도로요.

근데 그 양이 걸린 게 우연이 아녜요. 다리가 불편하니까 쉽게 잡힐 수밖에요. 순진한 아이는 주인이 그것까지 계산한 걸 까맣게 몰라요. 그냥 운이 없다고 슬퍼할 뿐이죠. 그때 늑대가 말했어요.

"이봐, 친구! 내가 양가죽을 잘 벗겨놨으니 이거라도 챙겨."

사르센바이는 양가죽을 어깨에 메고서 다시 울어요. 그때 주인이 말을 타고 와서 말했습니다.

"자기 양도 못 지키는 놈이 어떻게 남의 양들을 지키겠냐? 계산 끝났으니 당장 나가라."

결국 사르센바이는 죽도록 일만 하고는 돈 한 푼 못 받고 쫓겨났어요. 남은 거라고는 꾀죄죄한 양가죽뿐이에요. 시장에 가서 팔려고 하니까 쳐다보는 사람도 없어요. 저녁때가 다 돼서야 달랑 동전 세 개를 받고 팔 수 있었습니다.

'이 돈으로 빵을 사면 겨우 3일쯤 버티겠구나.'

하지만 그마저도 마음대로 안 돼요. 빵을 사려고 가는데 웬 병든 노인이 구걸하면서 손을 내미는 거예요. 보니까 불쌍해서 지나칠 수 없어요. 사르센바이는 동전 한 개를 노인에게 줬습니다. 그러자 노인이 머리를 숙여서 인사하더니 바지 안에서 뭘 꺼내요.

"이걸 받게. 친절에 대한 보답이야."

노인이 사르센바이 손에 쥐어준 건 모래였어요. 딱 봐도 정신이 이상한 노인이죠. 하지만 그냥 버리면 준 사람이 민망할 것 같아서 사르센바이는 주머니에 모래를 챙겨 넣었어요.

그럭저럭 빵을 사지 못했는데 날이 어두워졌어요. 여관에 들어가서 자려고 해도 가진 돈으로는 어림도 없어요. 사르센바이는 동전 한 개를 주고서 겨우 맨땅 구석 자리를 얻었습니다. 거기 누워서 자려니까 몸이 불편해서 악몽만 자꾸 꿔요. 자는 둥 마는 둥 밤을 보내는데, 어느새 새벽이 됐는지 상인들이 낙타에 짐을 실으면서 소란스러워요. 그때 한 사람이 껄껄 웃으면서,

"내가 간밤에 신기한 꿈을 꿨지 뭐야!"

"그래? 어떤 꿈인데?"

"내가 왕이 돼서 누워 있는데, 머리 위로 태양이 기울고 가슴 위에서 달이 노니는 거라. 아주 볼만했다구. 하하."

그 말을 들은 사르센바이는 몸을 일으켜 그쪽으로 다가갔어요.

"아저씨, 저에게 꿈을 파시지 않겠어요? 저는 평생 좋은 꿈을 꿔보지 못했거든요. 그 꿈이 제 꿈이 되게 해주세요."

"꿈을 팔라고? 그러든가! 근데 댓가는?"

사르센바이는 하나 남은 동전을 내밀었어요. 그러자 상인이 동

전을 낚아채면서,

"거래 끝! 지금부터 그 꿈은 네 꿈이다. 됐지?"

그가 껄껄 웃으니까 다른 상인들도 다 따라 웃어요. 웬 바보 같은 놈이 다 있나 싶죠. 그러든 말든 사르센바이는 신이 나서 깡충깡충 뛰면서 여관에서 나왔어요.

하지만 꿈을 샀다고 해서 달라진 건 없었습니다. 일자리도 없고, 잠잘 곳도 없고, 먹을 것도 구할 수 없었어요. 초겨울이라 찬바람이 몰아치는데 견딜 수가 없어요. 눈에서 흐른 눈물이 그대로 뺨에 얼어붙었으니 말 다 했죠.

"너무 힘들다. 차라리 늑대에게 잡아먹히는 게 낫겠어."

이렇게 말하면서 들판을 방황하는데 진짜로 늑대가 나타났지 뭐예요. 커다란 늑대가 털을 빳빳이 세우고 다가오더니,

"먹잇감을 찾다니 운이 좋군. 새끼들 배를 채울 수 있겠어."

"그래, 나를 죽여서 새끼들을 배부르게 해줘. 나는 죽는 게 나은 사람이야."

그런데 늑대가 공격하지 않고 뚫어지게 보는 거예요. 그러더니,

"너 사르센바이 맞지? 나에게 절름발이 양을 준 녀석. 차마 널 죽이진 못하겠다. 내 등에 올라타."

사르센바이는 늑대 등에 올라탔어요. 털 위에 엎드리니까 추위가 좀 덜했죠. 늑대는 한참을 달리더니 한 곳에 사르센바이를 내려놨어요.

"저쪽을 봐봐. 불빛이 보이지? 모닥불이야. 도둑들이 머무르다

떠났거든. 당분간 돌아오지 않을 거야. 저기서 얼음장 같은 몸을 좀 녹여. 이 상태로 널 먹으면 내 뱃속도 망가질걸. 그럼 안녕!"

늑대의 도움을 받을 줄이야! 사르센바이가 모닥불 있는 데로 가 보니까 도둑들이 먹다 남긴 고기 조각도 있어요. 몸을 녹이면서 음식까지 먹으니까 힘이 났죠. 사르센바이는 행복해서 노래까지 불렀어요. 그날따라 밤하늘에 별은 왜 그리 많은지 몰라요.

깜빡 잠들었다 눈을 떠보니까 어느새 아침이에요. 모닥불은 다 타고 재만 남았죠. 너무 추워서 재 속에 손을 넣으니까 온기가 느껴져요. 그래서 점점 깊이 손을 밀어넣었습니다. 그런데 손에 딱딱한 게 잡히는 거예요. 뭔가 싶어서 재를 다 걷어내고 보니까 상자 뚜껑 같은 게 보여요. 딱 봐도 귀한 상자예요. 사르센바이는 얼른 땅을 파고 상자를 꺼냈어요.

그 상자에 뭐가 있었을까요? 상자에는 다이아몬드가 가득했습니다. 진짜 다이아몬드가요. 수천 명이 평생 먹고살 만한 양이에요. 그는 보석 상자를 안고서 기쁨의 눈물을 흘렸습니다.

하지만 다이아몬드를 먹을 수는 없잖아요? 마을을 찾아야 할텐데 어디로 가야 할지 알 수가 없어요. 사르센바이는 이곳저곳 길을 찾다가 낯선 숲으로 접어들었어요. 거길 통과하면 마을이 있을까 싶어서 계속 가는데 숲은 점점 울창해졌어요. 되돌아가기에는 너무 많이 온 상황이라 계속 나아갔습니다.

그랬더니 숲속 깊은 곳에 웬 공터가 나타나면서 천막이 하나 보이는 거예요. 그 나라 말로는 유르트예요. 유목민들이 사는 집이지요. 보니까 모양이 제대로 갖춰진 고급 유르트였어요.

'누가 이 깊은 숲속에 살지? 수상하지만 그래도 가봐야겠지?'

사르센바이는 늙은 참나무 구멍에 보석 상자를 숨겨놓고 유르트로 다가갔어요.

"안에 누구 계신가요?"

그러면서 문을 열고 들어섰는데 누가 있었을까요? 한구석에 조그만 사람 하나가 웅크리고 있다가 깜짝 놀라서 얼굴을 드는데, 그렇게 예쁜 여자아이는 처음 봐요. 말문이 꽉 막히고 숨이 탁 멎을 정도예요. 소녀는 놀란 눈으로 바라보다가 물었습니다.

"너는 누구야? 여기를 어떻게 온 거니?"

소녀의 목소리에는 깊은 슬픔이 배어 있었어요. 눈가에는 눈물 자국이 가득했죠. 웅크리고 앉아서 울고 있었나 봐요. 이렇게 예쁜 아이가 이렇게 슬픈 표정을 하다니! 사르센바이는 마음이 마구 흔들렸어요.

"나는 사르센바이야. 일할 곳과 먹을 것을 찾아서 돌아다니다 길을 잃어서 여기까지 오게 됐어. 그런데 너는 누구니? 왜 그렇게 슬픈 모습을 하고 있는 거야?"

그러자 소녀의 눈에서 눈물이 뚝뚝 떨어졌어요.

"내 이름은 알튼 크즈. 세상에 나보다 불행한 아이는 없을 거야. 하지만 지금은 그 얘기를 할 때가 아니야. 사르센바이, 너는 지금 위험에 빠졌어. 빨리 도망가. 여기는 무섭고 잔인한 마녀의 집이야. 그녀가 곧 올 거야."

바로 그때, 문 밖에서 커다랗게 발자국 소리가 들려왔어요.

"아아, 늦었어!"

소녀는 급히 사르센바이를 구석으로 데려가서 담요를 씌워놓고는 원래 있던 자리로 가서 마녀를 맞이했어요. 안으로 들어온 마녀는 완전 괴물이었죠. 새빨간 입술, 늑대 같은 이빨, 갈고리 같은 손톱······ 구석에서 엿보던 사르센바이가 무서워서 몸이 떨릴 정도였어요. 그런데 마녀가 시력은 좀 안 좋은가 봐요. 딴 사람이 안에 있는 걸 알아채지 못해요. 난로로 다가가서 몸을 녹이더니,

"알튼 크즈, 이리 와라. 배고프다."

소녀가 다가가니까 마녀는 소녀를 무릎에 앉히더니 뺨을 깨물어서 피를 쪽쪽 빨아 먹기 시작했어요. 소녀 입에서 신음 소리가 절로 흘러나왔죠. 세르센바이는 참을 수가 없었어요. 주먹을 꽉 쥐고서 덤벼들려는 순간, 마녀가 소녀를 척 밀치더니만,

"나쁜 년! 또 피가 말랐네. 나를 굶겨 죽일 작정이야? 내일도 피를 보충해 놓지 않으면 난로에 구워서 먹어버릴 테다. 에잇!"

한참 소리를 질러대더니 자리에 드러누워서 드렁드렁 코를 골아요. 소녀는 그 옆에 앉아서 울기만 하고요. 사르센바이는 너무나 화가 났지만 때가 아니라고 생각하고 조용히 지켜봤어요.

긴긴 하룻밤이 지나고 날이 밝자 마녀는 한참 동안 소녀를 위협하더니 밖으로 나갔어요. 밖이 조용해지자 사르센바이는 소녀 곁으로 다가갔습니다.

"알튼 크즈, 어쩌다가 저 잔인한 마녀의 노예가 된 거니?"

그러자 소녀가 슬픈 표정을 지으며 이야기를 시작했습니다.

"나는 고향 마을에서 부모님과 함께 행복했어. 먹고사는 데 별 부족함이 없었지. 어느 날, 부모님이 일을 보러 가시면서 문단속 잘하고 있으라고 하셨는데, 안에만 있다 보니까 심심해서 집 밖으로 나갔지 뭐야. 친구들하고 꽃을 꺾으러 숲에 들어갔어. 그때 웬 할머니가 다가오더니 참 예쁘다면서 물 좀 마시게 해달래. 물을 주려고 집에 데려갔더니 황금 빗을 꺼내 보이면서 머리를 예쁘게 빗겨준다는 거야. 무릎을 베고 누우니까 할머니가 내 머리를 빗기기 시작했는데, 졸음이 솔솔 밀려오지 뭐니. 스르르 눈이 감긴 것만 기억해. 잠을 얼마나 잤는지도 몰라. 다시 눈을 떠보니까 이곳이었어. 그때부터 피를 빨리는 신세가 된 거야. 어떻게든 도망쳐볼까 했지만 소용없는 일이었지."

말을 마친 알튼 크즈는 사르센바이에게 말했어요.

"마녀가 눈치채기 전에 어서 도망가. 걸리면 끝장이야. 내 간절한 소원이야. 들어줄 거지?"

소녀는 간절한 눈으로 사르센바이를 바라봤어요. 그는 소녀를 여동생처럼 끌어안고서 말했습니다.

"알튼 크즈, 나는 절대로 너를 혼자 남겨두지 않을 거야. 너를 데리고 함께 떠나겠어!"

"사르센바이, 그건 불가능해. 나는 몸을 움직일 힘조차 없는걸. 다행히 마녀의 눈을 피한다 해도 추위에 얼어 죽고 말 거야."

"지금은 때가 아니야. 봄이 오기를 기다렸다가 그때 떠나자."

그러자 알튼 크즈가 한숨을 내쉬었어요.

"바보로구나. 마녀가 한 말 못 들었니? 내 피는 이미 말라버렸어. 오늘 밤에 피가 나오지 않으면 마녀는 나를 죽일 거야. 너는 마녀를 막을 수 없어."

"나한테 좋은 생각이 있어. 이곳이 어둡고 마녀가 눈이 나쁘잖아? 오늘 저녁에 내가 네 옷을 입고서 마녀에게 갈 거야. 내 몸에는 피가 많으니까 봄까지 시간을 벌 수 있어."

알튼 크즈는 절대 그럴 수 없다고 했어요. 하지만 사르센바이는 물러서지 않았습니다.

"알튼 크즈, 내 말대로 안 한다면 오늘 밤에 내가 마녀에게 덤벼들어서 싸울 거야. 그러면 그 이빨에 갈기갈기 찢기겠지. 그쪽을 선택할래?"

사르센바이를 그렇게 죽게 만들 수는 없잖아요? 알튼 크즈는 할 수 없이 그의 계획을 받아들였어요. 둘은 옷을 바꿔 입었고, 사르센바이는 마녀에게 다가가 무릎에 얼굴을 올려놓았죠. 마녀가 볼을 깨물어서 피를 빨더니 깔깔 웃으면서,

"거봐! 이렇게 피가 있으면서 나를 속이려 해? 이번 겨울은 그럭저럭 날 수 있겠군. 크크큭."

그날부터 긴긴 겨울 동안 같은 날들이 이어졌어요. 밤은 두려움과 고통의 시간이었지만, 둘은 함께하는 힘으로 견딜 수 있었죠. 그리고 마침내 봄이 왔어요.

"알튼 크즈, 드디어 때가 됐어. 봄이 왔으니 숲에 먹을 것들이

있을 거야. 내가 나가서 먹을 만한 걸 구해 올게. 그러고 나서 함께 떠나는 거야!"

사르센바이는 숲으로 들어가서 먹을거리를 찾기 시작했어요. 그때 공중에서 검은 새들이 몰려오더니만 어린 사슴을 공격했습니다. 새들은 사슴의 눈을 마구 쪼았어요. 사르센바이는 불쌍해서 두고 볼 수 없었어요. 달려가서 새들을 쫓아내고 사슴을 구해줬습니다. 그때 어미 사슴이 나타나서 말했어요.

"고마워, 사르센바이! 꼭 보답할게."

그가 다시 먹을 것을 찾으면서 걸어가는데, 땅 아래에서 슬픈 울음소리가 들려왔어요. 어린 양 하나가 구덩이 안에서 울고 있었죠. 사르센바이는 손을 뻗어서 양을 꺼내줬어요. 그러자 어미 양이 달려와서 말했습니다.

"고마워, 사르센바이! 꼭 보답할게."

그게 끝이 아니었어요. 웬 신음 소리를 듣고서 가보니까 독수리 새끼가 둥지에서 떨어져 버둥대고 있었죠. 그 새를 둥지에 넣어주자 어미 독수리가 날아와서 말했어요.

"고마워, 사르센바이! 꼭 보답할게."

그렇게 동물들을 구해주고 땅에서 자라난 먹을거리를 찾아 모았는데, 하루이틀 먹을 양밖에 안 돼요. 그걸 챙겨서 유르트로 돌아왔는데 시간이 좀 늦은 거예요. 알튼 크즈가 사르센바이를 기다리다 유르트 밖으로 나와 있었고, 때마침 마녀가 그걸 봤지 뭐예요.

"뭐냐! 내가 밖에 절대 나오지 말랬지? 누굴 기다리는 거야? 도망이라도 칠 생각이냐? 그건 안 되지!"

마녀는 갈고리 같은 손으로 소녀를 꽉 잡고서 흔들어댔어요. 그 모습을 사르센바이가 본 거예요. 그는 곧바로 달려들려다가 잠깐 멈칫하고는 참나무 구멍에 숨겨뒀던 보석 상자를 들고 마녀 앞으로 다가갔습니다.

"멈춰라! 얼른 그녀를 놔줘. 내가 몸값을 충분히 주겠다."

"너였구나! 이 뻔뻔한 놈! 몸값? 그래 얼마나 낼 거냐?"

그러자 사르센바이는 상자의 뚜껑을 열었어요. 다이아몬드의 환한 빛이 쫙 퍼지니까 마녀의 눈이 둥그레졌죠. 마녀는 소녀를 팽개치고서 보물을 가지려고 달려들었습니다.

"자, 가져!"

사르센바이는 상자에 든 다이아몬드를 사방으로 쫙 뿌렸습니다. 보석들이 여기저기로 흩어졌죠. 마녀는 정신없이 보석 조각들을 줍기 시작했어요. 사르센바이는 알튼 크즈의 손을 잡고서 뛰기 시작했습니다. 둘은 뒤도 안 돌아보고 정신없이 달렸어요. 넘어지고 긁혀서 상처투성이가 됐지만 멈추지 않았습니다.

그때 뒤쪽에서 땅이 흔들리면서 나무들이 꺾이는 소리가 들려왔어요. 마녀가 쫓아오는 소리였지요. 알튼 크즈가 쓰러지면서 말했습니다.

"사르센바이, 나는 틀렸어. 어서 혼자 달아나. 너라도 살아줘!"

"알튼 크즈, 나는 절대 너를 버리지 않아!"

사르센바이는 소녀를 업고 달리기 시작했어요. 하지만 마녀가

훨씬 빨랐습니다. 마녀의 식식대는 숨소리가 어느새 등 뒤로 따라
붙었어요. 그때 땅 밑에서 뭐가 불쑥 솟아나더니,

"사르센바이, 내 등에 올라타. 내가 마녀보다 빨리 달리겠어."

어미 사슴이었어요. 두 사람을 태운 사슴은 온 힘을 다해 달렸
죠. 사슴은 둘을 먼 산에 내려놓고서 숨을 헐떡이며 떠나갔습니
다. 하지만 그곳도 안전하지 않았어요. 얼마 뒤에 마녀가 들이닥
쳤죠. 그때 땅 밑에서 어미 양이 솟아나더니,

"사르센바이, 그 아이와 함께 내 등에 타!"

두 사람이 올라타자 양은 온 힘을 다해 산 위로 달렸어요. 양은
둘을 산꼭대기에 올려놓은 뒤 숨을 헐떡이며 떠나갔습니다. 두 사
람은 바위를 타고 올라갔어요. 하지만 그곳도 안전하지는 않았어
요. 마녀가 쫓아와서 손톱으로 산을 파내기 시작한 거예요. 막 바
위가 허물어지려는 순간, 어미 독수리가 날아오더니,

"사르센바이, 내 차례다. 어서 올라타!"

두 사람이 독수리 등에 올라타는 순간, 그들이 올라 있던 바위
가 우르릉 허물어졌어요. 큰 바위는 마녀의 머리를 정통으로 때
렸습니다. 마녀는 그대로 쓰러지면서 흙에 파묻혔어요. 마녀의
최후였죠.

두 사람을 태우고 한참을 날아간 독수리는 푸른 초원의 한 마을
에 두 사람을 내려놓았어요. 알튼 크즈가 주변을 둘러보더니 큰
소리로 외쳤습니다.

"사르센바이, 여긴 내 고향 마을이야! 아아, 돌아왔구나!"

그 목소리를 듣고 소녀의 어머니와 아버지가 달려와서 딸을 부둥켜 안았어요.

"알튼 크즈, 이게 어찌 된 일이야? 그동안 어디에 가 있었던 거니?"

"대체 무슨 일이 있었던 거냐? 이 아이는 누구야?"

소녀는 부모님에게 그간 있었던 일을 하나하나 말해줬어요. 부모는 깜짝 놀라면서 누더기 차림의 소년을 꼭 끌어안았습니다. 그들은 소년을 유르트 안으로 데리고 들어가서 좋은 옷을 입힌 다음 제일 좋은 자리에 앉혔습니다.

"사랑스러운 사르센바이, 이곳에 남아서 영원히 우리와 함께 살자꾸나. 너는 우리의 또 다른 자식이야. 너를 변함없이 존중하겠다고 약속하마."

그래서 사르센바이는 그곳에서 알튼 크즈 가족과 함께 살게 됐어요. 노동과 휴식, 즐거움과 슬픔, 모든 것을 함께했지요. 사르센바이보다 용감하고 성실한 청년은 없었고, 알튼 크즈보다 아름답고 현명한 처녀는 없었습니다. 성인이 되자 둘은 결혼식을 올려서 부부가 됐고, 행복은 더 커졌어요. 둘 사이에는 아들도 태어났습니다. 아이는 부모의 더없는 자랑이자 기쁨이 됐어요.

어느 날, 사르센바이는 일을 끝낸 뒤 초원의 향기로운 풀 위에 누웠어요. 그의 아내 알튼 크즈가 환한 미소로 그의 얼굴을 바라봤지요. 사르센바이 가슴 위에서는 어린 아들이 뛰어놀았어요. 사르센바이가 미소를 지으면서 말했습니다.

"내가 예전에 어떤 상인에게 동전을 주고 꿈을 샀었지. 그 꿈이 이렇게 이루어질 줄이야! 세상 무엇보다 소중한 땅에 누워 있는 나를 밝은 태양 같은 아내가 바라보고, 달 같은 아들이 가슴 위에서 뛰놀고 있구나. 내가 이 세상에서 가장 행복한 왕이야."

그때 사르센바이는 문득 양치기 일을 하다가 쫓겨나서 세상을 떠돌 때 입었던 누더기옷이 떠올랐어요. 꿈을 샀을 때에 입었던 그 옷을 한번 입어보고 싶었습니다. 아내는 그 옷을 버리지 않고 간직하고 있었죠. 옷은 여기저기 해지고 구멍이 나 있었어요. 그런데 주머니가 불룩한 거예요.

"뭐지?"

사르센바이가 주머니에 손을 넣으니까 모래가 있는 거예요. 동전을 받은 노인이 선물했던 모래였습니다. 사르센바이는 모래를 두 손에 들고서 바람 속으로 날렸어요. 그러자 놀라운 일이 벌어졌습니다. 모래가 날려 떨어진 곳마다 가축이 생겨나서 움직이기 시작한 거예요. 낙타, 말, 젖소, 양…… 푸른 초원이 짐승들로 가득 찼지요. 마을 사람들이 몰려와서 물었습니다.

"이 많은 가축들은 뭐지? 이 많은 재산은 다 누구 거야?"

그러자 사르센바이가 웃으며 말했습니다.

"이 많은 가축들은 나의 것이면서 당신들 것입니다. 이 많은 재산은 하늘의 것이고 우리 모두의 것입니다."

연이   퉁이 오빠! 나빴다. 엄지 좀 봐. 왜 아이를 울리고 그래?

퉁이   어허! 어디다 덮어씌우려고. 연이 네 눈이 더 촉촉한 걸 모르는 거니?

세라   퉁이야, 나 진짜로 감동했어. 카자흐스탄 사람들이 존경스러워지네. 이야기가 이렇게 멋지게 끝날 줄이야.

퉁이   왜 아니겠어요! 나였다면 가축들이 생겨났을 때 부자가 됐다고 좋아했을 거예요. 다이아몬드를 뿌린다는 건 생각도 못 했을 거고요. 상자를 껴안고서 죽었을지도 몰라요.

노고할망   사람보다 귀한 보석은 없는 법이지. 더군다나 사랑하는 사람이라면.

엄지   사르센바이가 알튼 크즈 대신 마녀에게 피를 빨아 먹힐 때 조금 멋졌어요.

퉁이   진짜로 조금?

뭉이쌤   그 대목은 나도 뭉클했어. 아무나 할 수 있는 일이 아니지. 사르센바이가 고통과 절망을 많이 경험했기 때문에 그렇게 할 수 있었을 거야.

세라   맞아요. 시련은 성공의 어머니라는 말이 괜히 있는 게 아니죠.

연이   그냥 말로 들을 땐 몰랐는데 이야기로 들으니까 진짜로 마음에 와닿아요.

뭉이쌤   그게 이야기의 힘이지. 문학의 힘이고.

엄지   향기로운 풀밭이 가장 소중하고 행복한 땅이라는 말, 잘 기억해 둘래요.

퉁이   아아, 나의 밝은 태양과 빛나는 달은 언제쯤?

세라   사르센바이처럼 살아간다면 분명히 갖게 되겠지? 한 30년 뒤쯤?

퉁이   누나!

노고할망   어릴 때는 마음이 급하지. 지나고 보면 서두를 필요가 없었던 일이 참 많아.

퉁이   넵! 알겠습니다.

뭉이쌤   이 이야기에 대해서는 이 정도로 여운을 남기는 걸로 하고, 다음 이야기로 넘어갈까? 누가?

연이   제가 해볼게요.

퉁이   오오, 알튼 크즈 파이팅!

연이

저는 멀리 북아메리카 캐나다 지역 인디언 사이에서 전해온 이야기를 들려드
릴게요. '인디언판 신데렐라'로 불리는 이야기인데, 제가 '강한 바람의 신부'
라고 제목을 붙여봤어요. 남주인공 이름이 '강한 바람'이거든요. 조금 신적인
존재예요. 그가 신부를 찾는 이야기랍니다.

강한 바람의 신부

*

캐나다 인디언 민담

옛날, 캐나다 동부 해안 지역에 위대한 인디언 전사가 살았어요. 그는 아주 신비한 능력을 가지고 있었답니다. 사람들에게 자기 모습이 보이지 않게 할 수 있어요. 그야말로 바람처럼 움직일 수 있었죠. 소리 없이 움직이는 그의 힘은 강력했어요. 그래서 사람들은 그를 '보이지 않는 강한 바람'이라고 불렀답니다.

강한 바람은 바닷가 천막에서 여동생과 함께 살았어요. 여동생은 바람으로 변한 오빠의 모습을 볼 수 있는 유일한 사람이었죠. 어쩌면 눈이 아니라 마음으로 본 건지도 몰라요. 또는 느낌으로요. 오랫동안 여동생의 도움을 받으며 살아온 강한 바람은 짝을 찾아서 결혼하기로 마음먹었답니다. 그래야 여동생도 결혼해서 편히 살 것 같았거든요.

강한 바람의 아내가 되는 건 모든 처녀들의 워너비였어요. 능력도 능력이지만, 아주 잘생겼거든요. 온몸에서 아우라가 뿜어져 나와서 눈이 부실 정도예요. 그런 남자와 결혼해서 살 수 있다면 얼마나 좋은 일이겠어요?

강한 바람이 결혼 상대를 구한다는 소식에 종족 전체가 들썩였어요. 그가 내건 조건은 하나였습니다. 바람으로 변해서 움직이는 자기 모습을 알아보는 사람을 원한다는 것이었어요.

그날부터 강한 바람의 아내가 되려는 여자들이 줄지어 찾아왔어요. 심사위원 역할은 강한 바람의 여동생이 맡았지요. 심사 장소는 해변이나 집이었고요.

"지금 우리 오빠가 이리로 오고 있는 게 보이나요?"

그러면 여자들이 시험에 통과하려고 거짓말을 하는 거예요.

"예, 보여요."

"오빠가 썰매에 무엇을 신고 오나요?"

여자들은 이리저리 추측해서 사슴이다, 나무다, 물고기다 등등으로 말을 꾸며냈어요. 결과는 다 퇴짜였죠. 추측으로 찍은 게 맞더라도 다음번 문제까지 맞추진 못해요.

그때 그 지역에는 세 딸을 둔 족장이 살고 있었어요. 족장의 아내는 죽고 없었지요. 엄마가 죽고 나자 위의 두 딸은 동생을 구박하며 못살게 굴었답니다. 자기보다 예쁘고 상냥한 게 못마땅해서 질투한 거예요. 둘은 동생의 머리카락을 싹둑 자른 뒤 얼굴에 숯으로 흉터를 만들고 지저분한 옷을 입혔어요. 아버지에게는 막내가 스스로 그런 것처럼 말하면서 걱정하는 척해요. 뒤에서는 동생이 아버지에게 이르지 못하게 협박하고요. 힘든 집안일도 당연히 다 막내 몫이었죠.

족장의 두 딸도 강한 바람의 아내가 되려고 그 집을 찾아갔어요. 여동생이 두 사람과 함께 해변에 있다가 오빠가 오는 걸 보고 물었어요.

"우리 오빠가 보이나요?"

"예, 잘 보여요."

"우리 오빠가 어깨에 무엇으로 된 견장을 둘렀나요?"

그러자 큰딸이 '생가죽'이라고 말했고, 둘째 딸도 맞다고 맞장구를 쳤어요. 하지만 사람으로 되돌아온 강한 바람의 모습은 전혀 달랐습니다. 그의 어깨에 견장 같은 건 없었죠. 두 딸은 제 발로 돌아가야 했습니다. 족장의 딸이라도 예외는 없었어요.

이제 마을에 남은 처녀는 족장의 막내딸뿐이었죠. 그녀는 소문만 들었을 뿐 강한 바람을 본 적은 없었답니다. 자신의 운명을 시험해 보고 싶었던 막내딸은 혼자서 강한 바람의 집으로 향했어요. 흉터 난 얼굴에 누더기를 입은 채로요.

강한 바람의 여동생이 막내딸과 함께 해변에서 오빠를 기다리다가 말했어요.

"오빠가 오는군요. 보이시나요?"

"아니요, 보이지 않아요."

그러자 여동생은 조금 놀랐어요. 아직 오빠가 오기 전이었거든요. 이렇게 사실대로 말한 처녀는 처음이었어요.

잠시 후 여동생이 다시 물었습니다.

"어때요? 이제 오빠가 보이시나요?"

"네, 보입니다. 아주 멋진 분이시네요."

"오빠가 썰매에 무엇을 끌고 왔죠?"

"무지개를 끌고 왔군요."

여동생은 깜짝 놀라서 다시 물었어요.

"오빠의 활시위는 무엇으로 만들었죠?"

"은하수입니다."

여동생은 막내딸이 진실을 말하고 있음을 알았어요.

"당신은 우리 오빠의 참모습을 보시는군요!"

여동생은 막내딸을 집으로 데려가서 몸을 깨끗이 씻겨주었어요. 그러자 얼굴과 몸에 있던 흉터가 사라지고 잘렸던 머리카락이 치렁치렁 자라났어요. 여동생은 막내딸에게 고운 옷을 입히고 장신구를 달아주었어요. 그녀는 더없이 아름다운 신부가 되었답니다.

강한 바람이 들어와서 신부의 자리에 앉은 아가씨를 발견하고 손을 내밀었어요. 막내딸이 그 손을 잡는 순간 집 밖에 쌍무지개가 뜨고 푸른 하늘에 은하수가 찬란하게 흘렀지요. 무지개와 은하수를 동시에 보는 건 처음이에요. 사람들은 강한 바람이 짝을 찾았음을 깨달았답니다.

다들 둘의 결혼을 축복했는데 언니들은 아니었어요. 이리저리 험담을 하면서 둘 사이를 갈라놓으려 했지요. 강한 바람은 참지 않았답니다. 두 사람을 미루나무로 만들어서 땅에 박힌 채로 서 있게 했어요. 그 뒤로 미루나무는 바람이 살짝만 다가와도 두려움으로 몸을 떨게 됐다고 해요.

이야기에 대한 이야기

연이　　통이　　엄지　　세라　　뭉이쌤　　노고할망

세라　　새롭다. 인디언 이야기다워. 주인공 이름부터.

엄지　　맞아요. 썰매에 무지개를 끌고 오고 어깨에 은하수를 달고 온다는 거, 멋져요. 대자연의 에너지!

통이　　언니들을 미루나무로 만들 줄은 몰랐어. 미루나무가 흔들리는 게 바람 때문이라는 건, 국어 시간에 배운 표현에 따르면 중의법이네.

연이　　막내딸은 보고 듣고 느낀 대로 말하잖아요? 사랑의 바탕은 진심이라는 점이 마음에 와닿았어요.

뭉이쌤　　그래. 서로의 숨겨진 참모습을 알아보는 것도 핵심 요소지. 존재의 진정한 가치라고나 할까.

세라　　아, 강한 바람이 보이지 않았다는 건 그의 내면의 가치를 제대로 들여다본 사람이 없었다는 뜻일 수 있군요! 막내딸은 그것을 제대로 알아본 사람이고요.

뭉이쌤　　그렇지요!

연이　　그 가치가 무지개나 은하수처럼 워낙 큰 것이라서 사람들이 못 알아봤나 봐요.

통이　　오오, 그거 제대로다! 연이가 이 이야기의 진정한 가치를 본 사람이군.

세라 퉁이가 모처럼 연이의 참모습을 알아보네. 하하.

뭉이쌤 하하하. 자, 이제 노고할망님 차례입니다. 또 다른 숨은 바람의
모습을 보여주세요.

노고할망 그럼, 우리나라 성주신 이야기를 한번 해볼게. 〈신과 함께: 인과
연〉에서 마동석 배우가 맡았던 역할이 성주신이었지. 어떤 이야
기인지 한번 들어볼래?

일동 네, 좋아요!

내가 들려줄 이야기는 우리나라에서 오래전부터 구전돼 온 이야기야. '성주
풀이'라는 이름으로 알려진 신화지. 성주신이라고 들어봤으려나? 집을 지켜
주는 신이란다. 집터의 신인 터주신과 함께 가정을 보살펴 주지. 그 신들의 내
력을 풀어내는 이야기가 <성주풀이>야. 부부간의 멋진 사랑 이야기지.

황우양과 막막

＊

한국 신화

옛날 먼 옛날, 하늘과 땅은 하나로 뒤섞여 있었어. 거인신이 하늘과 땅을 갈라서 그 사이에 새로운 세계가 생겨났지. 인간과 동식물들이 사는 세상이 말이다. 저 높은 곳 하늘나라와 깊은 땅속나라는 신들의 세계란다. 거기 무척 많은 신들이 있지.

하늘과 땅은 위아래로 갈라졌지만 완전히 분리된 건 아니야. 비밀 통로가 있어서 서로 왕래한단다. 방금 전 이야기에 무지개가 나왔잖아? 무지개가 뜨면 하늘나라와 땅속나라가 연결된다고 해. 무지개를 타고서 신들이 천상과 지하를 오가는 거지.

어느 날, 하늘과 땅 사이에 커다란 쌍무지개가 떴어. 큰 경사가 있는 날이었단다. 천상과 지하의 신이 결혼하게 된 거야. 신랑은 하늘나라 천사랑씨이고 신부는 지하국 지탈부인이야. 멋진 한 쌍이었지. 둘은 결혼한 지 열 달 만에 사내아이를 낳았어. 그 울음소리가 용의 소리 같았단다. 부부는 아이를 황우양이라고 불렀어.

황우양은 어려서부터 손재주가 남달랐단다. 흙을 가지고 집터를 닦고 나무를 깎아 집 짓는 놀이를 하는데 다들 깜짝 놀랄 정도야. 그가 청년이 되니까 온 세상에서 제일가는 목수지. 천상이든 지하든 중요한 공사를 도맡아서 했단다.

근데 황우양은 하늘나라 생활이 따분했지 뭐냐. 거기가 평화롭지만 좀 지루하거든. 그는 늘 마음이 인간 세상에 가 있었어. 춘하추동이 바뀌고 수많은 일들이 벌어지는 게 재미있어 보이는 거야. 그는 지상에서 짝을 찾아서 살고자 했어. 인간 세상을 널리 찾아다닌 끝에 마음에 쏙 드는 사람을 만났단다. 계룡산 자락에서 살던 처녀인데 이름이 막막이야. 마음이 넓고 막히는 것 없이 잘 알아서 막막이지.

사랑스러운 아내를 얻은 황우양은 황산뜰에 멋진 집을 지어놓고 신혼 생활을 시작했어. 인간 세상 살이가 알콩달콩 얼마나 재미있는지 몰라. 볼거리와 놀거리가 많아서 시간이 바람처럼 흘러가는 거야. 어느새 10년, 20년이 훌쩍 지나갔지. 부부간 정이 점점 깊어져서 걱정은 없었어. 자식이 없었지만 둘만으로 충분했단다.

그러던 어느 날, 황우양이 마루에 누워서 낮잠을 자는데 꿈자리가 이상하지 뭐냐.

'이거 불길하군! 하긴, 그동안 너무 태평했어.'

황우양은 오랜만에 완전무장을 하고 주위를 경계하기 시작했어. 아니나 다를까, 그를 노리고 멀리서 찾아온 누군가가 있었지. 어디에선가 하면, 신들의 세상에서.

조금 뒤로 돌아가 볼게. 하늘나라 궁전을 천하궁이라고 하거든.

그런데 하늘에 난데없는 쇠바람이 휘몰아쳐서 궁전 기둥이 우지끈 부러진 거야. 전에 없던 변고지. 하늘왕이 신하들을 모아놓고 궁전을 새로 지을 일을 상의하는데 아무리 봐도 그 일을 해낼 이가 없어. 그때 누가 나서더니,

"적임자가 있어요! 황우양이라면 이 일을 잘 해낼 겁니다."

그러니까 다들 무릎을 딱 치지. 그런데 황우양이 순순히 오느냐가 문제야. 하늘왕은 힘세고 용맹한 신을 차사로 삼아서 인간 세상으로 보냈단다. 순순히 안 오면 붙잡아 오라고 했어. 그래서 차사가 황산뜰로 왔는데 이게 만만치 않은 거야. 황우양이 갑옷을 입고 눈을 부라리는데 기가 딱 죽지 뭐냐. 차사는 감히 안으로 들어갈 생각을 못 하고 담장 밖을 방황했단다.

"여봐! 하늘나라 차사 같은데, 왜 그러고 있어?"

차사가 보니까 웬 노인네인데 범상치가 않아.

"하늘왕의 명으로 황우양을 잡으러 왔는데, 그 모습을 보니까 엄두가 안 납니다."

"오호, 그렇단 말이지? 그거 잘됐군. 그 녀석 한번 골탕 먹어야 해. 내가 이 집 조왕신인데 말이지, 요즘 부부 행실이 통 마음에 안 들거든. 서방은 냄새나는 버선을 부엌에 팽개치고, 아내는 식칼을 갈아서 부뚜막에 함부로 얹어놓고 말야."

조왕신은 부엌신이야. 부부가 부엌을 소홀히 다루니까 심통이 난 거지.

"어떻게 하면 황우양을 잡을 수 있을까요?"

"동틀 무렵이면 개가 갑옷이랑 투구를 벗어놓고 부모님께 문안하러 뒷동산에 갈 거야. 길가 썩은 고목 안에 숨어 있다가 콱 달려들어서 붙잡으면 돼."

차사는 신이 났어. 그 말대로 밤새 고목에 숨어 있다가 동틀 무렵에 어슬렁어슬렁 올라오는 황우양의 다리를 담싹 안아서 넘어뜨렸어. 난데없는 습격이니 황우양도 손쓸 도리가 없지.

"하늘나라로 와서 천하궁을 새로 지으라는 하늘왕의 명령입니다. 어서 갑시다!"

들어보니 난감해. 20년 넘게 집을 안 짓다 보니까 제대로 된 연장 하나도 없었거든. 차사에게 통사정을 해서 겨우 사흘 말미를 얻고서 돌아오는데 참 막막하지. 드러누워서 밥도 제대로 못 먹고 고민하다 보니 어느새 떠나갈 날이 하루 앞이야. 그야말로 죽을상이지.

"아니, 엊그제부터 무슨 일이에요? 뭘 그렇게 누워서 고민이야? 말을 해야 알 거 아녜요."

"나도 답답하니까 이러죠. 당신이 알아도 소용없는 일이거든."

"걱정일수록 나눠야 한다잖아요? 무슨 일인데 그래요?"

그러자 황우양은 차사에게 잡혀서 천하궁을 지으러 가게 된 사정을 그제야 털어놨단다.

"당신도 알다시피 부러진 송곳 하나도 없는데 무얼 가지고 천하궁을 짓는단 말이오?"

그러자 막막이 남편을 다독이면서,

"어찌 그만한 일로 드러눕는단 말입니까? 내가 어떻게든 해볼 테니 못 잔 잠이나 주무세요."

그 말을 듣고 나니 마음이 좀 풀려. 황우양은 졸음이 밀려와서 쿨쿨 잠이 들었단다. 코까지 드르렁 골아.

막막은 먹을 갈아서 하늘나라와 땅나라로 소지(燒紙)를 올렸어. 소지가 뭔지 아니? 신에게 비는 소원을 적어서 태워 올리는 종이야. 소지를 올리니까 얼마 뒤에 뭉치쇠와 조각쇠, 가루쇠가 도착했지. 막막은 아궁이에 불을 피우고 쇠를 녹여서 망치, 자귀, 톱, 끌 등등 집 짓는 연장을 만들었단다. 남편이 입고 갈 옷을 새로 잘 지어서 차곡차곡 개어놓고, 마구간의 말을 꺼내서 머리와 꼬리를 빗기고 호랑이 가죽 안장을 얹어놨어.

막막이 일을 마치고 나니까 동녘에서 날이 밝아와. 황우양이 벌떡 일어나더니,

"내가 깜빡 잠들었군. 오늘이 길 떠나는 날인데, 어떻게 해야 할지……."

"걱정 말고 밖에 나가 봐요."

보니까 망태에 갖은 연장이 갖춰져 있고 말이 길 떠날 준비를 다 한 상태지. 황우양이 아내에게 넙죽 절을 하면서,

"부인, 당신이 나를 살렸어요! 사랑합니다."

싱글벙글 그런 야단이 없어. 황우양이 식사를 마친 뒤 새 옷을 입고서 말에 올라타니까 막막이 말했지.

"서방님, 길 가는 중에 누가 말을 걸어도 대꾸하지 말아요. 함부

로 종적을 알리면 안 됩니다. 천하궁을 지을 때는 새 재목을 탐하지 말고 낡은 재목을 중히 쓰도록 하세요."

"네네, 알겠습니다요. 걱정 붙들어 매세요. 하하."

황우양은 껄껄 웃으며 길을 나섰어. 말을 타고 하늘나라에 어떻게 가느냐고? 한없이 가고 또 가다 보면 하늘과 땅이 맞닿는 곳이 나오거든. 거기로 해서 천상으로 가는 거야.

황우양이 이곳저곳을 지나쳐서 소진뜰을 지나가는데 누군가가 다가오더니 말을 걸지 뭐냐. 지하궁에 가서 돌성을 쌓고 오던 소진항이라는 자야. 황우양이 못 본 척 그냥 가니까 소진항이 다짜고짜 욕을 해.

"사람이 말을 거는데 아는 척을 안 하다니 후레자식이로군!"

그게 조상 욕이거든. 아내 말을 듣다가 조상을 욕보이게 생긴 거야. 황우양이 소진항에게 다가가서 눈을 부릅뜨면서,

"괜한 사람을 욕하다니 그쪽이야말로 후레자식이로군!"

그랬더니 소진항이 낄낄 웃으면서 다가와.

"이거 서로 비겼구려. 인사나 합시다. 나는 소진뜰 사는 소진항이오. 어디 가는 누구시오?"

"나는 황산뜰에서 온 황우양이라 하오. 천하궁을 새로 지으러 가는 중이오."

그러자 소진항이 순식간에 말을 꾸며내. 술수가 많은 자거든.

"그러시오? 내가 지금 천하궁에서 터를 닦고 오는 길인데, 나를 안 만났으면 큰일 날 뻔했습니다. 거기 내가 만지던 돌과 나무가

가득한데, 다른 사람이 만지면 동티가 날 겁니다."

그게 무슨 말이냐면, 돌과 나무를 만지면 재앙이 닥친다는 말이야. 황우양이 놀라서 그럼 어찌해야 하냐니까, 황우양이 입고 있는 옷과 타고 있는 말을 자기 것과 바꿔야 한다지 뭐냐. 황우양은 미심쩍으면서도 혹시나 하는 생각에 그 말대로 했단다. 새로 지은 옷을 벗어 주고서 다 떨어진 베옷을 받아 입고, 좋은 말을 주고서 비루먹은 당나귀를 받아 탔어. 그러고선 신이 나서 하늘나라로 향하는 거지.

황우양이 사라지니까 소진항은 어떻게 했을까? 자기 사는 소진 뜰을 지나쳐서 막막이 혼자 있는 황산뜰로 향했단다. 막막은 남편을 보내고 뒷동산에 올라가 있다가 까마귀 울음소리를 듣고 불길한 생각이 들어서 집으로 들어가 대문을 단단히 잠갔어. 그때 소진항이 득달같이 달려들더니 호령을 하는 거야.

"서방님이 오면 닫힌 문도 열어줘야 하거늘, 이게 무슨 짓이냐? 어서 문을 열어라!"

막막이 그 말을 들으니 기가 막히지.

"우리 서방님이 하늘나라로 떠났는데 벌써 돌아올 리가 없소. 목소리도 말투도 다 다른데 어찌 당신이 내 서방이란 말이오?"

"내가 석 달 열흘 동안 지을 궁전을 순식간에 짓느라고 목소리가 달라진 것인데, 어찌 서방을 못 알아본단 말이냐? 여기 네가 만들어준 옷을 봐라."

그러면서 입고 있던 도포와 적삼을 담 너머로 던지는 거야. 막

막이 그 옷을 보더니,

"이 옷을 보니 바느질이 분명 내 솜씨인데 땀냄새가 달라졌으니 어찌 된 일인가. 우리 서방을 죽이고 입었는가 살리고 입었는가?"

소진항이 밖에서 아무리 기다려도 문이 열리질 않았어. 그래서 그는 대문에 부적을 붙이고 주문을 외웠지. 그러자 철통같이 잠긴 문이 얼그럭 절그럭 열렸단다. 안으로 뛰어 들어간 소진항이 막막을 붙잡고 눈을 부릅뜨면서,

"네 서방은 벌써 저세상 사람이 됐으니, 이제부터는 나를 섬기거라."

막막이 그 말을 들으니 기가 막힐 노릇이지. 하지만 막막은 침착하게 말했어.

"이렇게 됐으니 어쩔 수 없는 일이군요. 좋습니다. 하지만 백년가약을 맺더라도 자식 된 도리는 해야지요. 오늘 밤이 친정아버지 제삿날이니 하루만 기다려주세요."

그걸 안 들어줄 수는 없지. 소진항이 허락하니까 막막이 밤새 제사를 지내는 척하면서 그의 눈을 피해서 비단 속옷에 혈서로 글을 써가지고 주춧돌 밑에 숨겨뒀단다. 남편에게 전하는 편지를 쓴 거지.

날이 밝자 소진항은 집을 다 무너뜨려서 황산뜰을 쑥대밭으로 만들어놨어. 그러고는 막막을 소진뜰로 데려가서 빨리 자기랑 결혼하자고 야단이지.

"나도 그러고 싶지만, 어제 제사를 지낼 때 몸에 일곱 가지 귀신

이 들었어요. 지금 결혼하면 나도 당신도 죽은 목숨입니다. 뒤뜰 개똥밭에 굴을 파고 100일간 구메밥을 먹으면 귀신이 떨어질 겁니다. 그때 인연을 맺어도 늦지 않아요."

소진항이 들으니 긴가민가하지. 그래도 안전한 게 최고라서 막막을 굴에 들게 하고 구메밥을 먹였어. 구메밥이 뭐냐면 예전에 감옥에 갇힌 죄수에게 벽 구멍으로 들여보내던 밥이야. 막막이 죄인 노릇을 자처한 거지.

그때 황우양은 어찌 됐을까? 하늘나라에 무사히 이르렀는데 그날 밤 꿈자리가 영 사나웠지 뭐냐. 첫 꿈에서 머리에 쓰던 갓이 테두리만 남아 보이고, 두 번째 꿈에서는 먹던 수저가 부러져 보이고, 세 번째 꿈에는 신던 신발이 진흙 속에 묻혀 보였단다. 황우양은 동이 트자마자 하늘나라 점쟁이를 찾아가서 꿈풀이를 청했어. 해몽하는 사람이 하는 말이,

"아아, 이 꿈풀이 차마 못 하겠구려. 쓰던 갓이 테두리만 남은 것은 그대 집이 주춧돌만 남았다는 뜻이고, 먹던 수저가 부러져 보인 것은 부인과 이별한다는 뜻이며, 신발이 흙 속에 묻힌 것은 부인이 다른 남자를 섬기고 있다는 뜻입니다."

그 말을 들으니 황우양이 깜짝 놀라지. 그렇다고 일을 그만두고 돌아갈 수는 없잖아? 그는 한 해 걸릴 일을 한 달에 하고, 한 달 걸릴 일을 하루에 해서 사흘 만에 천하궁을 뚝딱 완성했단다. 아내 말대로 새 재목을 탐하지 않고 낡은 재목을 중히 다뤘지. 다 짓고 나니까 전보다 훨씬 훌륭해. 하늘왕이 잔치를 베풀려고 했

지만 황우양은 다 사양하고 인간 세상으로 향했단다. 마음이 얼마나 급했겠어?

황산뜰에 도착한 황우양은 억장이 무너지는 것 같았어. 해몽 그대로야. 산도 물도 그대론데 자기가 살던 집은 주춧돌만 남고 우물에는 올챙이만 우글우글. 황우양이 주춧돌을 얼싸안고 통곡을 하는데 눈물이 흘러서 강물이 될 정도였단다. 그때 문득 까마귀 떼가 날아오더니 아래쪽 까마귀는 까옥까옥, 위쪽 까마귀는 끼욱끼욱. 까마귀 그림자가 주춧돌에 어른거리자 황우양이 이상한 생각이 들어서 그걸 들춰봤어. 그랬더니 글자가 적힌 옷 조각이 나오지 뭐냐. 보니까 아내가 혈서로 쓴 편지야.

서방님, 살아서 오면 소진뜰 우물에서 만나고, 죽은 혼이 오면 저승에서 만납시다.

편지를 보니까 이게 소진항 짓이야. 황우양은 곧바로 소진뜰로 향했어. 하인들이 집을 철통같이 지키고 있지. 황우양은 당장 안으로 뛰어들려다가 아내가 편지에 쓴 말대로 우물로 향했어. 그러고는 우물가 버드나무에 올라가 밤을 지새우면서 아내에게 꿈을 불어넣었단다.

그날 밤 막막이 개똥밭 땅굴에서 자다가 꿈을 꾸는데, 앵두꽃이 떨어져 보이고 문 위에 허수아비가 달려 보이고, 거울이 깨져 보이는 거야. 막막이 깨어나서 곰곰 생각해 보니까 그게 좋은 꿈이거든. 앵두꽃이 떨어졌으니 열매를 맺을 징조이고, 허수아비가 달려 보인 건 우러러볼 사람이 와 있다는 뜻이야. 거울이 깨진 것은 거울을 새로 만들어 옛날에 보던 얼굴을 비춰 볼 징조지.

날이 밝자 막막은 소진항을 불러서 말했어.

"내 몸에 붙은 귀신이 다 떨어졌습니다. 우물에 가서 몸을 씻고 와서 백년가약을 맺겠습니다."

그러자 소진항 입이 딱 벌어지지. 막막은 혼자서 우물로 나온 뒤 몸을 씻는 척하면서 버드나무 위를 올려다봤어. 사랑하는 남편이 덩그러니 앉아 있지.

"부인, 그 동안을 못 참고 다른 남자를 섬긴단 말입니까?"

"내 말을 가벼이 여긴 탓인데 누구를 책망한단 말입니까? 그리고 내가 어찌 다른 남자를 섬기겠습니까? 원수를 갚을 일이 급하니 어서 내려오세요."

막막은 일부러 폭 넓은 치마를 입고 나갔어. 남편이 내려오니까 그를 치마폭에 숨기고 소진항 집으로 돌아왔단다. 남편을 마루 밑에 숨겨두고서 소진항한테 가더니,

"이렇게 좋은 날, 술이 없어서야 되겠습니까? 내가 한 잔 권하겠습니다."

소진항이 하녀를 시켜서 술상을 들이니까 막막이 자꾸 권하지. 센 척하느라고 다 받아먹다 보니까 결국 취해서 쓰러져 버렸어. 그때 황우양이 득달같이 달려들어서 소진항을 묶어가지고 마당에다가 털푸덕! 술이 덜 깬 소진항을 향해 황우양이 천둥처럼 호령

하는데 그 모양이 볼만해.

"이놈, 감히 나를 속이고 내 아내를 괴롭혀? 죽어봐야 네 죄를 알지!"

그러자 소진항이 덜덜 떨면서 살려달라고 비는 거야.

"이놈! 네가 아내에게 구메밥을 준 공이 있으니 목숨은 살려주마. 하지만 그냥은 안 돼."

황우양은 소진항을 장승으로 만들어서 길가에 떡 세워놨어. 눈을 부릅뜨고 있는 장승이 소진항이란다. 오도 가도 못하고 한자리에 박혀서 사람들의 눈총을 받게 됐지. 하지만 그 모습이 험악해서 잡귀들이 못 들어오니까 마을 사람들은 덕을 봐.

황우양과 막막이 원수를 갚고 소진뜰을 떠나서 밤이 됐는데 따로 묵을 곳이 없어. 할 수 없이 갈대밭에서 밤을 지낼 적에 막막의 치마로 포장을 쳐놓고서 별을 보고 나란히 누워서 회포를 풀었단다. 황우양이 사흘 만에 천하궁 지은 일을 말하니까 아내가 놀라고, 아내가 굴속에서 지낸 일을 말하니까 남편이 놀라지. 그때 막막이 말했어.

"서방님, 우리가 자식이 없으니 앞으로 누구에게 의탁할까요?"

"우리 둘이 사이좋게 지내다가 집집마다 성주신, 터주신으로 들어가서 가정이 잘되도록 도와줍시다. 그러면 사람들이 우리를 섬겨주고 먹여주지 않겠소?"

"그거 좋으네요. 역시 우리 서방님!"

"역시 우리 마누라님!"

그래서 부부는 사람들 집에 들어가서 신이 됐단다. 황우양은 성주신이고 막막은 터주신이야. 부부신이 서로 도우면서 보살펴 주니까 두 신을 모신 집 치고 잘못되는 집은 없었지. 요즘은 아파트가 많은데, 잘 적응하고 있나 몰라. 조만간 한번 만나서 물어봐야겠구나. 하하.

이야기에 대한 이야기

연이 | 정말 재미있어요. 이게 어른들의 사랑이군요.

노고할망 | 어른들만이겠니? 사람은 젊으나 늙으나 크게 다르지 않단다. 사랑도 그렇고.

퉁이 | 우리 집에도 황우양과 막막 부부가 계신 걸까요?

뭉이쌤 | 왜 아니겠니? 그 덕에 너희 집이 잘 지내는 거지. 어머니랑 아버지께서 사이좋으신 거 맞지?

퉁이 | 어라? 우리 어머니와 아버지가 부부신? 종종 티격태격하시지만 서로 잘 챙기세요.

노고할망 | 그래. 신은 꼭 멀리, 바깥에 있는 게 아니란다.

엄지 | 부모님께 이 이야기 해드려야겠어요. 좋아하실 거예요.

뭉이쌤 | 이 이야기에 대해서도 궁금한 게 있겠지만, 이번엔 생략할까요?

세라 | 네. 궁금한 게 많지만 그냥 따뜻함을 느끼고 싶어요. 노고할망께서 워낙 친절하게 얘기를 잘해주셨고요.

노고할망 | 내가 보기에는 세라 씨도 신이 될 만한 재목이야. 되고 싶은 신이 있다면?

세라 | 저요? 혹시 기회가 주어진다면 이야기의 신이요!

뭉이쌤 | 이야기의 신이 넘쳐나는 세상, 기대됩니다. 아주 행복한 세상일 거예요. 우리 모두 파이팅!

storytelling time
나도 이야기꾼!

기본 스토리텔링

이번 스테이지에서 만난 이야기 중 가장 마음에 드는 것을 하나 골라서 다음과 같은 단계로 스토리텔링 활동을 해보자.

step 1: 책에 쓰인 그대로 이야기를 소리 내어 읽는다.

step 2: 책에 쓰인 그대로 이야기를 소리 내어 읽되, 가상의 청자에게 말해 주듯이 읽는다.

step 3: 청자에게 이야기를 전달하되, 틈틈이 책을 참고한다.

step 4: 청자에게 이야기를 전달하되, 책을 참고하지 않는다.

step 5: 청자에게 이야기를 전달하되, 표현과 내용을 조금씩 자신의 방식대로 바꿔본다.

step 6: 완전히 내 것이 된 이야기를 구연 환경과 청자의 성향에 맞춰 내용과 표현을 자유자재로 조절하며 전달한다.

이야기별 재창작 스토리텔링

다음은 이번 스테이지에서 만난 이야기들에 대한 활동거리이다. 이 중 하나 이상을 골라 스토리텔링 활동을 해보자.

<작은 암말과 소년>

① **인물의 내면 들여다보기:** 작은 암말로 변한 왕자의 심리 변화를 주요 사건 단계별로 요약해서 써보자. 단, 일기나 블로그, 인스타 글 형태로 쓴다.

② **숨은 이야기 상상하기:** 애꾸눈 사내의 정체와 사연을 상상해 이야기로 만들어보자.

③ **숨은 이야기 상상하기:** 한스의 아버지와 어머니는 그 뒤 어떻게 됐을지 상상해 이야기로 만들어보자.

<업둥이와 레나>

④ **화소의 상징 탐구하기:** 이야기 속에서 업둥이와 레나가 각각 장미나무와 꽃, 교회와 샹들리에, 연못과 오리로 변하는 장면의 상징적 의미를 풀이 해서 서로의 생각을 이야기해 보자.

<사르센바이의 사랑>

⑤ **인물 정체 탐색하기:** 사르센바이에게 모래를 준 노인의 정체에 대해 이 야기해 보자.

⑥ **인물 정체 탐색하기:** 현대 한국 사회에서 알튼 크즈를 납치한 마녀와 같

은 인물을 찾아보고 그렇게 생각한 이유를 말해보자.

⑦ **뒷이야기 만들기:** 사르센바이를 내쫓은 주인과 초원에서 만난 늑대의 뒷
이야기를 써보자. 단, 두 인물을 엮어 특별한 사건을 만든다.

〈강한 바람의 신부〉

⑧ **새로운 사건 만들기:** 이야기 속 마을에 외부로부터 큰 재앙이 밀려온 상
황을 가정하고, 강한 바람과 그의 아내가 이에 맞서는 내용을 판타지 스
토리로 만들어보자.

⑨ **결말 이후의 일 상상하기:** 미루나무가 된 언니들이 후대의 사람들에게 어
떤 말을 남기고 싶을지 상상해 보고, 그 내용을 시나 노랫말이나 랩으로
써보자.

〈황우양과 막막〉

⑩ **작품 비교·분석하기:** 웹툰 〈신과 함께〉 '이승 편'을 감상하고 작품 속 황
우양과 막막의 캐릭터가 원작과 비교해서 어떤 점이 같고 어떤 점이 다
른지 이야기해 보자.

⑪ **새 이야기 만들기:** 이야기 속 인물의 성별을 바꿔서 하늘의 여신과 땅의
남성이 만나 살아가는 사랑 이야기를 만들어보자. 단, 여성이 과업을 받
고 떠나는 내용을 담도록 한다.

이야기 연계 스토리텔링

1. 〈사르센바이의 사랑〉에 나오는 마녀가 〈작은 암말과 소년〉 속의 왕자에게 모욕을 당한 상황을 가정하고, 그 뒤 어떤 사건이 펼쳐졌을지 상상해서 이야기를 만들어보자. 단, 결정적인 순간에 〈강한 바람의 신부〉의 강한 바람이 등장해 반전을 만들어내는 내용을 포함한다.

2. 〈작은 암말과 소년〉의 왕자, 〈업둥이와 레나〉의 업둥이, 〈사르센바이의 사랑〉의 알튼 크즈, 〈강한 바람의 신부〉의 여동생을 초청해서 '참사랑이란 무엇인가?'라는 주제로 토론회를 거행한 내용을 대화록 형태로 정리해 보자. 단, 사회자는 〈황우양과 막막〉의 막막으로 한다.

3. 황우양과 막막이 〈업둥이와 레나〉의 레나 집안의 신이라 가정하고, 그들이 레나의 집안에 사랑이 가득하도록 돌보는 내용으로 이야기를 재구성해 보자. 단, 소진항을 두 신을 방해하는 역할로 설정한다.

4. 이 외에 이야기들을 흥미롭게 연계할 수 있는 여러 가지 방법을 찾아보고, 이를 토대로 다양한 스토리텔링 활동을 해보자.

stage 02

사랑이라는
이름의 마법

미녀와 괴물

구렁덩덩신선비

세상 끝의 우물

막내 왕자의 개구리 신부

들장미성의 잠자는 공주

백설공주

규 아재

짜잔! 이번 스테이지 오프닝은 귀염둥이 규 아재가 맡도록 할게. 무대는 아시아 대륙이야. 한국어가 알타이어족에 속한다는 건 다 알지? 알타이족이라는 종족이 있거든. 어디 사는지 아는 사람? 아시아 대륙인 건 당연하고, 더 구체적으로! 어디냐면 몽골하고 카자흐스탄 위쪽, 시베리아 남부 지역이야. 거기서 전해온 이야기를 할 건데, 듣고 나면 '이거 어디서 본 건데.' 할 거야. <미녀와 야수>랑 좀 비슷하거든. 하지만 같은 이야기는 아니야. 이게 더 재미있을걸!

미녀와 괴물

*

알타이 민담

옛날 아주아주 먼 곳, 실개천 아홉 개가 합쳐지는 예쁜 마을 작은 집에 한 노인이 손녀딸 셋을 데리고 살았어. 다들 눈부신 미인들이야. 꽃들이 시샘하고 바람이 탐을 낼 정도. 노인은 손녀딸들과 함께 행복했어. 세 자매도 사이좋게 잘 지냈고.

그러던 어느 날, 일이 터진 거야. 노인이 땔감을 구하러 깊은 산속으로 갔더니 검은 숲에 커다란 떡갈나무가 우뚝 서 있는데, 딱 봐도 너무 늙어서 말라붙었어. 그런 건 도끼로 잘라서 불을 때야지. 노인은 손바닥에 침을 탁 뱉고는 도끼를 움켜쥐고 일격을 가했어. 단번에 쓰러뜨릴 심산이지. 쾅!

근데 나무가 꿈쩍도 안 해. 도끼도 안 빠지고 말이지. 노인이 끙끙대는데 누가 와서 팔을 꽉 잡는 거라. 힘이 얼마나 센지 뼈가 부서질 것 같아.

"아이쿠 아야!"

눈을 들어보니까 흉측한 짐승이야. 듣도 보도 못한 짐승이니 괴물이지.

"감히 내 나무를 찍었겠다? 너도 한번 찍혀봐라."

커다란 입을 쫙 벌리고서 날카로운 송곳니로 물려고 덤벼드니 까무러칠 판이지. 아니, 차라리 까무러치는 게 나을 지경이야.

"살려주시오. 원하는 걸 뭐든지 해드리리다."

"그래? 그렇담 좋다! 손녀딸 셋 있지? 한 명 내놔."

노인은 겁에 질려서 그냥 '네네' 대답했어. 그러자 괴물이 붙잡 았던 팔을 풀어주고서 뒤따라오네. 도망가는 건 꿈도 못 꿔. 할 수 없이 집으로 와서 손녀딸들을 모아놓고 그 얘기를 하지.

"그래서 너희들 중 한 명을 보내야 하니 이를 어쩌냐? 큰애야, 괜찮겠어?"

큰손녀가 그 짐승을 보니까 숨이 턱 막히지.

"전 못 해요. 차라리 물에 빠져 죽는 게 나아요. 흑흑."

둘째도 마찬가지야.

"저도요. 목매달아 죽는 게 나아요. 죄송해요."

그런데 막내가 짐승을 한번 보더니 이렇게 대답하는 거야.

"제가 가야 할아버지가 무사하다면 그렇게 할게요. 그동안 키워 주시느라 고생하셨잖아요."

노인이 보니까 그 눈에 눈물이 그렁그렁해. 걔 이름이 아크체첵 이야.

"아크체첵, 미안하구나."

그러고는 괴물을 쳐다보며 물었어.

"설마 이 아이를 해치진 않겠죠?"

괴물은 말없이 아크체책을 데리고 갈 뿐이야. 노인도 그렇고 언니들도 그렇고 기가 막히지. 아무쪼록 무사하길 빌 뿐이야.

이제부터 아크체책을 미녀라고 할게. 괴물은 미녀를 데리고 깊은 산속으로 들어갔어. 떡갈나무들이 우뚝 서 있는 검은 숲을 헤치고 들어가니까 얼음에 덮인 봉우리가 나와. 근데 괴물이 앞발을 들었다가 땅을 쿵 치니까 봉우리가 턱 열려. 그 안은 반짝반짝 빛나는 유리궁전이야. 그런 멋진 집은 처음이지. 멋진 음악도 촬촬 흘러나와. 연주자도 없는데 말이지.

미녀는 궁전에서 살게 됐어. 먹을 것도 많고 부족한 게 없어. 아니, 사랑하는 가족 대신 괴물이 지키고 있으니 부족한 게 많은 거네. 다행히 괴물은 사납지 않고 친절했단다. 나름 세심한 면도 있어. 미녀 입맛에 맞게 열심히 요리도 만들고 말이지. 그렇게 세월은 물처럼 흘러갔어.

그사이에 두 언니는 사냥꾼들에게 시집갔단다. 남편이 둘 다 명포수야. 언니들은 동생을 구해 오기로 마음먹었어. 죽었으면 무덤이라도 만들어줄 생각이지. 포수들은 총을 메고 힘차게 앞장서서 산속으로 들어갔어. 떡갈나무 숲을 관통하니까 괴물이 사는 곳이지.

그들이 오는 걸 괴물이 먼저 발견했어. 괴물이 앞발을 들어서 땅을 쿵 치니까 궁전은 사라지고 허름한 움막으로 변하는 거라. 거지라고 해도 살기 싫어할 만한 집이지. 미녀의 옷은 어느새 땟

국물 가득한 누더기가 돼 있어. 언니들이 동생에게 달려들면서,

"아크체첵! 이게 웬일이니?"

"어떻게 안 죽고 산 거야? 집으로 가자! 말 타고 달리는 거야."

하지만 막내의 대답은 예상 밖이었어.

"아니야, 떠날 수 없어. 그러면 다들 위험해질 거야. 난 지낼 만하니까 걱정 마. 여기 괜찮아."

언니들이 아무리 설득해도 달라지지 않아. 본인이 고집하니까 어쩔 수 없지.

"아, 하얀 꽃! 너의 이 불행을 어쩌면 좋으니?"

내가 말 안 했었나? 아크체첵이 '하얀 꽃'이라는 뜻이야. 그러고 보니 유리궁전에 어울리는 이름이네. 하하.

언니들은 싸 간 음식을 동생과 나눠 먹은 뒤 눈물의 이별을 했어. 발걸음이 떨어지지 않지. 그들이 사라지고 나니까 움막은 다시 유리궁전으로 변했단다. 어쩌면 그게 같은 거였는지도 모르지.

그렇게 다시 세월이 흘러갔어. 어느 날, 괴물이 미녀에게 웬 상자를 가져다주더니 이렇게 말하는 거야.

"그동안 여기서 많이 쓸쓸했죠? 세상 구경을 다녀올 기회를 줄게요. 이건 내 선물이에요."

미녀가 상자를 열어보니까…… 세상에, 그렇게 예쁜 드레스는 처음이야. 입어보니까 하늘나라 선녀 같지. 하얀 선녀.

밖에 나가 보니까 눈처럼 하얀 말도 준비돼 있어. 말에 올라탔더니 알아서 쭉쭉 달려. 금방 큰 도시에 다다랐는데 온통 떠들썩한

거라. 미녀가 들어보니까 내일이 족장 아들의 결혼식이래. 다른 곳으로 말하면 왕자님이지. 이제부터 왕자라고 할게. 아무튼 세상에 그런 꽃미남은 다시없대.

사람들이 다 모여 있는데 드디어 왕자가 나타났어. 미녀가 보니까 듣던 것 이상이야. 그렇게 멋진 사람이 있을 줄이야! 그런데 그 왕자가 수많은 사람들을 놔두고 자기한테로 와서 손을 내밀지 뭐야.

"아름다운 아가씨군요. 아직 결혼 안 하셨나요? 내일 결혼할 상대를 찾고 있는 중이랍니다. 저 어떤가요?"

그런 멋진 왕자님하고 결혼할 수 있다면 얼마나 좋겠어. 하지만 아크체첵은 그럴 수 없었어.

"감사해요. 하지만 저에게는 다른 사람이 있어요. 죄송합니다."

그때 언니들이 다가오더니,

"너 아크체첵이구나. 어쩜 이렇게 아름다울 수가! 너에게 딱 맞는 상대야. 어서 청혼을 받아들여!"

"아니야, 언니들. 나를 오랫동안 돌봐준 사람을 배신할 수는 없어."

언니들은 울상이 되고, 왕자는 아쉬운 표정으로 돌아서지.

날이 저물 때가 돼서 미녀가 말을 타고 숲으로 돌아오는데 마음이 싱숭생숭해. 근데 괴물이 눈치를 딱 알아채는 거야.

"구경 잘 했나요? 근데 당신 마음속에 누군가가 있군요. 그 사람이 누군지 말해봐요."

"멋진 왕자님을 만났어요. 나에게 정중히 청혼했죠. 마음이 설렜어요."

"역시 그랬군요."

그때 아크체첵이 괴물의 손을 잡으면서,

"하지만 저는 당신이 좋아요. 그동안 함께 지내면서 다정하고 따뜻한 분이란 걸 느꼈거든요. 말은 못 했지만 행복한 시간이 많았어요. 당신을, 사랑합니다!"

어머 이게 무슨 말이야! 그 말을 듣더니 괴물의 눈에 눈물이 그렁그렁. 미녀가 보니까 영락없이 어린아이야. 그때 괴물이 펄떡 재주를 넘더니 짜잔하고 모습이 쫙 변하는 거야. 짐승탈이 벗겨지면서 멋진 남자가 나타나는데, 누구? 그날 낮에 봤던 왕자님! 그 순간, 어디 숨어 있었는지 사람들이 우르르 나타나면서 팡파르를 빠바바밤, 축포를 쾅쾅!

하얀 꽃 아크체첵이 놀라서 어안이 벙벙하지. 괴물, 아니 왕자님이 활짝 웃으면서,

"당신이 나를 사랑한다고 말해준 덕분에 저주가 풀렸어요. 그동안 두 모습으로 살아야 했거든요. 당신에게 본모습을 보일 수 있어서 행복해요. 사랑합니다!"

누가 내린 어떤 저주인지는 말하지 않아도 되겠지? 그게 무슨 상관이겠어, 현재가 중요하지! 둘은 함께 행복한 밤을 보내고서 도시를 향해 길을 나섰단다. 어떻게 행복했는지는 묻지 마. 하하.

두 사람이 함께 말을 타고 결혼식장에 떡 나타나니까 사람들이

다들 깜짝 놀라지. 누가 신부가 될지 다들 궁금한 참이었거든. 언니들이 아크체첵에게 다가오더니,

"그새 마음이 변했구나, 앙큼한 것! 그래, 잘 생각했어."

"다른 사람은 싹 잊어버려."

사정도 모르고 이렇게 말하지. 그러니까 아크체첵이 웃으면서,

"언니들이 좋은 기회를 놓친 것만 알면 돼."

"내 신랑이 어때서? 세상 누구하고도 안 바꿉니다요."

"나도! 그이가 날 얼마나 아껴주는데!"

다들 함께 웃음꽃이 활짝 피지. 할아버지도 초대됐냐고? 두말하면 잔소리지. 백마 탄 시종이 바람처럼 달려가서 모셔 왔단다.

이야기에 대한 이야기

연이 통이 이반 세라 뀨 아재 뭉이쌤

통이 역시 뀨 아재!

연이 진짜로 〈미녀와 야수〉랑 비슷한 것 같아요. 하지만 다른 점도 있어요.

이반 그래. 언니들이 아주 다른 점이 눈에 띄네. 이 언니들 마음에 든다.

뀨 아재 뭔가 대륙의 기운 같은 것도 느껴지지 않니?

세라 맞아요. 유리궁전이 어쩌면 대자연의 숨은 모습일 수 있다고 생각했어요. 겉으로는 차갑고 삭막해 보이지만 그 안에 보석이 숨어 있는 게 자연이잖아요.

이반 오, 그럴듯하다! 근데 유리궁전과 움막이 같은 곳일 수 있다고 한 건 무슨 뜻이에요?

뀨 아재 방금 세라 씨가 한 말과 통해. 외부인이 보면 사람이 못 살 곳처럼 보이는 곳도 거기 적응해서 안착한 사람들에게는 좋은 보금자리이고 궁전일 수 있는 것 아닐까?

뭉이쌤 맞아요. 시베리아 벌판이 사람이 못 살 곳처럼 생각될지 몰라도 거기 사는 사람들에게는 최고의 생활공간일 수 있지요.

연이 그러네요. 생각도 못 했어요. 그럼 저도 궁전에 사는 거네요.

뀨 아재 그렇지. 지금 이곳은 이야기 궁전! 하하.

통이 누가 내린 어떤 저주였는지는 진짜로 모르시는 거예요?

뀨 아재	그건 비밀!
뭉이쌤	하하. 이 말씀은 너희들이 직접 상상해 보라는 뜻이야. 음악을 연주하는 사람들이 갑자기 어디서 나왔는지도 상상해 보렴.
퉁이	알겠습니다. 원작은 모르지만 그럴싸하게 채워보겠어요! 〈미녀와 야수〉보다도 멋지게요.
뭉이쌤	그래그래. 그럼, 다음 이야기는 누가?
연이	제가 하나 할게요. 한국 이야기로요.

연이

제가 들려드릴 이야기는 우리나라의 유명한 민담이에요. 방금 뀨 아재가 해 주신 이야기랑 통하는 게 있을 거예요. 동물이 사람으로 변신하는 사랑 이야기거든요. 바로 시작할게요.

구렁덩덩신선비

✳

한국 민담

옛날 어느 마을에 혼자서 가난하게 사는 할머니가 계셨어요. 그냥 그렇게 살다가 떠나가는가 했는데, 뜻밖의 일이 벌어졌어요. 웬일인지 배가 점점 불러오더니 아기를 낳은 거예요. 근데 태어난 아기가 사람이 아니라 구렁이였지 뭐예요. 할머니는 놀라서 구렁이를 뒤주에 집어넣고 삿갓으로 덮어놨대요.

그런데 할머니가 아들을 낳았다는 소문이 퍼진 거예요. 근처에 장자가 살고 있었는데 딸이 세 명 있었어요. 아주 큰 부자를 장자라고 한대요. 그러니까 부잣집 딸들이죠. 소문을 듣고서 먼저 큰딸이 할머니 집에 찾아왔어요.

"할멈, 아들 좀 보여줘요."

"저기 삿갓을 들춰봐요."

큰딸이 삿갓을 들추고 뒤주 안을 들여다보더니 깜짝 놀라죠.

"으윽! 아들이 아니라 구렁이였네!"

첫째 딸이 가고 나서 둘째 딸이 찾아왔어요. 둘째 딸도 삿갓을

들춰보고 깜짝 놀라서,

"아유 징그러! 흉측한 구렁이잖아!"

다음으로 막내딸이 왔는데, 삿갓을 들추고서 뒤주 안을 살피더니 이렇게 말하는 거예요.

"어머나, 구렁덩덩신선비님이시네요. 우와!"

구렁이를 보고 신선비님이래요. 막내딸이 돌아가니까 구렁이가 할머니에게 말했어요.

"어머니, 그 막내딸한테 장가갈래요. 장자네 집에 가서 말해주세요."

"그게 무슨 말이야? 그 집이 어떤 집인데 감히……."

하지만 아들은 자꾸 고집을 부려요. 되든 안 되든 가서 말해보라는 거예요. 할머니가 마지못해서 장자 집을 찾아갔는데 말이 안 나오죠. 기둥만 붙잡고 서 있다가 그냥 돌아오길 두 번이나 했어요. 그러니까 아들이 화를 내요.

"자식을 낳아놓고서 앞길을 막는 법이 어디 있어요? 가서 말을 안 하시면 한 손에 칼 들고 한 손에 불 들고 어머니 뱃속으로 다시 들어갈래요."

말을 안 하면 큰일 날 것 같아요. 할머니는 장자를 찾아가서 힘들게 말을 꺼냈어요.

"제 구렁이 아들이 따님께 장가를 들겠답니다."

그러자 장자는 다른 말 없이 딸들을 차례로 불러서 물었어요.

"큰아이야, 할머니 아들한테 시집가겠니?"

"끔찍한 소리 마세요. 구렁이한테 어떻게 시집을 갑니까!"

"둘째야, 할머니 아들한테 시집가겠니?"

"생각만 해도 더럽고 흉해요. 그런 말씀 하지도 마세요."

"막내야, 할머니 아들한테 시집가겠니?"

"그럼요, 가고말고요! 구렁덩덩신선비님이신걸요."

막내딸이 활짝 웃으면서 이렇게 대답하는 거예요.

그래서 장자의 막내딸은 구렁이 아들하고 결혼하게 됐어요. 구렁이는 바지랑대를 타고 담에 올라가서 빨랫줄을 타고 초례청에 이르렀어요. 사람들이 뒤에서 손가락질하면서 수군댔지만 막내딸은 태연하게 예식을 치렀답니다. 언니들은 뒤에 멀찌감치 떨어져 있었다나 봐요.

그날 밤이었어요. 신랑이 색시가 떠 온 목욕물로 몸을 씻는데, 갑자기 구름과 안개가 자욱하게 끼면서 앞이 안 보여요. 얼마 뒤 이상한 향기가 나면서 안개가 걷혔죠. 그런데 이게 웬일이에요? 흉한 구렁이는 간곳없고 신선 같은 절세미남 선비가 손을 척 내미는 거예요.

"내가 전생에 죄가 많아 구렁이 탈을 쓰고 태어났는데, 당신이 손을 내밀어 준 덕분에 허물을 벗게 됐답니다."

그러면서 신선비는 구렁이 허물을 각시한테 건네줬어요.

"이 허물을 잘 간직해 줘요. 내가 살아온 역사랍니다. 그게 훼손되면 나는 여기 있을 수가 없어요."

각시는 고개를 끄덕이면서 신선비가 건네준 허물을 고이 접어서 간직했어요. 그리고 꿈같은 신혼 생활이 시작됐죠.

근데 구렁이가 신선으로 변하니까 언니들이 난리가 났지 뭐예요. 멋진 신랑감을 동생에게 뺏긴 게 억울한 거예요. 자기들이 밀쳐낸 건 생각을 안 하고 말예요. 둘은 호시탐탐 신선비가 동생에게 준 허물을 노렸답니다. 어느 날, 그들은 동생이 잠시 한눈을 파는 사이를 놓치지 않고 허물을 빼내서 아궁이에 집어넣었어요. 허물이 불에 타니까 고약한 냄새가 사방으로 퍼져 나갔죠.

그때 구렁덩덩신선비는 나라의 큰일을 맡아보고 있었어요. 일을 보고 집으로 돌아오는데 허물 타는 냄새가 진동하는 거예요. 신선비는 그 냄새를 견딜 수가 없었어요. 그는 발길을 돌려서 멀리멀리 사라져버렸답니다. 사람들이 아무도 모르는 곳으로요.

막내딸이 냄새를 맡고 아궁이로 달려갔을 때는 이미 늦은 뒤였어요. 이미 퍼져버린 냄새를 없앨 순 없었죠. 그 뒤로 신선비는 돌아오지 않았어요. 그가 어디로 갔는지 아는 사람은 아무도 없었죠. 막내딸은 직접 남편을 찾아 나서기로 결심하고는 짐을 꾸려서 무작정 길을 나섰어요.

길을 나서서 이 고개 저 고개를 넘어서 한참을 가다 보니까 어떤 농부가 혼자 너른 논에서 김을 매고 있어요.

"농부님, 구렁덩덩신선비 가는 것 못 보셨나요?"

"이 논에 있는 풀을 다 뽑아주면 가르쳐주지."

막내딸은 다리를 걷고 논으로 들어가서 김을 매기 시작했어요. 생전 처음 하는 일이에요. 땀이 뻘뻘 흐르고 허리가 끊어지는 것 같았죠. 하지만 막내딸은 있는 힘을 다해서 김매기를 마쳤어요.

"저기 저 고개를 넘어가서 까치에게 물어보구려."

막내딸이 고개를 넘어가니까 서낭당 나무에 까치가 앉아서 깍깍 우짖어요.

"까치야, 까치야, 구렁덩덩신선비 가는 것 못 봤니?"

"내 새끼들 먹일 벌레를 모아주면 가르쳐주지."

막내딸은 사방을 헤집고 다니면서 벌레를 모으기 시작했어요. 더럽고 징그러웠지만 꾹 참았죠. 막내딸이 벌레를 한 움큼 모아서 둥지에 넣어주니까 까치가 자기를 따라오라는 듯 날아가면서,

"이 너머 깍깍, 저 너머 깍깍!"

까치를 따라서 가다 보니까 웬 옹달샘에서 호호백발 할머니가 빨래를 하고 있는 게 보였어요.

"할머니, 할머니, 구렁덩덩신선비 가는 것 못 보셨나요?"

"검은 빨래를 희게 빨고 흰 빨래를 검게 빨아주면 가르쳐주지."

막내딸은 빨랫감을 빨기 시작했어요. 그것도 처음 해보는 일이죠. 처음엔 영 안 되더니 한참을 빠니까 옷들이 제 색을 내기 시작했답니다. 검은 빨래는 본래 흰색이고, 흰 빨래는 본래 검은색이었던 거예요.

막내딸이 일을 마치니까 할머니가 샘물 위에 밥사발 뚜껑을 띄웠어요. 그게 뭐라더라? 아, 복주께래요. 조그만 복주께를 배처럼 띄우고서,

"여기 올라타면 된다지."

이러는 거예요. 막내딸은 잠시 물을 바라보다가 복주께 위로 척 올라섰어요. 그랬더니 몸이 어디론가 쑥 빠져 들어가는 거예요. 숨이 막히는 것 같아요. 얼마 뒤에 정신을 차려보니 발이 땅바닥에 닿아 있어요. 딱 봐도 별세계예요. 뭔가 낯선 세상이에요. 근데 논도 있고 밭도 있어요.

막내딸이 걸어가다 보니까 웬 여자아이가 논에서 노래를 부르면서 새를 쫓고 있었어요.

후여, 후여!
윗녘 새는 위로 가고, 아랫녘 새는 아래로 가고
못다 먹고 못 간 새는, 저 건너 구렁덩덩신선비 내일 모레 장가갈 테니
앞마당에 멧떡 치고 뒷마당에 찰떡 치고
거기 가서 얻어먹어라. 이놈의 새야, 후여!

막내딸이 노래를 듣는데 구렁덩덩신선비란 말에 귀가 번쩍 뜨이죠.

"구렁덩덩신선비를 아는군요. 그를 만나려면 어디로 가야 하는지 알려주세요."

그러니까 아이가 대답을 안 해요. 막내딸이 두 번 묻고 세 번 물으니까 그때서야,

"왼쪽 길 언덕 너머 마을 가운데 있는 기와집에 가보세요."

막내딸은 아이가 알려준 대로 해서 그 집을 찾아갔어요. 하지만

안으로 들어가서 주인을 찾진 않았어요. 외양간 한구석에 숨어서 날이 어두워지기를 기다렸답니다. 여자아이가 노래 부를 때 신선비가 낼모레 장가간다고 했잖아요? 대체 그가 어떤 마음인지 알아보려고 한 거예요.

날이 저물고 밤이 오자 하늘에 달이 둥실 떠올랐어요. 그때 구렁덩덩신선비가 마루에 나와서 달을 바라보더니 한숨을 푹 내쉬면서,

"아, 달도 밝구나. 옛날 살던 내 각시는 어디서 무얼 하고 있을까? 그이도 저 달을 보고 있을까?"

그 말을 들어보니 신선비가 여전히 자기를 사랑하는 게 분명해요. 각시가 외양간에서 쏙 나서면서,

"신선비 각시도 여기서 달을 보고 있다오."

세상에나, 사랑하는 아내가 거기 있지 뭐예요. 신선비는 버선발로 달려가서 각시 손을 꼭 잡았답니다.

"이게 꿈인가 생시인가? 당신이 여기에 있다니!"

"당신이 숨어버리니 내가 찾아왔지요. 밉든 곱든 내 사랑이니까요."

그러자 신선비는 각시를 꼭 껴안았어요.

"보고 싶었어요. 내 사랑은 당신뿐입니다."

"그러면 그렇게 떠나지 말았어야죠. 내가 얼마나 고생한지 알아요?"

"미안해요. 그런데 이 일을 어떡하지요? 자꾸 찾아와서 함께 살

자는 사람이 있어서 내일모레 결혼하기로 해버렸어요."

그러자 막내딸이 눈을 찡긋해 보이고서,

"간단해요. 그 여자랑 내가 시합을 해서 누가 진짜 각시인지 가려내면 되죠."

그렇게 해서 막내딸은 사람들이 지켜보는 가운데 시합을 하게 됐어요.

첫 번째 시합은 우물에서 물을 길어 오는 시합이에요. 물을 길어서 머리에 이고 오는데 흘리면 안 돼요. 새 각시가 가벼운 동이를 먼저 차지하는 바람에 막내딸은 크고 무거운 동이를 받았어요. 하지만 승리는 막내딸의 것이었답니다. 먼 길을 걸어오면서 힘든 일을 많이 했잖아요? 그러다 보니 그 일을 멋지게 해낸 거예요.

두 번째는 수수께끼 시합이었어요.

"새 중에 제일 큰 새가 무엇이오?"

새 각시가 이 새 저 새 온갖 새 이름을 대는데 막내딸이 나서면서,

"새 중에는 먹새가 제일 크지요."

먹는 일이 제일 중요하다는 말이에요. 그러니까 사람들이 다 맞다고 박수를 쳐요.

"꽃 중에 제일 아름다운 꽃은?"

새 각시가 이 꽃 저 꽃 화려한 꽃이름을 대는데 막내딸이 나서면서,

"제일 아름다운 꽃은 목화(木花)랍니다. 목화솜으로 옷을 만들어서 사람들이 따뜻하게 입으니 제일 아름답고 소중한 꽃이죠."

그러니까 또 사람들이 다 맞다고 박수를 쳤어요.

"이제 마지막 시합입니다. 호랑이 눈썹 세 개를 구해 와서 망건과 관자를 만드는 사람이 승자예요."

그러자 두 각시는 호랑이 눈썹을 구하러 나섰어요. 새 각시는 멀리 갈 것도 없이 마을에서 커다란 길냥이를 붙잡아서 눈썹을 세 개 빼 왔답니다. 하지만 막내딸은 나막신을 신고서 호랑이를 찾아 깊은 산속으로 들어갔어요. 산속에 웬 오두막이 있는데, 안에 호호백발 할머니가 있어요.

"젊은 색시가 이 산중에는 웬일이람?"

"할머니, 호랑이 눈썹 세 개를 구하러 왔어요. 도와주세요."

그러자 할머니가 막내딸을 한참 쳐다보더니 뒷치마를 들추면서 거기로 들어오라는 거예요. 막내딸이 치마 속으로 들어가고 나니까 '어흥' 소리가 나면서 호랑이 한 마리가 들어와요.

"어머니, 어디서 사람 냄새가 나네요."

"내가 여기 있는데 무슨 소리야? 이리 오너라. 이 잡아주마."

호랑이가 할머니 무릎에 기대어 눕자 할머니는 이를 잡는 척하다가 눈썹 하나를 쏙 뽑았어요.

그 호랑이가 삼형제였나 봐요. 두 번째, 세 번째 호랑이가 계속 들어와요. 할머니는 이를 잡아준다면서 걔들 눈썹도 하나씩 뽑았답니다. 그러고선 막내딸을 치마에서 나오게 해서 눈썹 세 개를 건네주는 거예요.

"감사합니다. 이렇게까지 도와주시다니요!"

"네가 진짜 각시니까."

막내딸은 할머니한테 큰절을 올린 다음 호랑이 눈썹 세 개를 가지고 돌아와서 망건과 관자를 만들었답니다. 호랑이 눈썹이니까 튼튼하죠. 새 각시가 고양이 눈썹으로 만든 망건과 관자는 딱 봐도 약해요.

"다들 보셨듯이 이 사람이 내 진짜 각시입니다."

신선비는 이렇게 선언하고 막내딸을 꼭 껴안았어요. 사람들이 다들 고개를 끄덕이면서 박수를 치죠. 새 각시가 되려던 여자도 패배를 인정하고 물러섰다고 해요.

그렇게 해서 장자의 막내딸과 구렁덩덩신선비는 다시 만나서 오래오래 행복하게 잘 살았답니다. 그곳에서 계속 살았는지, 원래 살던 곳으로 돌아왔는지는 잘 모르겠어요. 어디서 살든 괜찮지 않았을까요?

이야기에 대한 이야기

연이　　통이　　이반　　세라　　로테 이모　　뭉이쌤

이반　　와, 연이 멋지다. 이야기 속에 흠뻑 빠져들었어.

통이　　빨간 꽃 연이가 하얀 꽃 아크체첵 못지않지요? 내가 다 뿌듯하다. 하하.

세라　　이거 유명한 이야기라서 내가 알고 있었거든. 근데 연이 얘기를 들으니까 느낌이 꽤 다르네. 나는 사정을 알아보지도 않고 떠난 신선비가 좀 마음에 안 들었었어. 왜 막내딸이 그를 찾아가나 싶기도 했고. 근데 조금 이해가 될 것 같아.

연이　　흠, 잘은 모르지만 그게 사랑 아닐까요?

뭉이쌤　　그렇지. 서로의 마음을 이해하는 게 사랑이니까. 구렁이 허물이 타서 역한 냄새가 퍼진 건 신선비의 부정적인 과거사가 드러난 상황이라고 해석해 볼 수 있어. 그래서 상처를 받고 숨어버린 거지. 아내는 그 마음을 헤아리고서 찾아간 거라고 볼 수 있단다.

통이　　오, 그렇군요! 저도 뭔가 이해되기 시작했어요. 그러니까 언니들이 동생 남편의 역린을 건드린 거구나.

이반　　오호, 역린이라는 말도 알아? 멋진데!

세라　　하지만 신선비가 그새 다른 여자하고 결혼하려고 한 건 여전히 마음에 안 들어요. 옛날이야기니까 그렇다고 해도 말이죠. 로테 이모 생각은 어떠세요?

로테 이모 내 생각도 비슷하긴 해요. 하지만 상처가 많은 사람이라서 자꾸 그렇게 숨으려 한 것 같아요. 그걸 막내딸이 붙잡아서 *끄집어낸* 거 아닐까? 그냥 두면 삶이 망가지는 거니까요.

세라 그렇게 볼 수도 있겠네요.

로테 이모 나는 막내딸이 마굿간에 숨어서 남편의 진심을 확인하는 장면이 의미 있는 것 같아요. 사랑을 확인하는 장면요. 진짜로 남자의 마음이 떠났다면 막내딸은 그냥 돌아섰을지도 모르죠.

세라 저 같아도 깨끗이 돌아섰을 거예요. '그래, 네 복이다.' 하면서요.

이반 막내딸이 부잣집 딸이잖아요? 그런데 세 가지 시합에서 이기는 게 놀라웠어요. 참 대단한 각시예요.

뭉이쌤 막내딸이 남편을 찾아 길을 떠나면서 김매기도 하고 벌레도 잡고 험한 일을 많이 하잖아? 그런 과정에서 얻게 된 힘이라고 볼 수 있지. 사실 신선비는 가난한 집안 출신이라서 험하게 살았을 거야. 막내딸이 그런 궂은일을 하는 과정은 남자의 삶을 이해해 가는 과정이라고 할 만해. 그 일을 하니까 남편에게 가는 길이 열리는 건 앞뒤가 꼭 맞아떨어지지.

이반 오오! 그 생각은 못 했어요. 옛날이야기가 대단하다는 걸 새삼 실감하게 되네요.

연이 진짜로요. 이야기를 하면서도 잘 몰랐던 부분들인데 아주 재미있네요. 진짜 좋은 사랑 이야기 같아요!

퉁이 사랑은 놀라운 마법! 그런 의미에서 제가 또 다른 마법 같은 사랑 이야기를 이어가 보겠습니다요.

통이

제가 들려드릴 이야기 제목은 '세상 끝의 우물'이에요. 원작의 제목 그대로입니다. 내용은 사랑 이야기로 흘러가는데, 제목이 멋있어서 그냥 살렸어요. 이번에는 남자가 아니고 한 소녀가 먼 곳을 찾아가는 이야기입니다. 세상 끝의 우물로요.

세상 끝의 우물

*

영국 민담

옛날 옛날, 한 소녀가 계모 밑에서 힘들게 살고 있었어요. 계모는
딸에게 온갖 궂은일을 다 시키면서 괴롭혔어요. 자기보다 예쁜
게 못마땅해서라니, 좀 그렇죠? 저로선 이해가 좀 안 되긴 해요.
그런데 그 소녀가 예쁘면서도 착하고 또 부지런해서 시키는 일을
묵묵히 다 해내는 거예요. 그러니까 계모는 더 화가 나요. 뭘 시
키면 못할지 이리저리 생각하다가 무릎을 탁 쳤어요. 소녀에게
체를 하나 주면서,

"애, 세상 끝의 우물을 찾아가서 여기다가 물을 가득 길어 와.
그러기 전엔 못 들어온다."

체가 구멍이 숭숭 뚫린 물건이잖아요. 거기다 물을 길어 오라니
말도 안 되죠. 그리고 세상 끝의 우물은 또 뭐예요! 그런데도 소녀
는 말없이 체를 받아들고 거기를 찾아가는 거예요. 착한 건지 답
답한 건지 잘 모르겠어요.

소녀는 길을 가면서 만나는 사람마다 붙잡고서 세상 끝의 우물

을 아느냐고 물어봤어요. 아는 사람이 있을 리 없지요. 아니에요!
있었어요. 묻고 또 묻다 보니까 웬 꼬부랑 할머니가 그곳을 알려
주는 거예요.

"서쪽으로 땅끝까지 가고 또 가거라. 한없이 가다 보면 '여기가
세상의 끝이구나.' 느껴지는 곳이 있을 거야. 거기 있는 우물이 세
상 끝의 우물이지."

알고 보니 간단해요. 길이 끝날 때까지 계속 가라는 거죠. 소녀
는 서쪽으로 가고 또 갔어요. 그러다 보니 땅끝 절벽이 나오고 그
너머는 아득한 바다예요.

"여기가 세상의 끝이구나. 가고 싶어도 더 갈 수가 없어."

소녀가 이리저리 둘러보니까 진짜로 우물이 하나 보여요. 하지
만 문제는 지금부터죠. 아무리 물을 퍼도 물이 순식간에 빠져나가
니 채울 수가 없어요. 한참을 애쓰던 소녀는 퍼질러 앉아서 서럽
게 울기 시작했습니다. 그때 갑자기 웬 말소리가 들려왔어요.

"귀여운 아가씨, 왜 그렇게 슬피 우나요?"

소녀가 눈을 들어보니까 아무도 없어요. 그 대신 웬 커다란 개
구리가 눈을 껌뻑거리면서 쳐다보지 뭐예요.

"네가 말을 한 거니? 어머니가 이 체에 물을 가득 담아 오라고
했는데, 아무리 해도 되질 않아."

"흠…… 내가 원하는 걸 하룻밤 동안 다 들어준다고 약속하면
도와드리지요."

소녀가 좋다고 하니까 개구리가 이렇게 말해요.

"체를 이끼로 막고 진흙을 발라요. 그리고 햇볕에 말려요. 그러면 물을 길을 수 있지요."

소녀가 그 말대로 해보니까 진짜로 물이 길어지는 거예요. 소녀는 개구리에게 작별 인사를 하고서 곧바로 집으로 돌아왔습니다. 앞으로 어떤 일이 벌어질지 전혀 몰랐죠.

딸이 체에다 물을 채워 오니까 계모는 할 말이 없어요. 속만 부글거리죠. 그런데 그날 저녁에 누가 문을 툭툭 치면서 외치는 거예요.

"내 사랑, 문을 열어요. 세상 끝 우물에서 주고받은 약속, 잊지 않았겠죠?"

계모가 놀라서 딸에게 무슨 일이냐고 물으니까 사실대로 얘기할 수밖에요. 그러자 계모는 차라리 잘됐다 싶은 거예요.

"사람이 약속을 어기면 안 되지. 당장 문을 열어줘라."

소녀가 문을 열어주니까 개구리가 폴짝 뛰어 들어오면서,

"아유, 겨우 쫓아왔네. 내 사랑, 나를 그대 무릎 위에 올려줘요. 세상 끝 우물에서 주고받은 약속, 잊지 않았겠죠?"

소녀는 어쩔 수 없이 개구리를 무릎에 올려줬어요. 조금 있으니까 개구리가,

"내 사랑, 나를 위해 저녁 식사를 차려줘요. 세상 끝 우물에서 주고받은 약속, 잊지 않았겠죠?"

그건 어려운 일이 아니었어요. 소녀는 열심히 음식을 차려서 개구리에게 주었습니다. 개구리가 그걸 다 먹고 나더니 하는 말이,

"아아, 피곤하다. 내 사랑, 이제 우리 함께 자러 가요. 세상 끝

우물에서 주고받은 약속, 잊지 않았겠죠?"

소녀가 머뭇거리니까 계모가 어서 약속을 지키라고 재촉해요. 소녀는 할 수 없이 개구리를 데리고 자러 갔습니다. 소녀는 운명이거니 하면서 개구리와 나란히 누웠어요. 그러자 개구리는 만족해서 콜콜 잠을 자요. 앞다리를 소녀의 손에 올려놓고서요. 그 모습을 보자니 뭔가 불쌍하기도 하고 애틋하기도 해요. 소녀는 뿌리치지 않고 개구리의 손을 잡아줬습니다.

날이 막 밝아올 때 개구리가 잠에서 깨어났어요. 그러더니 이렇게 말하는 거예요.

"내 사랑! 마지막 소원이에요. 칼을 가져다가 내 머리를 베어주세요. 세상 끝 우물에서 주고받은 약속, 잊지 않았겠죠?"

그러자 소녀가 놀라서 말했습니다.

"아니, 그건 못 하겠어! 네가 나를 도와줬는데 어떻게 목을 자르겠니? 제발 그 말은 취소해 줘."

"간절한 소원이에요. 내 머리를 베어주세요."

그 눈빛이 너무나 간절해요. 소녀는 눈물을 머금고서 칼을 가져다 개구리 목을 베었답니다. 그러고서 엉엉 울려고 하는데, 이게 무슨 일이에요? 목 잘린 개구리는 온데간데없고 멋진 왕자님이 앞에 턱 서 있는 거예요.

"고마워요. 내 말을 다 들어준 덕분에 나쁜 마법에서 풀려났습니다. 당신을 딱 보는 순간 좋은 사람인 걸 알았죠. 나와 결혼해 주세요."

소녀가 이미 그와 함께 하룻밤을 지낸 사이잖아요? 결혼을 못할 일도 아니죠. 소녀는 왕자가 내민 손을 살포시 잡았습니다. 어젯밤에는 그렇게 차갑던 손이 너무나 따뜻해요.

왕자의 손을 잡고 나오는 딸을 본 계모 마음은 어땠을까요? 그래도 어른은 어른인가 봐요. 미소를 지으면서 이렇게 말하는 거예요.

"거봐라. 내가 그럴 줄 알고서 약속을 지키라고 한 거야. 왕자님 사위라니, 내가 참 복도 많지. 호호호."

그러자 딸이 딱 마침표를 찍었어요.

"네, 정말 감사해요. 다 어머니 덕분입니다. 하지만 저는 떠날 거예요. 안녕히 계세요."

계모는 애써 웃는 표정을 지으며 두 사람을 보낼 수밖에 없었습니다. 끝!

이야기에 대한 이야기

연이   통이   이반   세라   뭉이쌤

연이 구렁이 신랑에 이은 개구리 신랑이네. 근데 이야기가 좀 요상하다. 뒤죽박죽 같기도 하고, 말이 되는 것 같기도 하고.

통이 옛날이야기가 원래 그런 거 아니겠니? 나는 들은 대로 전했을 뿐이야.

세라 개구리 목을 칼로 자르니까 왕자가 나온 건 좀 반전이야. 〈개구리 왕자〉에서 공주가 개구리를 벽에 던진 것도 이상했는데, 이 이야기는 한 발 더 나갔네.

이반 그러게요. 그건 무슨 이치일까요? 쌤의 해석이 궁금합니다.

뭉이쌤 나도 어려워. 뭘까? '죽음의 통과의례'라는 말이 있는데, 죽어야 새로 살아날 수 있는 상황이었던 걸까?

세라 그 죽음은 물론 심리적 죽음이겠죠? 개구리가 사람으로 거듭나려면 뭔가 극적 계기는 필요할 것 같아요. 어린이 탈을 벗어야 어른이 되는 식으로요.

이반 오호! 그러고 보니 개구리한테서 어린아이 모습이 보이는 것 같아요. 소녀가 잠자는 남성성을 깨워준 걸까요?

세라 그럴듯하다. 개구리가 있던 곳이 세상 끝이라는 것도 뭔가 변화가 필요한 상황을 나타내는 것 같아.

연이 그건 소녀도 마찬가지였어요. 절벽 끝에 있는 삶이요.

116

퉁이	세상 끝에서 만난 남녀, 아주 운명적인 사랑이네! 내가 얘기해 놓
	고도 멋진걸. 하하.
세라	근데 쌤, 이 계모도 진짜 엄마일 가능성이 있는 걸까요? 나쁜 엄
	마이거나 나쁘게 여겨지는 엄마…… 뭐 그런 거요.
뭉이쌤	가능성이 없지 않아요. 원래 아들이건 딸이건 독립할 시점이 되
	면 엄마를 계모처럼 느끼는 경우가 많지요. 서로 길이나 뜻이 안
	맞으면요.
퉁이	우리 엄마가 종종 계모처럼 생각되는 건 제가 독립할 때가 됐다
	는 뜻일까요?
연이	내가 보기에 오빠는 아직 독립하려면 멀었어. 어머니 말씀 잘 들
	으세요!
퉁이	넵. 연이 낭자님 말이 옳습니다!
이반	하하. 이번에는 제가 이야기 하나 해볼게요. 퉁이 이야기 듣다 보
	니 생각난 게 있어요.

이반

제가 들려드릴 이야기는 개구리 신부에 관한 이야기예요. 러시아하고 중앙아
시아에 퍼져 있는 이야기인데, 우즈베키스탄에서 오신 분이 해준 버전으로 들
려드리겠습니다. 그분 이름이 허율리나인데, 한국말을 무척 잘하는 아름다운
여성이셨어요.

막내 왕자의 개구리 신부

✳

우즈베키스탄 민담

옛날 어느 곳에, 왕비 없이 아들 셋과 함께 사는 왕이 있었어요. 아들들이 커서 결혼할 때가 됐는데 아직 짝이 없었어요. 어느 날, 왕이 아들들을 불러서 말했습니다.

"사람의 짝은 하늘이 이어주는 법이다. 마당으로 나가서 멀리 화살을 날리거라. 각자 화살이 떨어진 곳에 있는 처녀랑 결혼하는 거다."

그래서 세 아들이 활을 쐈어요. 큰아들이 쏜 화살은 귀족 집에 떨어졌고, 둘째 아들의 화살은 상인의 집에 떨어졌어요. 그래서 큰아들은 귀족의 딸, 둘째 아들은 상인의 딸을 신부로 삼았습니다. 둘 다 만족했어요.

문제는 막내였어요. 막내가 쏜 화살은 멀리 날아가서 숲속에 있는 연못에 떨어졌습니다. 왕자가 화살을 찾고 있는데, 웬 개구리가 화살을 물고 나오더니 이렇게 말하는 거예요.

"저를 신부로 데려가세요. 이런 모습이지만 어떤 일이든 잘할 수 있어요."

막내 왕자는 당황했지만 개구리 말을 받아들였습니다. 하늘이 이어준 운명이니까요. 왕자는 개구리를 궁궐에 있는 자기 방으로 데리고 왔어요. 그때 왕이 세 아들을 불러서 말했습니다.

"다들 신붓감을 구한 거지? 내가 며느리들을 시험해 보겠다. 이 실로 내일 아침까지 예쁜 천을 만들게 해라."

실을 받은 두 형의 신붓감은 직접 일을 하지 않고 아랫사람을 시켰어요. 한 번도 천을 만들어본 적이 없었거든요. 하지만 개구리 신부는 그 일을 직접 했습니다. 막내 왕자가 잠자는 사이에 몰래 사람으로 변해서 아주 곱고 아름다운 천을 만들었어요. 그걸 갖다 바치니까 왕이 깜짝 놀라면서 좋아했습니다.

"두 번째 시험이다. 신붓감에게 가볍고 부드러운 빵을 만들게 해라."

이번에도 먼젓번과 비슷했어요. 형들의 신붓감은 아랫사람을 시켜서 빵을 굽게 했고, 개구리 신부는 직접 빵을 구웠죠. 개구리 신부는 일하는 동안 자기를 보지 못하게 했어요. 그런데 궁금하잖 아요? 왕자가 몰래 엿보니까 예쁜 아가씨가 빵을 굽고 있지 뭐예요. 아가씨는 빵을 다 구운 뒤 다시 허물을 쓰고 개구리로 변했습니다.

다음 날 왕이 세 아들이 가져온 빵을 맛보더니,

"이번 빵 만들기 시합도 막내의 신붓감이 최고로구나. 이제 직접 며느릿감을 보고 싶다. 내일 잘 꾸며서 함께 오거라. 막내며느리가 아주 궁금한걸. 하하."

그러자 막내 왕자가 고민이지요. 신붓감이 개구리니까요. 하지만 방법이 있을 것도 같아요. 예쁜 아가씨로 변하는 걸 봤으니까요. 아니나 다를까, 왕자가 그 얘기를 하니까 개구리 신부가 걱정하지 말래요. 그러더니 아침에 허물을 벗어서 숨겨놓고 아름다운 아가씨로 변했습니다. 막내 왕자는 아주 신이 났죠.

아버지랑 형들도 막내의 신붓감을 보고 깜짝 놀랐어요. 숲에서 이상한 동물을 데려왔다는 소문이 퍼져 있었거든요. 형들은 동생이 망신당하는 장면을 기대하고 있다가 완전 실망했어요.

그때 막내 왕자가 급한 일이 있다며 먼저 자기 방으로 돌아왔어요. 그러고는 신부가 숨겨놓은 개구리 껍질을 찾아내서 벽난로에 집어 던졌습니다. 아침에 껍질 숨기는 걸 몰래 봐뒀었거든요. 나쁜 뜻은 아니었어요. 그걸 없애면 계속 사람으로 남아 있을 거라고 생각한 거예요.

허물이 타버렸을 때 신부가 방으로 들어왔어요. 신부는 슬피 울었습니다.

"그걸 왜 태웠어요? 조금만 더 기다리면 내가 완전히 사람으로 변할 수 있었는데요. 이제 틀렸어요. 나는 다시 나쁜 마법사 손아귀로 돌아가야 해요."

개구리 신부는 새로 변해 날아가면서 이렇게 말했습니다.

"나를 찾으려거든 산을 넘고 숲을 지나서 카시에의 집으로 오세요. 그를 물리치려면 오리알 속에 있는 바늘을 찾아서 부러뜨려야 해요. 하지만 그 알이 어디 있는지는 나도 몰라요."

카시에는 아주 무서운 남자 마법사예요. 여자 마법사 바바야가의 친구쯤 된대요. 사람들을 잡아서 생명력을 빨아 먹는데, 그를 죽일 방법이 없어요. 영혼을 바늘처럼 작게 만들어서 아무도 모르는 곳에 숨겨놓거든요.

신부가 떠나가 버리니까 막내 왕자는 너무 슬펐습니다. 자기 잘못이잖아요? 그래서 그는 아무리 힘들더라도 신부를 찾아서 사람으로 되돌리겠다고 마음먹었어요. 왕자는 홀로 궁궐을 나와서 카시에가 산다는 먼 곳으로 향했습니다.

왕자가 길을 가다 숲속으로 들어갔는데 곰이 나타났어요. 왕자는 칼을 들어서 곰을 찌르려 했습니다.

"나를 죽이지 마. 살려주면 내가 보답해 줄게."

왕자는 너그러운 사람이라 곰을 그냥 살려줬습니다. 이어서 토끼를 잡았는데 토끼도 살려줬어요. 그다음에 오리도 살려주고, 또

창꼬치 물고기도 살려줬어
요. 그렇게 계속 가다가 왕
자는 마침내 바바야가의 집
에 도착했습니다. 바바야가
의 집은 딱 보면 알아요. 닭
다리 위에 오두막이 있거든요.
그 집을 돌려놓으면 안으로 들어갈 수 있대요.

왕자는 안으로 들어가서 바바야가에게 카시에가 있는 곳을 알
려달라고 말했어요. 바바야가가 심술이 많잖아요? 그런데 뜻밖에
도 그 장소를 알려주는 거예요. 왕자가 카시에를 못 당할 게 분명
하니까 그런 거죠.

왕자는 바바야가가 알려준 대로 거대한 떡갈나무를 찾아갔습
니다. 그 뿌리 밑에 궤짝이 있다는데, 나무가 너무 커서 꼼짝도 안
했어요. 그때 왕자가 살려줬던 곰이 턱 나타난 거예요. 곰이 떡갈
나무를 안고서 '웅차' 힘을 주니까 뿌리가 쑥 뽑혔습니다. 곰은 땅
속에서 궤짝을 꺼내서 왕자에게 줬어요.

왕자가 궤짝을 깨뜨리니까 그 안에서 토끼가 뛰어나와서 도망
가요. 빨라서 잡을 수가 없죠. 그때 왕자가 살려줬던 토끼가 나타
나서 도망가던 토끼를 콱 붙잡아서 바닥에 팽개쳤습니다. 그러자
토끼 몸에서 오리가 나와서 휙 날아가는 거예요. 그때 왕자가 살
려줬던 오리가 나타나서 그 오리를 붙잡았습니다. 그러자 오리가
몸속에 있던 알을 바다로 떨어뜨렸어요. 알은 물속으로 사라져버

렸습니다.

왕자가 속절없이 바다를 바라보고 있는데, 물속에서 뭐가 훌쩍 뛰어올랐습니다. 왕자가 살려줬던 창꼬치였어요. 창꼬치는 입에 물었던 알을 왕자에게 건네줬습니다. 왕자가 오리알을 깨뜨리니까 안에서 가느다란 바늘이 나왔어요. 왕자는 망설임 없이 바늘을 뚝 부러뜨렸습니다.

"으아악!"

커다란 비명이 사방으로 울려퍼졌습니다. 마법사 카시에의 최후였어요.

그 순간, 어디서 나타났는지 신부가 활짝 웃으면서 왕자에게 다가왔어요. 신부는 왕자를 안고 뜨거운 키스를 퍼부었습니다. 그 뒷이야기가 어찌 됐는지는 말하지 않아도 아시겠죠?

이야기에 대한 이야기

연이　통이　이반　세라　뀨 아재　로테 이모　뭉이쌤

연이　개구리 신랑에 이은 개구리 신부네. 근데 개구리 캐릭터는 꽤 다른 것 같아.

세라　그래. 개구리 신랑은 뭔가 질척대는 어린애 느낌이었는데, 이 개구리는 완전 능력자야. 근데 쌤, 카시에의 정체는 뭘까요? 신부의 아버지라고 볼 수 있을까요?

뭉이쌤　글쎄요. 딱 아버지라고는 못 해도 뭔가 억압적이고 파괴적인 부성(父性)이라고 볼 수는 있겠어요. 사회적인 관습이나 편견일 수도 있죠. 영혼을 교묘하게 숨기는 걸 보면 겉 다르고 속 다른 존재일 것 같아요.

이반　오, 그렇군요. 저는 그냥 나쁜 마법사라고만 생각했었어요.

통이　신부가 개구리 모습을 하게 된 이유는 뭘까요? 허물이 없어지니까 붙잡혀 가는 것도 좀 신기해요? 허물이 필요하다는 뜻이잖아요.

세라　내 생각에도 뭔가 보호 장치 같은 느낌이었어. 상처를 치유해서 벗어나기 위해 시간이 필요했던 것 아닐까? 자기를 사랑해 주는 지지자도 필요했고.

통이　그러네요. 막내 왕자가 허물을 태워버린 일이 결과적으로 마법사를 물리치는 결과가 된 것도 좀 의아했어요. 허물을 태운 건 잘한 일일까요?

125

뭉이쌤   그걸 잘한 일이었다고 할 수는 없겠지. 중요한 건 그 잘못을 회복
하기 위해서 노력했다는 점 아닐까?

뀨 아재   비 온 뒤에 땅이 더 굳어진다는 말처럼, 힘든 일을 이겨내면 더
좋은 시간이 오는 법이죠. 신선비 커플도 마찬가지고요.

퉁이   그러네요. 저처럼 실수가 많은 사람에게 큰 힘이 됩니다.

연이   오늘 퉁이 오빠의 발언들이 뭔가 그럴싸하네. 근데 저, 로테 이모
님 이야기 듣고 싶어요. 멋진 사랑 이야기로요.

로테 이모   연이 낭자가 원한다면 해야죠. 하하.

로테 이모

내가 들려줄 이야기는 서유럽에 널리 퍼진 이야기예요. 프랑스 페로 민담집에
도 있고 독일 그림 형제 민담집에도 있는데, 두 개를 엮어서 말해볼까 해요. 민
담은 그래도 된다고 들었거든요. 이게 <잠자는 숲속의 공주>라는 애니메이
션으로 유명해진 이야기인데, 원전을 보니까 느낌이 달랐어요. 공주하고 왕자
가 다 이해되면서 멋진 사랑으로 다가왔답니다.

들장미성의 잠자는 공주

서유럽 민담

옛날, 어느 왕국에 왕과 왕비가 살았어요. 둘은 사이가 무척 좋았는데, 아무리 애를 써도 아이가 생기지 않았답니다. 부부는 희망을 잃지 않고 열심히 기도를 드리며 정성을 다했어요. 그런데 어느 날, 샘물에서 개구리가 튀어나와서 이렇게 말하는 거예요.

"소원이 이루어질 거예요. 올해가 다 가기 전에 딸을 낳으실 겁니다."

아니나 다를까, 왕비는 임신을 해서 예쁜 딸을 낳았어요. 왕이 얼마나 좋아했는지는 말할 것도 없죠. 아, 말해야겠네요. 귀한 손님들을 널리 청해서 멋진 파티를 열었답니다. 사람들만 부른 게 아니고 요정들도 초청했어요.

그 나라에는 이름난 요정이 여섯 명 있었어요. 왕은 그 요정들을 딸의 대모로 모셨답니다. 요정들은 갓난 공주를 위해 차례로 최고의 축복을 베풀었지요. 첫째 요정은 아름다움을 주었고, 둘째는 착한 마음을, 셋째는 행운을, 넷째는 멋진 춤 솜씨를, 다섯째 요정은 음악적 재능을 줬어요. 그때 파티장에 이상한 기운이 밀려왔답니다. 낌새를 차린 여섯째 요정은 얼른 커튼 뒤로 몸을 숨겼어요.

이상한 기운을 풍긴 건 파티에 초대받지 못했던 늙은 요정이었어요. 뒷전에 밀려나 있던 요정을 왕이 챙기지 않았던 거죠. 늙은 요정은 화가 잔뜩 나 있었어요.

"나를 무시한다 이거지? 내 능력을 얕보는 거야? 좋아, 내가 공주에게 최고의 축복을 내리지. 열다섯 살이 되면 공주는 물렛가락에 찔려서 피를 흘리고 죽을 거다! 일찌감치 영원한 안식에 드는 거지. 킬킬킬."

늙은 요정은 소름 끼치는 소리를 내면서 사라졌어요. 왕은 후회했지만 이미 늦은 일이었죠. 부부가 절망에 빠져 있을 때 커튼 뒤로 숨었던 요정이 나타나서 말했답니다.

"너무 걱정 마세요. 제가 저주를 누그러뜨릴 수 있어요. 공주님은 물렛가락에 찔려도 죽지 않을 거예요. 대신 100년 동안 깊은 잠을 자게 될 겁니다. 제가 할 수 있는 최선이에요."

여섯째 요정의 축복은 왕의 슬픔을 잠재우기에 부족했어요. 왕은 공주를 지키기 위해 온 나라의 물레를 다 없애라고 명령했어요. 아예 물레가 무언지 보지도 못하게 하려는 거였죠. 그러면서 금이야 은이야, 온실 속 화초처럼 딸을 곱게 키웠답니다. 다섯 요정의 축복은 어김없이 이루어졌어요. 공주는 예쁘고 착하게 잘 자랐고 운도 좋았지요. 춤도 연주도 최고였어요.

세월이 물처럼 흘러서 공주가 열다섯 살이 됐어요. 어느 날, 왕과 왕비는 중요한 행사가 있어서 궁을 비우게 됐답니다. 공주는 혼자서 성 안을 이리저리 다니다가 우연히 낡은 탑을 발견했어요. 한창 호기심이 많을 때잖아요? 공주는 꼬불꼬불한 계단을 올라가 봤어요. 그랬더니 작은 문이 나와요. 자물쇠가 걸려 있는데, 보니까 열쇠도 있어요. 그걸 돌리니까 문이 열렸죠. 공주가 들어가 보니까 웬 할머니가 뭔가를 열심히 돌리고 있었답니다.

"할머니는 누구세요? 그건 뭔가요?"

"응, 이건 물레라는 물건이야. 실을 잣고 있지."

"거기 팔딱팔딱 재미있게 뛰는 뾰족한 건 뭐예요?"

"이거? 물렛가락이야. 한번 해볼래?"

공주는 자기도 한번 해보려고 물렛가락에 손을 내밀었어요. 그 순간, 뾰족한 끝이 공주의 손가락을 콕 찌르면서 붉은 피가 주르륵 흘렀답니다.

"아아, 아파……."

그 말과 함께 공주는 그 자리에 쓰러졌어요. 그리고 깊은 잠에 빠져들었답니다. 늙은 요정의 저주가 실현된 거예요. 잠이 든 건 공주뿐만이 아니었어요. 공주가 아는 모든 세상이 함께 잠들었죠. 시종도 하녀도 말도 개도 파리도 다 잠들고, 막 성으로 들어서던 왕과 왕비도 잠들었어요. 성 주변으로는 가시덤불이 쭉쭉 자라나서 성을 뒤덮었답니다. 가시가 가득한 들장미 덤불이었죠. 성은 밖으로부터 완전히 차단됐어요.

그 뒤로 세상에는 한 가지 전설이 생겨났답니다. 아름다운 공주

가 들장미성 안에서 깊은 잠을 자면서 자기를 깨워줄 사람을 기다
린다는 얘기였어요. 진정한 사랑의 손길만이 그녀를 되살릴 수 있
다고 했지요. 그 말을 들은 여러 왕자들이 공주를 구하겠다며 나
섰지만 성공한 사람은 없었어요. 날카로운 가시덤불을 통과하지
못한 거예요. 가시에 찔려서 죽은 사람도 여럿이었대요.

세월이 흐른 뒤 한 왕자가 전설을 듣고서 그곳을 찾아갔어요.
성으로 다가서려는 왕자를 사람들이 나서서 말렸죠. 이미 여러 사
람이 죽었다면서 불가능한 일이라고 했어요. 하지만 왕자는 별로
신경 쓰지 않았어요. 그는 두려움 없이 성으로 다가갔답니다. 늘
그랬듯이 뾰족하고 날카로운 가시덤불이 길을 가로막았죠. 그때
왕자가 이렇게 말했어요.

"우와, 들장미네. 참 아름다운 꽃이지!"

그러면서 왕자가 손을 내미니까 놀라운 일이 벌어졌어요. 가시
덤불 속에서 아름다운 꽃들이 착착 피어나기 시작한 거예요. 들장
미 덤불은 왕자를 위해 길을 비켜주었답니다. 왕자는 가시덤불을
지나서 닫힌 문을 열고 안으로 들어설 수 있었죠. 왕자가 들어가
니까 가시덤불이 다시 합쳐졌대요.

성 안은 모든 것이 잠들어 있었어요. 죽음보다 더한 적막이 감
돌았죠. 낡은 탑을 발견한 왕자는 계단을 타고 오르기 시작했답니
다. 왠지 거기일 것 같은 예감이 든 거예요. 왕자가 작은 문을 열
고서 안에 들어갔더니, 아니나 다를까 공주가 거기 잠들어 있었어
요. 더없이 슬프면서도 아름다운 모습이었죠.

왕자는 가까이 다가가서 따뜻한 손으로 공주의 차디찬 손을 살포시 잡았어요. 그 순간, 공주가 굳게 감고 있던 눈을 살짝 떴답니다. 딱 100년 만이었죠. 서로 마주친 두 눈은 한순간에 사랑으로 가득 차올랐어요. 공주는 두 팔로 왕자를 안았고, 둘은 뜨겁게 입을 맞췄답니다. 그 유명한 '백마 탄 왕자의 키스'예요.

둘이 다정히 손을 잡고 내려오니까 성 안의 모든 생명이 일시에 다 깨어났어요. 공주의 세상이 되살아난 거예요. 사람들이 눈을 둥그렇게 뜨고서 서로를 바라보고, 말과 나귀가 몸을 푸르르 떨었습니다. 비둘기들이 오랜만에 펄펄 날아오르고, 파리가 왱왱거리고, 음식이 지글지글 끓어 넘쳤어요. 세상에 그런 야단법석이 없지요. 공주와 왕자는 모두의 축복 속에 결혼식을 올렸고, 죽을 때까지 행복하게 잘 살았답니다.

이야기에 대한 이야기

연이   퉁이   이반   세라   큐 아재   로테 이모   뭉이쌤

퉁이   백마 탄 왕자 얘기가 이런 거였구나. 뭔가 익숙하면서도 새로운 것 같아요.

연이   맞아요. 백마 탄 왕자, 진짜로 멋지네요. 그냥 운이 좋아서 공주를 깨운 게 아니었어요.

이반   그래. 가시덤불이 길을 열어준 게 이유가 있었어. 꽃이라고 불러주었잖아.

로테 이모   역시나 너희들이 더 잘 아네. 내가 덧붙일 말이 없어.

세라   그러게요. 사실 저도 '백마 탄 왕자' 별로 안 좋아했는데, 로테 이모 이야기를 들으니까 생각이 달라지네요. 그 왕자는 공주의 속마음을 알아주고 그 속으로 다가간 사람이었어요. 상처받고서 잠들어 버린 여성성을 일깨운 거지요. 맞지요, 쌤?

뭉이쌤   왜 아니겠어요! 사실 저는 이 이야기에서 왕이 좀 마음에 안 들어요. 물렛가락에 찔리면 아프기는 하지만 죽지는 않거든요. 어려서부터 물레를 접하면서 그걸 다룰 수 있게 가르쳐야 하는데, 아예 물레와 떼어놓는 바람에 문제가 생긴 거라고 생각해요. 적응을 못 하니 타격이 클 수밖에요.

이반   그러네요. 그래서 로테 이모가 '온실 속의 화초'라고 하신 거구나.

로테 이모   오오, 그걸 알아차리다니!

연이　　　저는 늙은 요정 마음도 이해돼요. 자기만 외면당하면 화가 날 수

　　　　　　밖에 없잖아요.

퉁이　　　맞아. 그러고 보니까 그것도 왕의 잘못이었네.

뀨 아재　　좋은 아빠가 된다는 게 이렇게 어려운 일이란다. 하하.

세라　　　근데 로테 이모, 이모님 이야기는 페로 동화랑 그림 형제 민담 중

　　　　　　에 어느 쪽에 더 가까워요?

로테 이모　앞부분은 페로, 뒷부분은 그림 형제. 이야기가 프랑스에서 독일

　　　　　　로 여행 갔어요. 아, 앞부분 내용 중에서 개구리 이야기는 독일산

　　　　　　입니다. 하하.

퉁이　　　여기도 개구리가 나와서 신기했어요.

뭉이쌤　　로테 이모께서 이야기를 잘 구성하신 것 같아요. 페로 동화에는

　　　　　　다른 뒷이야기가 있는데 연결이 좀 어색해요. 잘 끊으셨다고 생

　　　　　　각합니다. 대개 그림 형제 민담이 페로 동화보다 구비설화 원전

　　　　　　에 가깝죠.

이반　　　그렇구나. 기회 되면 한번 비교해 봐야겠어요.

뭉이쌤　　그럼, 다음 이야기는 내가 한번 해볼게. 그림 형제 민담집에서도

　　　　　　가장 유명한 이야기로.

(뭉이쌤)

아마 백설공주 이야기를 모르는 사람은 없을 거야. 하지만 그 이야기를 제대로 아는 사람은 의외로 많지 않은 듯해. 그냥 예쁘고 운 좋은 공주 이야기로 아는 사람도 많고, 기괴한 이야기로 풀이하는 사람도 있지. 하지만 내가 보는 <백설공주>는 세상에서 가장 아름답고 감동적인 사랑 이야기 가운데 하나야. 왕자가 왜 난쟁이들에게 백설공주가 누워 있는 관을 달라고 한 건지 궁금하지 않니? 죽은 공주가 예뻐서? 내 생각은 달라. 이야기를 들어보면 알게 될 거야.

백설공주

독일 민담

옛날, 어느 겨울에 하얀 눈송이가 흩날리고 있었어. 한 왕비가 바느질을 하면서 흑단 틀로 된 창밖으로 눈을 바라보고 있었지. 그때 손가락이 바늘에 찔리면서 하얀 눈 위로 붉은 피가 세 방울 떨어졌어. 얼마 뒤 왕비는 딸을 낳았는데, 눈처럼 하얀 피부와 피처럼 붉은 입술과 흑단처럼 검은 머리를 가지고 있었단다. 아이는 백설공주라고 불리게 됐지.

왕비는 아이를 낳은 뒤 세상을 떠났어. 그리고 새 왕비가 들어왔단다. 아름답지만 오만하고 사나운 여자였어. 자기보다 아름다운 사람이 있으면 못 견뎌 했지. 왕비에게는 신비한 마법 거울이 있었어. 늘 진실만을 말하는 거울이야.

"거울아 거울아, 온 세상에서 누가 제일 예쁘지?"

왕비가 이렇게 물으면 거울은 늘 똑같이 대답했어.

"여기 계신 왕비님이 제일 예쁘십니다."

하루에 한 번은 그 말을 들어야 만족해. 그런데 백설공주가 점점 자라면서 아주 예쁜 소녀가 된 거야. 공주는 맑은 햇살처럼 아름다웠지. 늘 밝고 상냥해서 사람들이 다들 좋아했어. 그러던 어느 날, 사건이 터져버린 거야.

"거울아 거울아, 온 세상에서 누가 제일 예쁘지?"

"왕비님도 무척 예쁘시지만, 백설공주님이 훨씬 더 예뻐요."

뜻밖의 대답에 왕비의 얼굴색이 하얗게 변했어. 자기보다 더 예쁜 사람이 있다니 참을 수 없는 거야. 언제나 자기가 최고여야 했거든. 공주에 대한 질투심은 마음속에서 잡초처럼 자라나면서 분노와 미움을 낳았어. 어느 날, 왕비는 사냥꾼을 불러서 무서운 명령을 내렸단다.

"백설공주를 숲으로 데려가서 죽이고 증거로 간을 빼 와요."

사냥꾼은 왕비가 얼마나 무서운 사람인지 잘 알아. 못 한다고 하면 자기가 죽을 상황이지. 그는 백설공주를 데리고 숲으로 들어간 뒤 왕비가 시킨 대로 공주를 죽이려고 했어. 그러자 백설공주가 울면서 애원하는 거야.

"제발 저를 살려주세요. 숲속으로 들어가서 다시는 나타나지 않을게요."

그 목소리와 눈빛이 너무나 간절해. 어여쁜 아이가 그렇게 사정하니까 마음이 흔들리지. 사냥꾼은 죄 없는 아이를 제 손으로 죽이고 싶지 않았어. 거기가 깊은 산속이라서 혼자 놔두면 어차피 죽을 목숨이었지. 무서운 산짐승들이 많았거든.

"그래, 불쌍한 아이야. 어서 가거라."

사냥꾼은 공주를 놔주고서 멧돼지 새끼를 한 마리 잡아서 그 간을 왕비에게 갖다줬어. 왕비가 얼마나 악독하냐면, 그 간으로 요리를 만들어 오라는 거야. 그걸 혼자서 다 먹었다지. 그때 어떤 표정이었을지 궁금하네.

숲속에 혼자 남겨진 백설공주는 무서웠어. 나무에 달린 잎들이 다 자기를 노려보는 것 같아. 하지만 공주는 그대로 주저앉지 않고 달리고 또 달렸어. 돌에 걸려 넘어지고 가시덤불에 몸이 긁혔지만 멈추지 않았지. 발이 움직일 수 있을 때까지 계속 달렸단다.

날이 어두워지자 흉한 짐승 소리들이 들려왔어. 더는 움직일 수 없을 때쯤 백설공주 눈에 작은 오두막이 보이는 거야. 얼마나 반가웠는지는 말할 것도 없지. 두드려도 대답이 없어서 문을 살짝 밀어보니까 열려.

공주가 집 안으로 들어가 보니까 겉보기와 달리 깔끔해. 그런데 모든 물건이 다 작지 뭐냐. 침대도 작고 식탁도 작고 의자도 작아. 세보니까 일곱 개씩이야. 그게 일곱 명이 사는 집이지. 식탁보를 들춰보니까 자그마한 그릇들에 음식이 차려져 있어. 백설공주는 너무 배가 고프고 목마른 상태였단다. 공주는 작은 숟가락을 들어서 음식을 맛보고 음료를 잔에 따라서 한 모금 들이켰어. 그러니까 살 것 같지.

"이거 너무 귀여워. 그리고 맛있어."

공주는 모든 그릇에 담긴 음식을 조금씩 맛봤어. 그러고는 피곤해서 침대에 가서 누웠지. 일곱 개 침대에 다 누워보고는 자기 몸에 딱 맞는 일곱 번째 침대를 선택했어. 공주가 죽을 뻔하다가 살아났잖아? 이후의 일은 다 하느님에게 맡기기로 했어. 공주는 곧 새록새록 잠이 들었단다.

얼마 뒤에 집주인이 돌아왔어. 누구? 일곱 난쟁이! 산에서 광석을 캐다가 온 참이야. 근데 집 안이 나갈 때와 달라. 차려놓은 음식에 누가 손을 댔지 뭐야. 보니까 그릇마다 다 건드렸어.

"누가 이런 짓을 한 거지?"

난쟁이들이 좀 드센 친구들이었거든. 산 아래 사는 아이들도 무서워서 피할 정도야. 난쟁이들은 당연히 화가 났지. 그때 한 명이 소리쳤어.

"누가 내 침대를 흩트려 놨어!"

그랬더니 다른 난쟁이들이 다들 '나도! 나도!' 하는 거야. 그때 일곱 번째 난쟁이가,

"이거 봐! 내 침대에 누가 누워 있어!"

난쟁이들은 촛불을 밝히고서 침대에 누운 사람을 살폈어. 세상에! 예쁜 여자아이가 세상 모르고 평화롭게 잠들어 있지 뭐야. 침대 주인이 말했어.

"세상에! 이렇게 귀엽고 예쁠 수가!"

다른 난쟁이들이 거들었지.

"어린 여자애가 어쩌다 여기까지 오게 됐을까?"

"이것 봐. 몸에 긁힌 자국이 가득해. 숲속을 헤맸나 봐."

"불쌍해! 편히 잘 수 있게 해주자."

난쟁이들은 백설공주가 깨지 않게 조심조심 밥을 먹고 잠을 잤어. 침대를 양보한 난쟁이가 어디서 잤는지는 굳이 말 안 해도 되겠지? 그렇게 밤이 가고 아침이 됐단다. 새소리를 들으면서 잠에서 깬 백설공주는 난쟁이들을 보고 깜짝 놀랐어.

"이 집 주인이시군요. 제가 멋대로 들어와서 실례했어요."

"너는 누구니? 어떻게 여기 온 거야? 집이 없어? 부모님도 안 계시고?"

난쟁이들이 이것저것 물었어. 궁금한 게 많을 수밖에. 백설공주는 전날 있었던 일을 차근차근 말해줬단다.

"그럼 갈 곳이 없는 거구나. 우리랑 비슷한 신세네. 여기서 우리와 함께 지내겠니? 집 청소를 하고 음식을 만들면 우리도 너를 보살펴 줄게."

"좋아요!"

백설공주가 활짝 웃으며 대답해. 그렇게 해서 공주는 거기서 난쟁이들과 함께 살게 됐단다. 저녁에 돌아오면 따뜻한 음식이 차려져 있으니 난쟁이들도 아주 좋지. 오두막에는 활기가 돋아나고 웃음꽃이 피어났어.

문제는 왕비야. 간을 요리해 먹은 왕비는 거울 앞에 서서 자랑스레 물었지.

"거울아 거울아, 온 세상에서 누가 제일 예쁘지?"

"여기서는 왕비님이 제일 예쁘시지만, 일곱 개 산 너머 일곱 난쟁이들과 사는 백설공주님이 훨씬 예뻐요."

그 말을 들은 왕비는 놀라서 뒤로 자빠질 뻔했어. 사악한 생각이 가슴을 꽉 채웠지. 어떻게든 공주를 없애겠다는 마음뿐이야. 왕비는 비밀의 방으로 가서 몸을 바꾸기 시작했어. 얼굴에 이리저리 검정 칠을 하고 옷을 갈아입어서 방물장수 할멈으로 꾸미니까 감쪽같지. 왕비는 그런 모습으로 일곱 개 산 너머 일곱 난쟁이 집을 찾아가서 문을 두드렸단다.

"안에 누구 없나요? 예쁜 물건 사세요."

요즘으로 치면 사춘기니까 예쁜 물건에 한창 관심이 많을 때잖아? 난쟁이들이 방문객을 조심하라고 주의를 줬지만, 공주가 창을 통해서 보니까 그냥 평범한 할머니야. 백설공주는 의심하지 않고 문을 열어줬어. 그러자 할멈이 비단실로 만든 코르셋 끈을 내밀면서,

"예쁘기도 해라. 이게 딱 어울리겠어. 내가 잘 매줄게요."

공주가 몸을 맡기니까 할멈은 코르셋 끈으로 허리를 꽉 졸라맸어. 왕비는 어른이잖아? 있는 힘껏 끈을 조르니까 공주는 숨이 턱막히면서 푹 쓰러졌단다. 그러고는 움직이질 못해. 할멈은 누가 볼까 봐 얼른 그곳을 떠났지.

얼마 뒤에 일곱 난쟁이가 돌아와 보니까 백설공주가 쓰러져 있지 뭐냐. 난쟁이들은 공주 몸을 조이고 있는 코르셋 끈을 싹둑 잘랐어. 그랬더니 공주가 숨을 내쉬면서 살아났단다.

"그 할멈이 못된 왕비야. 세상이 이렇게 무섭단다. 우리가 없을 때 아무도 들이면 안 돼."

공주가 고개를 끄덕이지. 그때 왕비는 백설공주가 살아난 걸 모
르고 거울 앞에 가서 다시 세상에서 누가 제일 예쁘냐고 물었어.

"여기서는 왕비님이 제일 예쁘시지만, 일곱 개 산 너머 일곱 난
쟁이들과 사는 백설공주님이 훨씬 예뻐요."

거울의 말을 들은 왕비는 일이 잘못된 걸 깨달았어. 피가 거꾸
로 솟는 것 같았지. 왕비는 다시 움직이기 시작했단다. 무서운 독
을 넣어서 빗을 만든 뒤 또 다른 할멈으로 변장하고서 백설공주를
찾아간 거야. 공주는 문을 안 열려고 했지만 왕비가 한 수 위야.
이리저리 달콤한 말로 꾀면서 예쁜 빗을 보여주니까 공주는 다시
문을 열고 말았지. 독빗이 머리에 닿자 공주는 그대로 정신을 잃
고 쓰러졌어.

왕비는 교활하게 웃으면서 그곳을 떠나갔지. 하지만 이번에도
뜻대로 되진 않았어. 일곱 난쟁이가 독빗을 빼내서 공주를 살려낸
거야. 왕비가 거울에게 물으니까 대답이 똑같지.

"여기서는 왕비님이 제일 예쁘시지만, 일곱 개 산 너머 일곱 난
쟁이들과 사는 백설공주님이 훨씬 예뻐요."

왕비는 몸을 부들부들 떨면서 부르짖었단다.

"내가 죽는 한이 있더라도 백설공주를 죽이고야 말겠어!"

왕비는 비밀의 방으로 가서 독이 든 사과를 만들었어. 베어 무
는 순간 곧바로 목숨이 끊어지는 맹독이야. 한쪽은 빨갛고 한쪽은
하얀 게 겉보기엔 아주 먹음직스럽지. 왕비는 농사꾼 아낙네 모습
으로 변장한 뒤 난쟁이 집으로 가서 문을 두드렸단다. 공주가 창

으로 얼굴을 내밀면서,

"문을 열어드릴 수 없어요. 아저씨들이 절대 열지 말라고 했어요."

"안 들어가도 괜찮아요. 무거운 사과만 덜면 돼. 하나 줄게요."

"아니요! 아무것도 안 받을래요."

"왜? 독이라도 들어 있을까 봐? 반을 갈라서 나눠 먹으면 안심하려나?"

그러면서 아낙네는 사과를 반으로 잘라서 먹기 시작하는 거야. 독이 없는 부분을 말이지. 순진한 공주는 아낙네가 먹는 걸 보고서 남은 반쪽을 받아서 한 입 베어 먹었어. 그걸로 끝이었지. 공주는 바닥에 쓰러져 죽고 말았단다.

"크하하! 이번엔 난쟁이들도 너를 깨우지 못할 거다."

왕비가 집으로 가서 다시 거울에게 물으니까 드디어 원하는 답이 나오는 거야.

"여기 계신 왕비님이 제일 예쁘십니다."

왕비는 비로소 만족해하며 마음 편히 쉴 수 있었단다. 사람을 죽여놓고 기뻐하다니 사이코패스지.

저녁때 집으로 돌아온 난쟁이들은 백설공주가 쓰러진 걸 발견했어. 숨이 끊긴 상태였지. 이리저리 살펴봤지만 이상한 물건은 없었어. 사랑스런 아이는 다시 살아나지 않았단다. 죄 없이 죽은 어린 소녀를 둘러싼 난쟁이들의 얼굴에 눈물이 줄줄 흘렀어.

난쟁이들은 공주를 땅에 묻으려다 생각을 바꿨어. 억울하게 죽은 공주를 파묻고 싶지 않았지. 그들은 공주를 유리관 속에 넣은 뒤 산 위로 관을 날렸단다. 관에는 황금 글씨로 백설공주의 사연을 적어놓았다고 해.

난쟁이들은 교대로 공주의 곁을 지켰어. 많은 이들이 찾아와서 공주를 보면서 눈물을 흘렸지. 올빼미도 오고, 까마귀도 오고, 작은 비둘기도 오고. 다들 백설공주 일이 남의 일 같지가 않아. 모두의 슬픈 마음을 아는지, 백설공주는 관 속에서도 예쁜 모습이 변치 않았단다.

그러던 어느 날, 한 나라의 왕자가 숲에 들어왔다가 난쟁이 집에 묵게 됐어. 그리고 백설공주의 사연을 듣게 된 거야. 왕자는 슬프게 부르짖었어.

"말도 안 돼요! 죄 없는 사람을…… 어떻게 그럴 수 있죠?"

왕자는 마음이 따뜻한 사람이었단다. 산으로 올라가서 관 속에 누운 백설공주의 모습을 본 왕자는 눈물을 줄줄 흘렸어. 그는 한참 동안 그렇게 있다가 난쟁이들에게 말했어.

"이제 공주를 제가 지키겠어요. 관을 저에게 맡겨주세요."

난쟁이들이 보니까 진심이야. 고민 끝에 그들은 왕자에게 관을 넘기기로 했단다. 난쟁이들은 나가서 일을 해야 하는 형편이었거든.

왕자는 공주의 관을 더 많은 사람들이 볼 수 있는 곳으로 옮기려고 했어. 세상 모든 사람들이 이 일을 알아야 한다고 생각한 거야. 그런데 관을 옮기려고 할 때 뜻밖의 일이 생겼지 뭐냐. 관이 흔들리면서 공주 입 안에 들어 있던 독사과 조각이 툭 튀어나온 거야. 공주의 몸에 퍼져 있던 독도 점차 사라졌지.

얼마 뒤, 공주는 눈을 뜨고서 일어나 앉았어. 어안이 벙벙하지.

"내가 살아난 건가요? 여긴 어디죠?"

그러자 앞에 있는 멋진 왕자님이 미소를 지으면서,

"그야 제 곁이지요. 사람들 곁이고요."

그 말대로야. 난쟁이들이 다들 기뻐하고 올빼미와 까마귀와 비둘기도 즐겁게 노래했지. 왕자와 백설공주는 서로 손을 꼭 맞잡았단다. 그 뒤에 할 일은? 그래, 행복한 결혼식!

두 사람의 결혼식에는 사악한 왕비도 초청됐어. 화려하게 꾸미고 거울 앞에 선 왕비가 한껏 뽐내면서,

"거울아 거울아, 온 세상에서 누가 제일 예쁘지?"

"여기서는 왕비님이 제일 예쁘시지만, 이웃 나라 새 왕비님이 훨씬 예뻐요."

뜻밖의 대답에 왕비는 비명을 내질렀어. 자기보다 예쁜 사람이 세상에 또 있을 줄이야. 왕비는 그 사람을 보지 않고는 참을 수 없었단다.

결혼식장으로 가서 신부를 본 왕비는 까무러칠 뻔했어. 백설공주가 거기 서 있을 줄은 꿈에도 몰랐거든. 왕비가 그동안 저지른 일들이 있잖아? 그녀는 놀랍고 두려워서 얼어붙은 것처럼 꼼짝을 못 했어.

그때 왕비 앞에 불에 달궈진 쇠신발이 놓여졌어. 누가 갖다놨는지는 나도 몰라. 왕비는 그 쇠신발을 신고서 땅에 쓰러져 죽을 때까지 미친 듯이 춤을 춰야 했단다.

연이   통이   이반   세라   큐 아재   로테 이모   뭉이쌤

연이   해피 엔딩인데 왜 마음이 아프죠? 백설공주가 불쌍해요.

통이   그러게. 왕비 정말 못됐다. 계모는 원래 그런가요?

뭉이쌤   옛날이야기 속의 계모는 '나쁜 보호자'라고 생각하면 대략 맞는단다. 왕비가 자신이 보호해야 될 사람을 속이고 괴롭히면서 죽이려 들잖아? 그런 나쁜 보호자가 세상에 아주 많지. 꼭 부모만이 아니야. 직장 상사나 권력자 등도 그런 존재일 수 있어.

세라   사실 전 백설공주가 자꾸 문을 열어주는 게 좀 이해가 안되고 화가 났거든요. 그런데 이제 이해될 것 같아요. 윗사람이 마음먹고 갖은 수단을 써서 죽이려 드는데 힘없는 아이가 어떻게 버텨내겠어요?

연이   맞아요. 백설공주가 바보 같다고 생각했었는데 미안해졌어요. 잘못은 왕비에게 있었던 거예요. 백설공주는 착하고 순진했던 거고요.

뭉이쌤   그래. 나는 백설공주가 아름답다는 것도 외모가 예쁘다는 것보다 마음이 순수하고 사람을 잘 믿기 때문이라고 생각해. 난쟁이들이 백설공주를 챙긴 일이 우연이 아니라는 얘기지.

이반   난쟁이들이 죽은 백설공주의 곁을 끝까지 지키려 한 게 감동적이에요. 먹고살아야 하는 사람들인데 말이죠.

세라	쌤, 난쟁이들이 백설공주를 유리관에 넣어서 산 위에 올린 건 온 세상 사람들에게 그 억울한 죽음을 알리려 한 일로 보시는 거죠? 왕자는 그 죽음을 그냥 지나치지 못하고 지켜주려 한 사람이었던 거고요?
뭉이쌤	맞아요. 나는 이 이야기를 그렇게 이해하고 있어요.
연이	좀 엉뚱할지 모르지만, 세월호 사건이 떠올라요. 어른들 때문에 억울하게 죽은 학생들…….
이반	나도 그래. 우리가 잘 몰라서 그렇지, 살펴보면 그런 일이 세상에 참 많아.
뀨 아재	다들 많이 속상했구나. 하지만 결국 모든 일은 바른 곳으로 돌아가잖아? 백설공주도 살아났고. 정의의 승리를 믿어보자고! 하하.
뭉이쌤	맞아요. 이 이야기에는 '하늘은 결국 정의의 편'이라는 믿음이 담겨 있지요. 악이 선을 끝내 이길 수는 없는 법이니까요.
로테 이모	그리고 늘 남과 비교하는 사람은 그냥 자기 삶을 사는 사람을 이길 수 없는 법이죠.
퉁이	왕비는 남과 비교한 사람이고, 백설공주는 자기 삶을 산 사람이라는 말씀이죠? 듣고 보니 정말 그러네요.
연이	오늘부터 백설공주 이야기가 마음속에 깊이 남을 것 같아요. 백설공주처럼 살고 싶어요!
퉁이	공주님! 제가 난쟁이가 돼드리겠습니다요.
뭉이쌤	일곱 명 채우려면 우리 모두 다 들어가야겠네. 오케이?
일동	오케이!

storytelling time
나도 이야기꾼

기본 스토리텔링

이번 스테이지에서 만난 이야기 중 가장 마음에 드는 것을 골라서 다음과 같은 단계로 스토리텔링 활동을 해보자.

step 1: 책에 쓰인 그대로 이야기를 소리 내어 읽는다.

step 2: 책에 쓰인 그대로 이야기를 소리 내어 읽되, 가상의 청자에게 말해 주듯이 읽는다.

step 3: 청자에게 이야기를 전달하되, 틈틈이 책을 참고한다.

step 4: 청자에게 이야기를 전달하되, 책을 참고하지 않는다.

step 5: 청자에게 이야기를 전달하되, 표현과 내용을 조금씩 자신의 방식대로 바꿔본다.

step 6: 완전히 내 것이 된 이야기를 구연 환경과 청자의 성향에 맞춰 내용과 표현을 자유자재로 조절하며 전달한다.

이야기별 재창작 스토리텔링

다음은 이번 스테이지에서 만난 이야기들에 대한 활동거리이다. 이 중 하나 이상을 골라 스토리텔링 활동을 해보자.

<미녀와 괴물>

① **숨은 이야기 상상하기:** 왕자를 괴물로 만든 저주를 누가, 어떻게, 왜 내렸는지 상상해 보자.

② **숨은 이야기 상상하기:** 산속 유리궁전에서 음악을 연주하는 사람들은 어디서 어떻게 나타났는지, 그에 얽힌 사연을 상상해 보자. 단, 이야기에 판타지적 요소가 드러나도록 한다.

③ **이야기 비교하기:** 이 이야기를 〈미녀와 야수〉와 비교해 보고, 어느 쪽이 더 마음에 드는지 이유를 들어 말해보자.

<구렁덩덩신선비>

④ **인물의 심리 변화 따라가기:** 이야기의 흐름에 따른 신선비의 심리 변화를 요약하고, 그 내용을 바탕으로 이야기를 1인칭 시점으로 재구성해 보자.

⑤ **뒷이야기 만들기:** 장자의 큰딸과 둘째 딸은 이후 어떻게 되었을지 이야기를 만들어보자.

⑥ **뒷이야기 만들기:** 다시 만난 막내딸과 신선비가 어디에 살았을지 생각해 보고, 그곳에서 했을 만한 특별한 일 한 가지를 상상해서 써보자.

<세상 끝의 우물>

⑦ **이야기의 의미 생각해 보기:** 소녀가 칼로 목을 자르자 개구리가 왕자로 돌아오는 장면에 어떤 상징적 의미가 담겨 있는지 자유롭게 이야기해 보자.

<막내 왕자의 개구리 신부>

⑧ **새로운 화소(모티프) 만들기:** 카시에가 자신의 영혼을 바늘로 만들어 오리알 속에 보관한 내용을 참고해서 '아무도 찾을 수 없게 내 영혼을 숨기는 방법'에 대한 새로운 화소를 만들어보자.

<들장미성의 잠자는 공주>

⑨ **인물의 마음 상상하기:** 왕자가 찾아오기까지 공주가 깊은 잠을 자면서 어떤 꿈을 꾸었을지 상상해서 말해보자.

<백설공주>

⑩ **마법 거울과 대화하기:** 자신을 이야기 속의 인물이라 가정하고 마법 거울에게 무엇을 물을지, 그리고 그 물음에 거울은 어떻게 대답할지 상상해서 이야기해 보자.

⑪ **이야기 속 인물과 대화하기:** 백설공주를 초청해서 인터뷰를 진행한다고 가정하고, 인터뷰의 질문과 답변을 대화록 형식으로 정리해 보자.

이야기 연계 스토리텔링

1. 〈미녀와 괴물〉의 아크체책이 〈구렁덩덩신선비〉의 막내딸과 비슷한 성격을 가졌다고 가정하고, 여성이 주도적으로 문제를 풀어나가는 방식으로 이야기를 재구성해 보자.

2. 〈세상 끝의 우물〉, 〈막내 왕자의 개구리 신부〉, 〈들장미성의 잠자는 공주〉에 나오는 개구리들이 세 남매라고 가정하고, 그들의 숨은 이야기를 상상해 보자.

3. 〈구렁덩덩신선비〉의 막내딸을 신부로 맞이하기 위해 〈세상 끝의 우물〉, 〈막내 왕자의 개구리 신부〉, 〈들장미성의 잠자는 공주〉, 〈백설공주〉에 등장하는 네 왕자가 경쟁하는 이야기를 만들어보자.

4. 이 외에 이야기들을 흥미롭게 연계할 수 있는 여러 가지 방법을 찾아보고, 이를 토대로 다양한 스토리텔링 활동을 해보자.

사랑, 슬퍼서 더 아련한

연이

안녕하세요, 연이예요. 이번 주제는 슬픈 사랑의 전설인데, 제가 첫 순서를 열

게 됐어요. 쫭족이라는 중국 소수민족 사이에서 전해온 전설을 들려드릴게요.

쫭족은 중국 남쪽 광서성에 사는 민족이에요.

바위가 된 남녀

*

중국 창족 전설

옛날, 중국 어느 마을 뒤편에 산봉우리 하나가 높이 솟아 있었어요. 봉우리 끝에 흰구름이 걸치면 장관이었지요. 사람들은 그 산을 구름산이라고 불렀어요. 그 산 꼭대기에 올라가 본 사람은 아무도 없었답니다. 깎아지른 절벽이라 길이 전혀 없었거든요.

산 아래 마을에 마음 착한 처녀와 어여쁜 총각이 살았어요. 두 사람은 서로를 깊이 사랑했죠. 다른 한 명이 없으면 살 수 없을 정도였어요. 두 사람은 사람들의 축복 속에 결혼할 날을 기다리면서 남몰래 예쁜 사랑을 키워갔답니다.

어느 여름, 평화롭던 마을에 재앙이 닥쳐왔습니다. 그런 가뭄은 처음이었어요. 한 달 두 달이 되도록 비가 한 방울도 내리지 않았죠. 연못의 물이 마르고 흐르던 냇물도 다 말랐어요. 농사지을 물은 물론이고 먹을 물을 구하기도 어려워요. 온 땅이 돌처럼 굳어지고 나뭇잎이 시들어 떨어졌어요. 곡식은 쭉정이가 되고 과일들은 말라버렸답니다.

사람들은 깊은 근심에 빠졌어요. 애타는 마음으로 하늘을 바라봤지만 소용없었죠. 하늘을 향해 기도하던 처녀와 총각은 어느 날 굳은 결심을 했어요. 땅을 파서 샘을 찾기로 한 거예요. 많은 사람들이 실패했지만, 마냥 비를 기다리고 있을 수만은 없었지요.

두 사람은 물이 있을 것 같은 곳을 골라서 땅을 파기 시작했어요. 배고픔도 목마름도 참고 견디면서 밤낮으로 파고 또 팠지요. 힘들 때마다 서로의 눈을 보면서 격려하니까 힘을 낼 수 있었어요. 그렇게 한참을 파니까 돌덩이 같던 땅이 조금 물러졌답니다. 그러더니 아래쪽이 펑 뚫리면서 웬 구멍이 나타났어요. 그 구멍에서 노란 개구리 하나가 불쑥 튀어나오더니,

"여기는 우리 땅이에요. 더 파면 안 됩니다."

"하지만 우리에게 물이 꼭 필요한데……."

"방법을 알려줄게요. 구름산 꼭대기에 올라가면 흰 수염을 가진 노인을 만날 수 있어요. 그 노인을 만나면 물을 찾아낼 방법을 알게 될 거예요."

"하지만 거기는 올라갈 수가 없는 곳이야."

"바위를 타고 자라는 가시나무가 있을 거예요. 그 나무를 잡고 올라가면 꼭대기까지 갈 수 있어요."

그 말을 들은 처녀와 총각은 땅 파는 일을 중단했어요. 팠던 땅을 다시 메꿨지요. 개구리도 함께 살아야 할 생명이니까요. 둘은 그곳을 떠나서 함께 구름산으로 향했답니다.

구름산에 도착한 두 사람은 정상으로 이어지는 바위 절벽을 이

리저리 살펴봤어요. 보니까 개구리 말대로 가시나무가 하나 있어요. 위를 향해 가늘고 길게 뻗었는데 줄기에 바늘 같은 가시가 가득했어요. 손을 대기 어려울 정도였죠. 장갑을 꼈는데도 가시가 파고들어요. 하지만 포기할 수 없었답니다.

"내가 나무를 타고 올라갈 테니 당신은 여기서 기다려요."

"아니에요. 혼자 보낼 수는 없어요. 나를 두고 가지 말아요."

총각이 거듭 설득했지만 처녀는 뜻을 꺾지 않았어요. 사랑하는 사람을 위험한 곳으로 혼자 보낼 수 없었거든요. 그러다가 영영 이별하게 되면 어떡해요?

"그럼 내가 앞에서 가시를 뜯으며 올라갈 테니 잘 따라와요."

"알겠어요. 조심하세요."

총각과 처녀는 가시나무를 타고서 위로 오르기 시작했어요. 총각의 손에 피가 흘렀죠. 처녀도 마찬가지였어요. 총각이 올라가면서 가시를 뜯어냈지만 가시가 워낙 많았거든요. 하지만 사랑하는 사람이 함께 있으니 힘을 낼 수 있었어요. 결국 두 사람은 불가능한 일을 해냈답니다. 아득한 바위 절벽을 타고 올라 구름산 정상에 다다른 거예요.

구름산 꼭대기에는 개구리 말대로 흰 수염을 지닌 노인이 있었어요. 노인은 하얀 머리카락이 흐트러진 채로 잠든 것처럼 앉아 있었지요. 처녀와 총각은 노인이 깨어나기를 기다리면서 흐트러진 머리를 정리해 주었어요. 처녀가 머리 끄트머리를 멋지게 땋아 줬죠. 얼마 뒤 노인이 눈을 뜨더니,

"착한 아이들이구나. 소원이 뭔지 말해보거라."

"물을 찾고 있어요. 먹을 물과 농사지을 물을요. 맑은 샘물이 필요합니다."

노인은 품속에서 검은 진주를 하나 꺼내 보이면서 말했어요.

"이걸 먹으면 몸이 바위로 변하게 되지. 그 바위에서 마르지 않는 샘물이 흘러나올 거야. 산 아래로 내려가서 삼키면 돼."

바위로 변한다니 이게 무슨 일이에요? 그건 죽는다는 말이잖아요. 처녀와 총각은 잠깐 서로의 눈을 바라봤어요. 그리고 누가 먼저랄 것 없이 진주를 향해 손을 뻗었답니다. 총각이 조금 더 빨랐어요. 총각은 진주를 손으로 움켜쥐고 놓지 않았답니다. 처녀가 울면서 자기에게 달라고 애원했지만 소용없었어요.

"저희가 아래로 내려갈 수 있게 도와주세요."

총각의 말에 노인이 고개를 끄덕였어요. 잠깐 눈앞이 아찔한가 싶더니 두 사람은 어느새 산 아래로 내려와 있었죠. 총각이 말했어요.

"마을로 돌아가서 내 몫까지 행복하게 살아줘요."

그 말을 유언처럼 남기고서 총각은 말릴 틈도 없이 검은 진주를 꿀꺽 삼켰답니다. 그러자 총각은 노인 말대로 바위로 변했어요. 검은빛의 큰 바위로요. 신기하게도 그 바위에서 맑은 샘물이 줄줄 흘러나오기 시작했답니다.

처녀는 그 물을 차마 먹을 수 없었어요. 바위를 부둥켜안고 울던 처녀는 홀로 구름산을 기어 올라가기 시작했습니다. 가시나무를

붙잡은 손에서 피가 났지만 아랑곳하지 않았어요. 다시 구름산 꼭대기에 오른 처녀는 노인에게 달려가 사정했습니다.

"아직 샘물이 부족합니다. 저에게도 진주를 주세요!"

처녀를 바라보던 노인은 품에서 하얀 진주를 꺼내서 내밀었어요. 그걸 가지고 산을 내려온 처녀는 총각이 변한 바위 옆으로 가서 진주를 꿀꺽 삼켰답니다. 검은 바위가 슬피 우는 듯했지만 처녀를 막을 수는 없었죠. 처녀는 곧 커다란 흰 바위로 변했어요. 두 바위는 몸을 기댄 것처럼 나란히 섰지요. 그 사이에서 맑은 샘물이 콸콸 쏟아져 나왔어요.

두 바위에서 나온 샘물은 냇물을 이루어서 마을로 흘러갔어요. 냇물은 굳은 땅을 촉촉히 적시고 죽어가던 생명들을 되살려 냈지요. 사람들은 기적이 일어났다면서 춤을 췄어요.

얼마 뒤, 사람들은 처녀와 총각이 사라진 걸 깨달았습니다. 그때 누군가 두 사람이 구름산 쪽으로 가는 걸 봤다고 말했어요. 사람들은 냇물을 거슬러 올라가서 구름산으로 향했어요. 구름산에는 전에 없었던 두 개의 바위가 우뚝 서 있었죠. 그 바위에서 맑은 물이 콸콸 흘러나오고 있었어요.

아무도 말하지 않았지만, 사람들은 어떤 일이 벌어졌는지 깨달았어요. 그들은 말없이 두 개의 바위를 향해 절을 올렸답니다.

사람들은 처녀와 총각을 다시 볼 수 없었지만, 언제라도 두 사람의 목소리를 선명히 들을 수 있었어요. 흐르는 냇물에서 두 사람의 사랑스러운 목소리가 재잘재잘 들려왔으니까요.

이야기에 대한 이야기

연이　　　통이　　　엄지　　　이반　　　세라　　　달이　　노고할망　약손할배

엄지　　말 그대로 슬픈 사랑의 전설이다. 마음이 찡하네.

세라　　모두를 위해 희생했다는 게 대단하면서도 슬퍼.

통이　　처녀와 총각이 바위가 돼서 늘 옆에 함께하게 됐으니 영원한 사
　　　　　랑이 이루어진 것 같아요.

연이　　물은 살아서 흐르잖아요? 거기 두 사람 목소리가 들려온다는 말
　　　　　이 마음에 남았어요. 두 사람이 영원히 살아 있다는 것으로 생각
　　　　　돼서요.

이반　　그 노인은 신이었을까요? 좀 매정한 것 같아요.

노고할망　신이라는 게 본래 너그러우면서도 냉정한 면이 있지. 자연도 마
　　　　　찬가지고.

약손할배　그렇죠. 결국 인간이 스스로 헤쳐 나가야 할 일이에요.

달이　　인간 곁에 달이도 있다는 거 잊지 마세요. 저도 오랜만에 이야기
　　　　　하나 할게요.

엄지·연이　우와!

달이

달이가 들려드릴 이야기는 시베리아 바이칼 지역에서 전해온 전설이에요. 나라로 치면 러시아인데, 여러 민족들이 살아요. 동물들도 많이 살고요. 바이칼지역에 사는 갈매기가 나한테 이 이야기를 들려줬어요. 걔네 조상이 직접 본일이라면서요.

강물이 된 딸 앙가라

＊

시베리아 전설

시베리아에 있는 바이칼호는 세상에서 제일 깊고 물이 많은 호수
예요. 물이 얼마나 맑고 차가운지 몰라요. 새들도 다리를 담그면
깜짝 놀랄 정도랍니다. 그 호수의 정령이 바로 바이칼 왕이에요.
모든 물과 생명을 다스리지요.

바이칼 왕은 자식이 아주 많았어요. 아들만 300명이 넘어요. 딸
은 딱 한 명이었어요. 딸 이름이 앙가라인데 얼마나 예쁜지 몰라
요. 바이칼 왕은 수많은 자식 중에서도 외동딸 앙가라를 최고로
사랑했답니다. 눈에 넣어도 아프지 않을 정도로요.

300명이 넘는 아들들은 아버지 말을 잘 따랐어요. 아버지 곁을
지키면서 호수의 물과 생명들을 보살폈죠. 근데 앙가라는 달랐어
요. 늘 멀리 있는 새로운 세상을 그리워했답니다. 그래서 하늘을
훨훨 나는 갈매기들을 불러서 말을 걸곤 했어요.

"얘들아, 저 너머 먼 곳에는 무엇이 있니? 가보고 싶어. 멋진 용
사님도 계실 텐데!"

"용사라면 예니세이님이 최고죠. 앙가라님하고 딱 어울리는 분이에요."

"정말? 아, 만나고 싶다! 그분께 내 얘기를 좀 전해주렴."

갈매기는 예니세이에게 앙가라 얘기를 전해줬어요. 새들의 말을 들은 예니세이도 앙가라를 사랑하게 됐지요. 앙가라는 예니세이를 찾아가기로 결심했어요. 하지만 그건 쉽지 않았어요. 바이칼 왕은 딸을 보낼 생각이 전혀 없었거든요. 그는 앙가라를 늘 곁에 두고 살려고 했어요. 근처에 사는 청년 이르쿠츠를 사윗감으로 정해서 딸과 결혼시키려 했답니다.

어느 날, 집을 벗어날 기회를 엿보던 앙가라는 마법 까마귀들의 감시를 피해 길을 떠났어요. 까마귀들이 쫓아오자 갈매기들이 나서서 길을 막았죠. 앙가라는 있는 힘을 다해 달렸어요. 그때 바이칼 왕이 잠에서 깨서 딸이 도망친 걸 알았지 뭐예요. 화가 치민 바이칼 왕은 커다란 바위를 들어서 딸을 향해 내던졌어요. 앙가라는 바위에 맞아서 쓰러지고 말았답니다.

앙가라는 일어나 움직이려 했지만 헛수고였어요. 다리를 쓸 수가 없었죠. 그때 발 대신 두 눈이 움직였어요. 앙가라의 두 눈에서 하염없이 쏟아져 나온 맑은 눈물이 사랑하는 예니세이가 있는 쪽을 향해 흐르기 시작한 거예요. 눈물은 영원히 멈추지 않았어요. 지금도 계속 흘러나오면서 예니세이를 향해서 달려가고 있답니다. 그게 바로 앙가라강이에요. 앙가라강은 예니세이강과 만나서 바다를 향해 흘러가고 있답니다. 앙가라가 꿈꾸던 드넓은 자유의 세계로요.

그거 아세요? 바이칼호와 연결되는 크고 작은 강물이 300개가 넘는데 그중에서 유일하게 밖으로 흘러나가는 강이 앙가라예요. 앙가라강 덕분에 바이칼호는 바다와 연결된답니다.

이건 제가 갈매기들한테 들은 비밀인데요. 앙가라가 바이칼 왕에게서 벗어나 예니세이에게로 갈 때 오빠들이 몰래 도와줬다고 해요. 누구 하나라도 바다를 향해서 가야 하니까 그런 것 아닐까요? 호수가 벌판에 갇혀 있으면 좀 그렇잖아요? 물도 새처럼 자유롭게 움직이길 원할걸요. 하하.

아, 바이칼호에 있는 알혼섬에 가면 그때 바이칼 왕이 던진 바위가 남아 있어요. 이름이 '샤먼바위'랍니다. 아주 멋진 곳이에요.

이야기에 대한 이야기

연이 　통이 　엄지 　이반 　세라 　동이 　뭉이쌤

통이　　바이칼 왕은 왜 그런 거야? 자식은 자식의 삶이 있는 건데!

연이　　그러게 말야. 나였어도 자유를 찾아 떠났을 것 같아.

엄지　　내 생각엔 이 이야기가 비극적이지만은 않은 것 같아. 앙가라가 예니세이를 만나서 함께 바다로 갔으니까.

연이　　근데 그게 눈물이라는 건 역시 슬퍼!

세라　　그 눈물은 앙가라의 영혼 같은 거 아니었을까? 참모습!

엄지　　맞아요! 그런 것 같아요.

이반　　오빠들이 몰래 도와줬다는 게 인상적이에요. 흘러오는 물들의 힘으로 앙가라강이 흘러 나가게 됐다는 뜻일까요?

뭉이쌤　그렇지! 만약 앙가라강이 흘러 나가지 않았다면 물이 범람했을 거야. 고인 상태로 썩었을 수도 있고. 흘러 나가는 강물 덕분에 바이칼호가 맑은 물이 될 수 있는 거지.

세라　　그건 부모 자식도 마찬가지 같아요. 자식이 넓은 세상으로 나가서 새 길을 찾는 게 부모를 위하는 길 아니겠어요?

통이　　오오, 자연의 이치하고 인간의 이치가 딱 통하네요.

뭉이쌤　자, 달이도 얘기를 했으니까 이제 동이도 하나!

동이　　그럼 나도 호수에 얽힌 이야기 하나!

166

호수의 약혼녀

프랑스 민담

옛날 먼 옛날, 한 마을에 마리라는 아가씨가 살았어. 꿈 많은 스무 살, 참 좋을 때지. 호기심 많은 아가씨인데, 계속 마을 안에서만 살다 보니 답답해. 마리가 스무 살이 되면서 몰래 결심한 게 있었어.

"내가 꼭 한번 가보겠어. 기다려, 발롱 호수!"

동이

그게 마을 근처에 있는 큰 호수인데 한 번도 가까이 가보질 못했던 거야. 어른들 말로는 거기 무시무시한 괴물이 살고 있대. 사람을 잡아먹는 물고기들도 있고. 근데 호수 속에 금수레랑 은수레랑 온갖 보물들이 들어 있다는 거야. 못 가게 하려면 그 얘긴 하지 말았어야지! 하하.

어느 날, 마리가 과일을 따러 가려고 집을 나가는데 엄마가 하늘을 보더니,

"날이 왜 이리 우중충하담. 한바탕 쏟아지겠는걸. 조심해라."

"알았어요. 이런 날 발롱 호수에 괴물이 나온다면서요? 잘 아니

까 걱정 말아요!"

마리는 그러면서 집을 나섰어. 엄마가 말도 안 했는데 자기가 먼저 호수 애길 해. 왜일까? 거길 가려고 마음먹었으니까! 딸을 보내놓고 나니까 엄마가 뭔가 불길해. 애가 왜 호수 얘기를 했는가 싶지.

마리는 과일을 따서 바구니에 잘 챙겼어. 할 일을 마쳤으니까 이제 하고 싶은 일을 할 순서지. 마리는 조심스레 호수를 향해 다가갔단다. 등 뒤로 짙푸른 안개가 밀려오는 걸 미처 몰랐지. 정신을 차리고 보니까 아무것도 안 보여. 그냥 물소리만 찰랑찰랑. 마리가 몸을 돌려서 걷는데 물소리가 더 커지니 웬일이야? 파도가 치는 것처럼 출렁출렁 철썩!

그때 마리 눈앞에 놀라운 광경이 펼쳐졌어. 수천 마리 물고기가 물에서 솟구치는데 생전 처음 보는 것들이야. 뿔 달린 물고기, 돼지코 물고기, 곰처럼 털 난 물고기……. 그뿐 아니야. 원숭이 머리 물고기, 염소 머리 물고기까지 가관이야. 마리가 놀라서 돌처럼 굳어 있는데 엄청나게 큰 송어 한 마리가 쑥 솟아올랐단다. 다 자란 황소만 한 크기야. 걔가 나오니까 다른 물고기들이 다 길을 비키지.

'아아, 호수의 여왕이 분명해. 난 이대로 먹히는 걸까?'

마리는 체념한 채로 눈을 감았어. 사실 벌써부터 숨이 막혀오고 있었지. 근데 얼마 뒤 숨통이 확 트이지 뭐야. 눈을 떠보니까 물고기들이 하나도 안 보여. 두 다리가 땅에 있고 손에 든 바구니도 그대로고. 마리는 살았구나 싶었지.

근데 그때 누가 따스하고 아름다운 목소리로 말을 걸어온 거야.

"아름다운 아가씨! 두려워 말고 이리로 오세요."

마리가 돌아봤더니, 이게 웬일이야! 멋진 청년이 미소를 지으며 손짓을 하는데, 이 세상 미모가 아니야. 마리가 내내 마음속으로 꿈꾸던 그런 남자가 눈앞에 짜잔!

"걸음을 열세 번만 디뎌서 내 팔에 안겨요. 당신을 사랑해요!"

청년의 속삭임은 너무나 달콤했어. 머리는 가지 말라고 말하는데 발은 벌써 움직이고 있었지. 마리는 물속으로 걸어 들어가서 청년에게 안겼어. 그리고 그 입술에 입을 맞췄단다. 더없이 달콤한 순간이었지. 키스를 마치자 청년은 마리의 손가락에 루비 반지를 끼워줬어.

"약혼 선물이에요. 결혼식은 내일 밤입니다. 가서 부모님께 인사하고 와요."

그러고서 청년은 물속으로 사라졌어. 마리는 꿈을 꾼 것 같았지. 하지만 손가락에는 루비 반지가 빛나고 있었어.

마리가 집에 돌아오자 엄마가 안도의 한숨을 쉬면서 딸을 껴안았어. 마리도 말없이 엄마를 안았지. 그런데 자기도 모르게 손이 파르르 떨리지 뭐야. 집 안이 난로의 온기로 따뜻한데도 말이지. 딸의 떨리는 손을 본 엄마는 깜짝 놀랐어. 못 보던 반지가 있으니 그럴 수밖에.

"손이 다 얼었네. 이 반지는 웬 거니?"

하지만 마리는 대답을 못 해. 몸에서 열이 펄펄 끓는데, 허공으로 손짓을 하면서 이상한 소리만 했단다. '사랑해요. 사랑해요.' 이러는데, 엄마가 들어보니까 자기한테 하는 말이 아니야.

엄마는 아들을 시켜서 급히 의사를 불러왔어. 의사가 마리를 보더니 고개를 절레절레 흔들어. 엄마가 마리를 안으면서,

"안 돼요. 내가 이 아이를 지킬 거예요!"

엄마는 밤새 마리 곁을 지키며 정성껏 간호했어. 새벽에 눈을 뜬 마리는 진정된 상태로 전날의 일을 얘기했지. 청년하고 포옹했다는 말을 들은 엄마는 가슴이 툭 내려앉았어. 딸이 이미 죽음의 신부가 된 걸 깨달은 거야. 좀 유식한 말로 하면 타나토스지.

그날 저녁, 마리는 가족과 친구들에 둘러싸인 채로 침대에서 일어나더니 기쁘게 소리쳤어.

"와, 드디어 온다! 내 결혼식 행렬이에요. 너무나 멋져요. 그가 약속을 지켰어요. 다들 안녕!"

사람들이 말없이 눈물을 흘리는 가운데 마리는 다시 외쳤어.

"결혼 축가야. 이렇게 아름다울 수가! 어서 와요, 내 사랑! 난 준비됐어요."

그때 누가 창문을 '똑 똑 똑' 세 번 두드렸어. 아버지가 가보니까 아무도 없었지. 바람만 휘잉. 그 순간, 호수의 약혼녀는 영원히 눈을 감았단다. 보일 듯 말 듯한 미소를 지으면서.

이야기에 대한 이야기

연이   통이   엄지   동이   뀨 아재   로테 이모   뭉이쌤   노고할망

연이   아아, 너무 슬퍼. 웃으면서 얘기하니까 더 슬프네. 마리가 너무 불쌍해.

로테 이모   마리도 그렇지만 엄마가 참 안됐구나.

통이   끝에 뭔가 반전이 일어나서 살아날 줄 알았는데!

동이   반전이 없는 게 반전. 행복하게 웃으면서 떠났다는 게 반전. 뭐 한 번 왔다 한 번 가는 거니까.

연이   그렇게 말하지 마셈. 겨우 스무 살인데.

세라   마리가 기쁘게 웃으면서 죽었다는 걸 어떻게 받아들여야 할지 혼란스러워. 참 묘한 감정이 드는 것 같아. 할머니, 마리는 진짜로 행복한 걸까요?

노고할망   나름 편안히 떠났다지만, 연이 말대로 겨우 스무 살인데 안된 일이지.

연이   맞아요! 제대로 된 사랑도 못 했는데…… 하필 사랑한 게 괴물이고 죽음이라니…….

뀨 아재   그래서 사람을 잘 보고 사귀어야 하는 겁니다요. 부모님 말씀 무시하지 말고.

엄지   마리는 스스로 자기 마음의 함정에 빠져든 것 같아요.

뀨 아재   역시 엄지!

퉁이 그때 마리에게는 달리 벗어날 기회가 없었던 것 아니에요? 불가
항력이랄까?

뭉이쌤 이야기에서 청년이 열세 걸음을 디디라고 하잖아? 기회가 열세
번 있었던 건지도 몰라.

퉁이 오, 그렇군요. 좀 무섭다. 저 같으면 단숨에 열세 걸음 내달렸을
지 몰라요.

연이 퉁이 오빠라면 그러고도 남지. 그런 뜻에서 참지 말고 이야기 하
나 해봐.

퉁이 오키오키!

통이

저는 북아메리카 지역에서 전해온 전설을 들려드릴게요. 미국 오리건주에 멀
트노마 폭포가 유명하거든요. 전에 부모님이랑 함께 미국 여행을 갔을 때 찾
아가 본 곳인데, 정말 굉장했어요. 그 폭포에 얽힌 전설입니다.

폭포가 된 처녀

*

북미 인디언 전설

먼 옛날, 바다에서 멀지 않은 산간 마을에 멀트노마 부족이 모여 살았어요. 신을 경건하게 모시는 사람들이었습니다. 신을 '위대한 영혼'이라고 불렀대요. 사람들은 족장을 중심으로 잘 어울려서 평화롭게 지냈습니다.

어느 날, 부족에게 큰 재앙이 닥쳐왔어요. 무서운 전염병이 퍼진 거예요. 아이들부터 시작해서 사람들이 마구 죽어갔어요. 사람들의 웃음소리는 신음과 통곡 소리로 바뀌었습니다.

"위대한 영혼이시여! 왜 우리에게 이런 고통을 주십니까!"

족장은 노인들과 전사들을 불러모아서 어찌해야 할지 물었습니다. 하지만 누구도 선뜻 대답하지 못했어요. 원인도 치료법도 모르는 병이니 그럴 수밖에요. 그때 한 주술사가 말했습니다.

"정성을 다해서 계속 비는 일 말고 무엇을 하겠습니까? 이 또한 위대한 영혼의 뜻이라면 어쩔 수 없습니다. 담담하고 용감하게 죽음을 받아들이는 게 최선이에요."

사람들은 어두운 표정으로 고개를 끄덕였어요. 그때 한 노인이 그곳으로 들어왔습니다. 마을에서 가장 나이가 많은 사람이었어요. 집에서 죽음을 기다리던 노인이 찾아오니까 다들 놀랐죠.

"여러분, 할 말이 있어요. 내가 왜 아직 안 죽고 살았나 했더니 이유가 있었어요. 부족의 위대한 주술사였던 아버지가 생전에 남긴 말이 있습니다. 위대한 영혼이 재앙을 내리면 순결한 처녀 한 명을 제물로 바쳐야 한다고 하셨어요. 저기 높은 절벽에 올라가 몸을 던져야 한다고요."

그 말을 들은 사람들은 다들 침묵했어요. 한참 만에 족장이 입을 열었습니다.

"결혼할 때가 된 처녀들을 모두 불러모아 주시오."

잠시 후, 부족의 모든 처녀들이 한자리에 모였습니다. 족장은 처녀들을 둘러봤지요. 그 중에는 족장이 사랑하는 외동딸도 있었어요. 사랑하는 청년과 결혼을 앞둔 딸이었습니다. 족장은 딸을 잠깐 바라보다가 사람들에게 말했어요.

"어떻게 산 사람을 제물로 바치겠소? 안 될 일입니다. 다 함께 마음을 비우고 죽음을 맞이합시다."

그때 족장의 딸은 마음속에 고민이 생겼어요. 자기가 제물이 되어 사람들을 구해야 하지 않나 생각한 거예요. 하지만 사랑하는 남자를 두고 그렇게 떠날 수는 없었습니다.

그날 이후로 전염병은 더 퍼져갔어요. 족장의 사위가 될 청년도 병에 걸리고 말았습니다. 족장의 딸이 정성을 다해 돌봤지만 증세는 더욱 심해졌어요. 정신을 못 차릴 정도예요. 족장의 딸은 남자의 이마에 입을 맞춘 뒤 조용히 집을 나와 산 쪽으로 발걸음을 옮기기 시작했습니다. 스스로 제물이 돼서 사랑하는 사람을 구하기로 마음먹은 거예요. 그녀는 절벽 위에 올라서서 외쳤습니다.

"위대한 영혼이시여! 진정 저를 원하시나요? 제가 헛되이 죽는 게 아니라는 증거를 보여주세요. 그러면 이 한 몸 기꺼이 바치겠습니다."

그때 멀리 아래쪽 강물에 달이 반짝 비췄어요. 마치 누군가를 부르는 것 같았죠. 족장의 딸은 고개를 끄덕인 뒤 미소를 지은 채로 까마득한 절벽을 훌쩍 뛰어내렸습니다. 철썩! 큰 소리와 함께 물은 그녀를 집어삼켰죠.

다음 날 아침, 신기하게도 전염병에 걸렸던 사람들이 씻은 듯 나아서 일어났습니다. 재앙이 끝난 거예요. 이상하게 생각한 족장은 마을 처녀들을 다 불러모았습니다. 그런데 딸의 모습이 보이지 않았어요. 족장과 약혼자 청년은 급히 절벽 아래로 달려갔습니다. 물 위에는 딸이 쓰던 모자만 떠다니고 있었죠. 족장은 슬픈 목소리로 외쳤습니다.

"위대한 영혼이시여! 제 딸이 잘 지내고 있다는 증거를 보여주십시오."

그 말이 끝나자마자 절벽 위에서 맑은 물이 흘러내리기 시작했습니다. 물은 그치지 않고 콸콸 쏟아져 내렸어요. 족장과 약혼자 청년의 눈에서도 눈물이 폭포처럼 흘러내렸죠.

그때가 여름이었다고 해요. 그 뒤로 여름이 되면 절벽에서 은빛 물줄기가 강으로 쏟아져 내리게 됐답니다. 그게 바로 멀트노마 폭포예요. 해가 쨍쨍한 날이면 족장의 딸이 무지개 속에 모습을 나타내기도 한다고 해요. 환히 웃는 모습이라는데, 저는 아쉽게도 보지를 못했어요. 기회가 되면 또 가보려고요.

이야기에 대한 이야기

연이　통이　엄지　세라　뀨 아재　뭉이쌤

연이　잘 들었어, 오빠. 뭔가 인디언 설화답다.

세라　그래, 자연의 위대한 힘 같은 거. 근데 이 이야기에선 사람도 위대한 것 같아. 용감하게 죽음을 맞이하려는 것도 그렇고, 스스로 목숨을 던져서 타인을 구하는 것도 그렇고.

통이　맞아요, 누나. 따지고 보면 사람도 자연의 일부니까요.

세라　맞아. 그게 이 이야기의 포인트 같아. 족장의 딸이 자연으로 돌아가서 영원히 살고 있다고 믿고 싶어.

엄지　족장의 딸이 폭포 같은 삶을 살았다는 생각이 들어요.

연이　폭포 같은 삶, 멋지네. 하지만 난 힘들 것 같아. 시냇물 같은 삶이라면 몰라도.

통이　흠, 그럼 나는 바위 같은 삶! 하하.

뀨 아재　애들 보게나. 나는 그냥 사람 같은 삶으로 하겠어. 이야기꾼으로.

엄지　저는 폭포 같은 이야기꾼요!

뭉이쌤　하하. 그럼 내가 폭포 같은 삶을 살았던 사람들 이야기를 하나 해 볼게. 폭포처럼 죽었다고 해야 하나? 좀 슬픈 이야기지만 울림이 있을 거야.

뭉이쌤

내가 들려줄 이야기는 태평양의 섬나라 괌에서 전해온 전설이야. 지금은 미국에 속해 있지만 예전에는 원주민들이 살았지. 미국 영토가 되기 전에는 스페인이 점령해서 200년 가까이 통치하기도 했어. 그 시절 이야기니까 아주 오래된 전설은 아니야.

사랑의 절벽

*

괌 전설

사람들이 무척 많이 찾는 관광지인 괌의 여러 명소 가운데 빼놓을 수 없는 곳이 '사랑의 절벽'이야. 태평양을 바라볼 수 있는 아름다운 절벽이지. 가슴이 탁 트이는 곳이란다. 하지만 슬픈 전설이 서려 있는 곳이기도 해. 이름에서 알 수 있듯이 사랑의 전설이야.

괌에는 원래 차모로족 사람들이 모여서 살고 있었어. 그런데 서양 사람들이 배를 타고 몰려와서 섬을 점령한 거야. 제국주의 시대에 스페인이 엄청난 강국이었거든. 스페인 군대는 섬을 식민지로 삼고 이리저리 원하는 걸 빼앗았단다.

제일 못 참을 건 멋대로 사람을 괴롭히는 일이야. 스페인 군인이라면 원주민이 벌벌 떨지. 장교는 말할 것도 없어. 왕이나 마찬가지지. 근데 스페인 장교가 아름다운 차모로족 처녀에게 반한 거야. 그래도 그가 최소한의 양심은 있었나 봐. 함부로 붙잡아 가진 않고 청혼을 했대. 하지만 그게 명령이나 마찬가지야. 상대는 마음이 없는데 일방적으로 사랑한다고 하면 그것도 폭력이지!

더군다나 그 처녀에겐 따로 사랑하는 남자가 있었어. 같은 차모로족 사람이야. 스페인 장교는 둘을 억지로 갈라놓고서 여자를 차지하려고 한 거지. 장교는 여자가 순순히 자기를 따를 거라고 생각했지만 착각이었어. 여자는 사랑하는 사람과 함께 몸을 피해서 도망쳤단다. 둘은 마을에서 벗어나 바닷가 숲으로 숨어들었어.

하지만 괌이 그리 큰 섬이 아니야. 장교에게는 부하들도 많으니까 금방 잡힐 운명이지. 병사들에게 쫓겨서 밀려난 두 연인은 벼랑으로 내몰렸어. 더는 피할 곳이 없었지. 그때 그들이 한 선택은? 그래, 잡혀서 욕되게 사느니 함께 죽는 쪽이었단다.

둘은 손을 잡고서 절벽 끝에 나란히 섰어. 그때 여자가 이렇게 말한 거야.

"우리 두 사람 머리카락을 묶어요. 바다에 떨어져도 늘 함께할 수 있게요."

그래서 두 사람은 서로의 머리카락을 단단히 묶었어. 사람은 물론이고 짐승이나 신이라도 풀 수 없게끔 말이지. 그 상태로 둘은 동시에 높은 절벽 아래로 몸을 던졌단다.

지금은 관광지가 된 사랑의 절벽에 가면 동상이 우뚝 서 있는데, 남녀가 서로 머리를 묶은 모양을 하고 있단다. 연인들이 거길 찾아오면 사랑의 자물쇠를 꽁꽁 채운 뒤 열쇠를 절벽 아래로 던지곤 한다지.

이야기에 대한 이야기

연이   통이   엄지   이반   세라   로테 이모   뭉이쌤

세라 이 이야기도 절벽에서 뛰어내리는 내용이네요. 그게 사랑의 상징 과 연결되는 것 같아요. 버려야 이루어진다는 뜻?

뭉이쌤 동이가 타나토스 얘기를 했잖아요? 심리학에서는 사랑을 뜻하는 에로스가 죽음을 뜻하는 타나토스와 깊은 관계에 있다고 해요. 사랑 이야기에 유난히 죽음이 많이 나오는 게 우연은 아니죠. 사 랑이 죽음을 낳는다는 말이겠지만, 죽음을 통해 영원한 사랑으로 나아간다고도 볼 수 있어요.

연이 둘이 머리를 묶은 건 마음을 묶은 거겠지요?

통이 오, 멋진 해석인데! 연인들이 자물쇠를 채우는 것도 마음을 채우 는 거겠네. 하지만 그런 구속은 싫은데. 하하.

엄지 나도 누군가가 사랑을 자물쇠로 채우자고 하면 사양하겠음!

이반 너희들이 아직 사랑을 못 해봐서 그래. 나는 자물쇠 덜컥 채우겠 음. 물론 서로의 동의하에.

뭉이쌤 연인이 자물쇠를 채우는 관광지가 무척 많은데, 사랑의 절벽이 특별히 잘 어울리는 것 같아. 머리를 묶는 내용 때문이겠지.

로테 이모 사랑은 원래 서로를 존중하는 데서 시작하잖아요? 그런 의미에 서 내가 다른 이야기를 하나 해볼게요. 칠레의 전설이에요.

나무가 된 원주민 여성

칠레 전설

로테 이모

옛날 제국주의 시절에 스페인은 정말 힘이 셌었나 봐요. 남미 여러 나라들을 점령했는데, 칠레도 그 중 하나예요. 스페인은 200년 넘게 칠레를 지배했어요. 이 이야기는 스페인이 식민 지배를 마치고 물러갈 당시의 일이랍니다.

스페인에서 칠레에 들어와 사는 남자가 있었는데, 원주민 여자를 사랑하게 됐어요. 하지만 이루어지기 어려운 사랑이었답니다. 스페인 남자랑 원주민 여자가 결혼하는 건 아주 곤란했거든요. 스페인 사람 집에서 허락을 안 해요. 이 남자도 그랬어요. 원주민 여자랑 결혼한다니까 부모님이 난리가 났지요. 하지만 남자는 사랑을 포기할 수 없었어요.

"나는 당신을 택하는 대신 스페인을 포기하겠어요. 우리, 산으로 들어가서 함께 살아요!"

여자도 남자를 많이 사랑했어요. 그래서 남자 말대로 산속으로 들어갔지요. 둘은 거기서 원주민처럼 함께 살았답니다. 부모와 만나지 못했지만 둘은 거기서 행복했어요.

그러던 중에 스페인이 칠레에서 물러나게 됐어요. 칠레 입장에서는 독립을 이룬 거죠. 칠레 사람들은 그동안 스페인 사람들에게 억압당하면서 큰 울분을 느끼고 있었답니다. 스페인 군대가 물러가니까 환호하면서 좋아했지요. 남아 있는 스페인 사람들을 공격하기도 했어요. 그런데 산속에서 원주민 여자랑 살던 스페인 남자가 사람들에게 걸려든 거예요.

"너는 왜 칠레 여자랑 결혼한 거냐? 이제 우리는 너희의 노예가 아니야. 너의 행복도 이제는 끝이다!"

그러면서 사람들은 여자가 없는 사이에 스페인 남자를 끌어내서 죽였답니다. 스페인 군인 때문에 가족을 잃었던 사람들이 앞장섰지요.

여자가 집에 와보니까 이게 웬일이에요? 동족 사람들이 사랑하는 남편을 죽인 거예요. 여자는 가슴이 꽉 막히면서 설움이 솟구쳐 올랐답니다. 땅을 치면서 한참을 통곡했어요. 사람들은 그 앞에서 아무 말도 할 수 없었죠.

그 뒤로 여자는 아무 일도 안 하고 얼빠진 사람처럼 한자리에 박혀 있다가 그 상태로 죽어서 한 그루 나무로 변했답니다. 칠레 사람들은 지금도 그 나무를 두고 그때 그 여자가 변해서 생겨난 거라고 한대요.

이야기에 대한 이야기

연이   통이   엄지   이반   세라   뭉이쌤

연이 사람이 나무로 변하다니 슬퍼요. 아무것도 할 수 없었다는 말이 잖아요.

세라 그러게. 정신적으로 식물인간이 된 거라고 볼 수 있겠어. 냇물이나 폭포는 흘러서 움직이는데, 늘 한자리에 박혀 있어야 한다는 건 더 마음 아프다.

이반 원주민들은 왜 굳이 그 사람을 죽이려 했나 몰라요. 모든 걸 포기하고 자기네랑 어울려 살던 사람인데.

엄지 그동안 당한 화풀이를 엉뚱한 사람에게 한 셈이에요. 이치에 안 맞아요.

뭉이쌤 그래, 다들 맞는 말이야. 여자가 죽어서 나무가 됐잖아? 사람들은 그 나무를 보고 있고. 이 이야기는 사람들로 하여금 지난 잘못을 돌아보고 반성하게 하는 거라고 볼 수 있지. 원래 전설이 그런 게 많단다.

통이 전설이 신화나 민담보다 짧지만 많은 걸 생각하게 하는 것 같아요.

엄지 저도 나무에 대한 전설을 들은 게 있는데 이야기해 볼게요.

엄지

제가 들려드릴 이야기는 바나나 나무에 대한 전설이에요. 필리핀에서 오신 아

주머니가 해주신 이야기예요. 내용이 좀 무서우면서도 슬펐어요.

바나나 나무가 생겨난 유래

✳

필리핀 전설

옛날, 필리핀 어느 마을에 사랑하는 연인이 있었어요. 둘은 서로를 정말정말 좋아했대요. 그런데 문제가 있었어요. 여자네 집은 큰 부자인데 남자네 집은 아주 가난했거든요. 서로 수준이 안 맞는 거예요. 여자의 집에서는 둘의 결혼을 절대 반대했어요. 그거 있잖아요? 내 눈에 흙이 들어가기 전에는 안 된다는 거요.

두 사람은 부모 눈을 피해서 몰래 만났어요. 그러다가 결국 들키고 말았죠. 여자의 부모는 노발대발 난리가 아니에요. 딸을 집에다 가두고 절대 못 나가게 해요. 하지만 딸은 포기하지 않았어요. 몰래 집을 빠져나가서 남자를 만나 함께 도망친 거예요.

그걸 알게 된 아버지가 불같이 화가 나서 칼을 들고서 쫓아왔어요. 남자가 여자 손을 꼭 붙잡고서 뛰니까 빨리 갈 수가 없었죠. 아버지가 쫓아와서는 딸의 손을 잡고 있는 남자의 손목을 칼로 탁 쳐버렸어요. 남자의 손목이 그대로 잘라졌죠. 아버지는 딸을 붙잡아서 집으로 데려왔습니다. 남자는 사라졌고, 둘은 이제 만날 수

없었어요.

　　여자는 자기 손에 남겨진 남자의 손을 들고서 한참을 울었어요. 그러고는 그 손을 뒤뜰에 고이 묻어줬어요. 그런데 그 자리에서 낯선 싹이 돋아난 거예요. 싹은 점점 커져서 처음 보는 나무가 됐어요. 나무에는 심장 모양의 빨간 꽃이 피어났답니다.

　　빨간 꽃이 진 자리에 열매가 자라나기 시작했어요. 작은 손 모양이었어요. 열매는 점점 자라났고 커다란 손가락 모양이 됐습니다. 여자는 열매를 하나 따서 맛봤어요. 열매는 아주 달콤했죠.

　　"아, 이게 바나의 손이구나!"

　　여자는 남자를 생각하면서 하염없이 눈물을 흘렸습니다.

　　손을 남기고 떠나간 그 남자의 이름이 바나였어요. 그래서 그 나무를 바나나 나무라고 부르게 됐대요.

이야기에 대한 이야기

연이   퉁이   엄지   세라   뭉이쌤

퉁이 여기에도 바이칼 같은 아버지가 있었네. 못됐다!

연이 너무 슬퍼. 눈물이 날 것 같아. 바나나를 먹을 때마다 생각나겠다.

세라 쌤, 이 이야기에서 손을 자른 것도 상징으로 보면 될까요? 실제
라고 생각하면 너무 끔찍해서……

뭉이쌤 그래요. 둘이 맞잡은 손을 부모가 갈라놓잖아요? 손은 인연의 상
징이라고 볼 수 있어요. 그 인연을 아버지가 잘라버린 거고요.

엄지 하지만 잘라지지 않은 것 같아요. 남자의 손이 바나나 나무가 돼
서 여자 옆에 있으니까요.

뭉이쌤 바로 그거야. 비록 몸은 떨어졌지만 마음은 서로 이어져 있는 거
지. 바나나 꽃이 붉은 심장 모양이라고 했잖아? 그건 무엇?

퉁이 오, 그건 남자의 마음이겠네요! 사랑하는 마음.

세라 뭔가 슬프면서도 깊다. 바나나가 달콤한 것도 다 연결되네.

뭉이쌤 사랑은 생명을 낳잖아요? 둘의 이루어지지 못한 사랑이 바나나라
는 새로운 생명으로 피어나서 영원히 남게 된 거라고 볼 수 있어요.

연이 우와, 처음에 좀 무서웠는데 신기하네요. 전설에 반하겠어요!

세라 내 말이! 그런 의미에서 나도 이야기 하나 해볼게.

세라

내가 들려줄 이야기는 폴란드에서 전해온 전설이야. 민담집에서 본 건데, 내

용으로 보면 전설 같아. 이 이야기에도 무서운 아버지가 나오는데, 조금 이해

가 되는 면이 있더라고. 너희들은 어떻게 느낄지 모르겠네.

바다의 눈, 모르스키에 오코

폴란드 전설

폴란드 남부 높은 산지에 '모르스키에 오코'라는 아름다운 호수가 있어. 유명한 관광지인데, 물빛이 검푸른 게 특징이야. 모르스키는 바다, 오코는 눈이라는 뜻이래. 하늘에서 내리는 눈이 아니고 눈코입 할 때의 눈. 그니까 '바다의 눈'이라는 말이지. 근데 모르스키는 사람 이름이기도 해. 그 지역 영주이자 사령관이야.

모르스키에게는 사랑하는 외동딸이 있었어. 세상 무엇보다도 딸을 사랑하고 아꼈지. 아버지는 딸이 자기 나라 사람하고 결혼하길 바랐어. 문제는 그녀가 너무 아름다웠다는 거야. 다른 나라 왕자를 완전히 반하게 할 정도로. 그 주인공은 헝가리의 왕자였어. 영주의 딸에게 반한 헝가리 왕자는 갖은 정성을 다해 청혼을 했지. 하지만 영주는 딱 잘라서 거절했어. 전혀 안 될 일이었지.

근데 갑자기 변수가 생겼지 뭐니. 나라에 몽골 사람들이 쳐들어오고 독일 사람들이 쳐들어온 거야. 세력이 막강해. 모르스키는 용감한 사령관이었거든. 사람들을 이끌고 가서 온 힘을 다해서 싸우기 시작했지. 근데 그 틈을 노려서 헝가리 왕자가 딸에게 접근한 거야. 온갖 보석을 보내고 마술사들을 보내서 계속 꼬드겨. 결국 유혹에 넘어간 딸은 아버지 말을 어기고 수도원을 탈출했지 뭐니. 헝가리 왕자가 수도승으로 변장하고 와서 여자를 데려갔대.

밖에서 계속 전쟁이 이어지는 사이에 영주의 딸은 헝가리 왕자와 결혼식을 올렸어. 그녀는 헝가리 왕자가 새로 지은 화려한 유리궁전에서 살았대. 세월이 흘러서 자식을 일곱이나 낳았지. 엄마가 보기에 그 자식들이 다 천사 같은 거야.

그동안 영주는 아무 소식도 없었어. 전쟁터에서 죽었다는 소문뿐이야. 딸은 자기 행복에 취해서 아버지 생각을 하지도 않았대. 아버지가 없으니 차라리 잘됐다고 생각했으려나?

그런데 어느 날, 거짓말처럼 아버지가 떡 나타난 거야. 긴 전쟁 끝에 적들을 물리치고 돌아온 거지. 영주는 오자마자 딸부터 찾았어. 그동안 얼마나 보고 싶었겠니! 하지만 딸이 헝가리 왕자와 결혼한 사실을 알게 된 영주는 모든 게 무너지는 심정이었어. 그때 딸이 온몸을 화려하게 치장하고 찾아와서 인사를 올리는 거야. 자기가 얼마나 잘했는지 보라고 자랑이라도 하는 식이지.

영주는 온몸에 차오르는 분노를 억누를 수 없었어. 고함을 지르니까 천둥이 치고 발을 구르니까 지진이 날 정도였지. 바위들이 쿠당탕 쏟아져 내리고 유리궁전이 박살 나서 가루가 됐대. 딸이 자식들을 앞세우고서 용서해 달라고 애원했지만 소용없었어.

"너는 모르스키의 딸이 아니고 이 아이들은 모르스키의 손자가 아니다! 아아, 모든 건 바위가 될 것이다."

외침 소리가 울려퍼지자 사방으로 바위들이 쭉쭉 자라나기 시작했어. 수많은 바위산이 생겨나서 그 지역을 둘러싸게 됐단다. 자바산, 리시산 등등인데, 다들 높은 산이야. 수도승으로 변장해서 몰래 도망치려던 헝가리 왕자도 돌로 변해버렸지. 지금도 거기 가면 수도승 바위가 있대.

영주의 딸은 절망해서 울기 시작했어. 그 눈에서 하염없이 흘러나온 눈물은 고여서 연못이 됐대. 연못이 일곱 개가 생겨났고, 각 연못마다 자식이 한 명씩 빠져서 죽었다지.

여자의 울음은 점점 커져만 갔어. 그녀는 리시산 높은 봉우리에서 눈물이 마를 때까지 울고 또 울었어. 그때 그녀의 눈 하나가 굴러떨어졌고, 그 자리에 커다란 호수가 생겨났단다. 그게 바로 모르스키에 오코, 그러니까 '바다의 눈'이야. 그 호수가 커다란 눈 모양처럼 생겼어. 거기 고인 물은 눈물인 셈이지.

그 호수 물빛이 검푸르다고 했잖아? 딸이 상복을 입고 물에 뛰어들어서 죽었기 때문이래. 그 호수에는 보물도 많이 잠겨 있는데, 건드리면 안 된대. 불행만 가져다준다는 거야. 호수에서 딸의 영혼을 위로해도 안 된다지 뭐니. 그러면 눈 속에 빠져들어서 죽는다는 거야. 그건 아버지의 저주 때문일까? 아니면 딸의 비극 때문? 둘 다일지도 몰라.

슬픈 바다와도 같은 모르스키 부녀의 이야기였어. 언제 한번 찾아가면 그들의 넋을 위로해 주고 싶네. 딸도, 그리고 아버지도.

이야기에 대한 이야기

 연이   퉁이   엄지   이반   세라   뀨 아재   뭉이쌤

이반   세라 누나, 잘 들었어. 슬프면서도 독특한 이야기다. 누나가 아버지를 위로하고 싶다는 게 좀 뜻밖이네. 권위적인 아버지 싫어할 것 같은데.

세라   믿었던 사람에게 배반당한 사람의 비애가 왠지 마음을 끌더라고. 이 이야기에서는 아버지 모르스키보다 헝가리 왕자에게 거부감이 들었어.

엄지   사실 난 이해가 잘 안 돼요. 다른 나라 사람이랑 결혼할 수 있는 거잖아요?

퉁이   그 시절에는 사정이 달랐을지 모르지. 나라끼리 서로 싸우던 시절이었다면.

세라   나는 호수 이름이 '바다의 눈'이라는 게 신기해. 산 높은 곳에 있는 호수인데 말이지.

뀨 아재   흠, 한때는 거기가 바다였을지도.

연이   아, 그럴 가능성도 있나요?

뀨 아재   아니면 말고. 하하.

뭉이쌤   호수의 검푸른 색이 바다 느낌을 줘서 그런 이름이 붙었을 수도 있어요. 좀 험한 곳 같기도 해요. 사람들이 잘 빠져 죽는다는 얘기가 전해지는 걸 보면.

이반   제 생각에는 그 바다도 왠지 심리적인 상징과 연결될 수 있을 것
        같아요.

세라   아, 분노 같은 걸까? 파도치는 바다와 분노가 나름 잘 연결되지
        않니?

뭉이쌤   그 아버지와 딸, 손자들에게서 뭔가 자연신적 면모가 느껴져요.
        딸의 눈이 연못이 됐다는 것도 그렇고. 연못마다 자식이 한 명씩
        누워 있다는 것도 그렇고. 한번 깊이 생각해 볼 거리입니다. 자,
        그럼 우리는 또 진도 나가야지요? 약손할배님, 다음 이야기 하나
        부탁할게요.

일동   우와!

약손할배

이 할배가 중국에서 전해 내려온 전설을 하나 얘기해 볼게요. 중국에서 4대

전설 중 하나로 손꼽히는 이야기예요. 주인공 이름은 맹강녀랍니다. 기록으로

전하는 내용하고 구전된 내용이 좀 다른데, 구전된 걸 바탕으로 들려줄게요.

만리장성을 무너뜨린 맹강녀

중국 전설

옛날, 어느 마을에 맹씨와 강씨가 이웃해서 살았더랍니다. 두 집 사이에 있는 울타리에 박이 자라나서 커다란 열매가 열렸더래요. 그런데 그 박에서 웬 여자아이가 나온 거예요. 두 집에선 아이를 맹강녀라고 부르고 정성껏 잘 키웠지요. 맹강녀는 예쁘면서도 똑 부러지는 아이였어요.

맹강녀가 시집갈 때가 되니까 여기저기서 혼담이 들어와요. 맹강녀가 선택한 남자는 범기량이라는 사람이었죠. 집안은 그저 그렇지만 사람 됨됨이가 신실한 사람이었답니다. 신실하다는 말 알려나? 믿음직하고 성실하다는 뜻이에요.

근데 결혼하고서 신혼의 재미를 누리기도 전에 사건이 터져버렸어요. 나라에서 만리장성을 쌓는 일에 젊은이들을 마구 끌고 갔는데, 범기량이 딱 걸린 거지요. 아무리 사정해도 통하지를 않아요. 그때 중국의 왕이 진시황이었는데 아주 무서운 사람이었거든요.

금방 돌아온다면서 떠난 남편은 세월이 흘러도 소식이 없었어요. 기다리다 못한 맹강녀는 직접 남편을 찾아서 길을 떠났답니다. 중국 땅이 좀 넓어야지! 맹강녀는 말 못 할 고생을 다 한 끝에야 겨우 만리장성 있는 곳에 다다랐어요. 그런데 그 성이 얼마나 큰지 몰라. 맹강녀가 남편 이름을 대면서 열심히 찾았지만 아는 사람이 통 없어요. 그렇게 한참을 찾아 헤매던 중에 어떤 사람이 남편 이름을 듣더니만,

"범기량? 기억납니다! 함께 일했어요."

"아아, 드디어 찾았군요. 그이는 지금 어디 있나요?"

"그게…… 일하다 다쳐서 세상을 떠났답니다. 그대로 성 아래에 묻혔어요."

그 말을 들으니 하늘이 무너질 것 같아요. 맹강녀는 남편이 묻혔다는 곳을 찾아가서 성벽을 바라보며 통곡하기 시작했답니다. 그 소리가 어찌나 크고 슬픈지 하늘을 울리는 듯했지요. 그때 놀라운 일이 벌어졌어요. 울음소리에 성벽이 우릉우릉 흔들리더니 콰르릉 무너져 내린 거예요. 그러자 그 밑에서 남편의 유해가 드러났지요. 맹강녀는 남편의 유해를 안고서 하염없이 울었어요.

그때 진시황이 만리장성 공사를 순찰하러 왔지 뭐야. 황제는 웬 여자가 성벽을 무너뜨렸다는 얘기를 듣고 화가 잔뜩 나 있었어요. 근데 막상 맹강녀를 보고는 생각이 싹 바뀌었답니다. 여자가 너무 아름다워서 홀딱 반한 거예요.

"남편을 위한 충절이 훌륭하구나. 내가 그대를 위해 중매를 해 주겠노라. 어떠냐? 나와 결혼해서 후궁이 되지 않겠느냐?"

황제의 후궁 자리라니 그야말로 파격적인 제안이지요. 엄청난 출세예요.

"좋습니다. 하지만 남편과의 인연을 정리하는 게 우선입니다. 세 가지를 들어주시면 말씀을 따르지요. 첫째, 남편을 양지바른 곳에 묻어주십시오. 둘째, 무리하게 일을 시킨 관리를 처벌해 주십시오. 셋째, 저와 함께 상복을 입고 남편 제사를 지내주십시오."

꽤나 맹랑한 제안이었지요. 하지만 진시황은 맹강녀가 제시한 세 가지 조건을 다 들어줬답니다. 덕분에 맹강녀는 남편을 고이 떠나보낼 수 있었지요.

제사를 마치니까 진시황이 맹강녀를 데려가려 했어요. 그때 맹강녀가 황제의 손을 홱 뿌리치고 높은 곳으로 뛰어 올라가서 외쳤어요.

"백성을 괴롭힌 원흉이 바로 당신이다. 내가 남편을 죽인 원수를 따를 줄 알았더냐! 천벌을 받을 것이다!"

그 말과 함께 맹강녀는 물로 홀쩍 몸을 던졌어요. 남편의 뒤를 따라간 거지요.

맹강녀가 물속으로 뛰어든 곳이 중국의 산해관 근처라고 해요. 지금도 산해관에 가면 맹강녀 사당을 볼 수 있지요. 죽은 맹강녀가 돌로 솟아났다고도 해요. 그 돌은 '망부석(望夫石)'으로 불린답니다. 예전에 연암 박지원 선생도 이곳에 가서 망부석을 봤다고 해요. 《열하일기》에 그 내용이 들어 있지요.

이야기에 대한 이야기

퉁이 엄지 이반 세라 로테 이모 약손할배

퉁이 우와, 슬프면서도 멋지다. 맹강녀 대단해요.

이반 이 전설은 역사적인 느낌이 나네요. 진시황과 만리장성이 나와서 더 그런 것 같아요. 실제로 있었던 일일까요?

약손할배 전설은 그냥 전설일 따름이지. 사람이 운다고 장성이 무너지진 않을 테니 말이야. 하지만 그 안에 나름 역사적 진실이 담겨 있을 게다.

세라 맞아요. 권력자의 폭정에 맞선 백성들의 울분과 저항이 생생하게 느껴져요. 맹강녀가 진시황을 꾸짖는 대목, 소름 돋았어요.

퉁이 맞아 맞아. 남자들보다 백 배 훌륭한 듯.

로테 이모 맹강녀가 자기 제안을 받아들일 거라고 착각한 황제의 모습이 소름 끼쳐요. 권력을 가지면 세상이 다 자기 것인 줄 아는 사람들 정말 극혐이에요.

엄지 맞아요. 극혐! 황제가 사람들 앞에서 망신당한 거 완전 사이다!

이반 우리나라 전설 중에 뭔가 이거랑 통하는 이야기가 하나 떠올라요. 그 이야기를 한번 해볼게요.

이반

이 이야기는 북한 지역에서 전해온 전설이에요. 황해도 수안이라는 고장에 있

는 동굴에 얽힌 이야기입니다. 굴 이름은 마십굴이에요. 북한에 널리 알려진

유명한 전설이라고 들었어요.

마십의 슬픈 사랑 이야기

*

한국 전설

옛날, 황해도의 한 산골 마을에 마십이라는 나무꾼이 살았어요. 집은 가난했지만 세상 누구도 부럽지 않았습니다. 선녀처럼 예쁘고 마음씨 착한 아내가 있었거든요. 마십은 산에 가서 열심히 나무를 하고, 아내는 집에서 열심히 살림을 돌봤어요. 저녁때가 되면 알콩달콩 도란도란 좋은 시간을 보냈죠.

어느 날, 마십은 깊은 산으로 나무를 하러 갔어요. 그런데 한 사람이 외진 곳에 쓰러져서 신음하고 있는 거예요. 보니까 젊은 사람인데 사냥꾼 차림새예요. 사냥하러 왔다가 높은 데서 굴러떨어졌나 봐요. 마십은 하던 일을 다 제쳐놓고서 청년을 업고 집으로 돌아왔어요.

부부는 청년을 정성껏 보살폈습니다. 낮에 마십이 나무하러 가면 아내가 그를 돌봤어요. 먹을 것도 챙겨주고, 다친 곳도 잘 치료해 줬죠. 그 덕분에 청년은 며칠 만에 몸을 회복할 수 있었습니다.

그 청년은 고을 원님의 아들이었어요. 근데 애가 성격이 안 좋아요. 마십의 아내에게 은근히 딴마음을 먹고는 슬쩍 수작을 거는 거예요.

"보아하니 산속에서 험하게 살 사람이 아닌데, 나와 함께 고을로 가지 않겠소? 내가 제대로 호강시켜 주겠소."

그 말을 들으니까 여자가 기가 막히죠.

"뭐라고요? 물에서 건져주니까 보따리 내놓으라고 한다더니! 꼴도 보기 싫으니 당장 떠나세요!"

화가 나서 소리치니까 원님 아들은 할 수 없이 거길 떠났습니다. 마십이 오면 곤란할 테니까 말이죠. 하지만 그는 여전히 흑심을 버리지 않았어요. 어떻게든 그 여자를 차지하고 싶었죠.

며칠 뒤, 마십 부부의 집에 사람들 한 무리가 들이닥쳤습니다. 원님 아들이 사람들을 이끌고 찾아온 거예요. 그들은 다짜고짜 여자를 가마에 태워서 고을로 향했습니다. 그러니까 강제 납치예요. 아버지 권력을 믿고서 이런 말도 안 되는 일을 한 거예요. 그 아버지가 탐관오리였나 봐요. 그러니까 아들도 그런 거겠죠.

소식을 들은 마십이 헐레벌떡 달려와서 길을 가로막았어요. 마십은 욕을 퍼부으면서 가마를 끌어 내리려고 했습니다. 하지만 혼자서 여럿을 이길 수가 없죠. 마십은 그대로 땅에 내팽개쳐졌어요. 그때 원님 아들이 이렇게 소리치는 거예요.

"이봐! 이거 공무 집행 방해에 모욕죄인 거 몰라? 나를 구해준 일을 생각해서 특별히 용서해 주지. 네 아내를 되찾아갈 기회도 주겠어. 저 바위산 건너편이 고을 관아거든. 거리가 50리쯤 될 거야. 저 바위산에 굴을 뚫어서 찾아오면 아내를 돌려주도록 하지. 기한은 딱 100일. 어때, 공정하지?"

그렇게 말도 안 되는 소리를 하고는 가버리는 거예요. 마십은 한참 동안 바닥에 쓰러져 있다가 겨우 일어났습니다. 그러고는 집으로 가서 망치와 끌을 들고 바위산으로 갔어요. 진짜로 굴을 뚫으려고요. 사람들이 불가능한 일이라고 말렸지만 마십은 상관하지 않았어요. 그는 새벽부터 밤까지 쉬지 않고 바위를 파고 또 팠습니다. 비바람이 불고 눈보라가 쳐도 멈추지 않았죠.

날이 가니까 바위 절벽이 조금씩 파이기 시작했어요. 한 달이 지나고, 두 달, 세 달이 지나니까 제법 굴 모양이 나왔죠. 하지만 그래 봤자 겨우 몇 미터예요. 50리는커녕 1리도 안 되죠. 그래도 마십은 포기하지 않았습니다. 망치를 들어서 끌을 내리치고 또 쳤어요.

그렇게 100일째 되는 날이었어요. 이제 기회는 그날 하루뿐이죠. 마십은 그날도 온 힘을 다해 망치를 내리쳤습니다. 그런데 이게 웬일이에요! 갑자기 앞이 뻥 뚫리면서 구멍이 나는 거예요. 마십이 구멍을 넓히고 들어가 보니까 이게 굴이에요. 바위 안에 굴이 숨어 있었던 거죠. 50리나 되는 굴이요.

마십은 굴을 통과해서 맞은편으로 나갔어요. 그곳은 바로 원님 집 뒤뜰이었죠. 마십은 별당으로 가서 자나 깨나 자기를 기다리던 아내를 만났어요. 마십과 아내는 손을 꼭 잡고서 굴속으로 뛰어 들어갔습니다.

이 일이 원님 아들에게 전해졌어요. 얘가 아주 난리가 났죠. 장정들에게 당장 두 사람을 잡아오라고 소리쳤습니다. 장정들이 굴을 향해서 우루루루루. 하지만 하늘은 무심하지 않았어요. 장정들이 뛰어드니까 굴이 콰르르 무너지면서 길이 꽉 막혔습니다.

그런데도 원님 아들은 포기를 안 해요. 그는 부하들과 함께 말을 타고서 굴 맞은편으로 달려갔습니다. 그러니까 마십이 굴을 파들어간 쪽이죠. 얘가 겁이 나니까 굴 안으로 들어가지는 못하고 입구에 불을 질렀어요. 그러고는 굴 안쪽으로 연기를 계속 들여보내는 거예요. 나름 머리를 쓴 거죠.

하지만 굴에서는 아무도 나오지 않았습니다. 그 대신 물이 콸콸 쏟아져 나왔대요. 굴 앞에 있던 사람들은 물에 휩쓸려 물귀신이 돼버렸죠. 천벌을 받은 거예요.

그 뒤로 마십과 아내를 본 사람은 아무도 없어요. 굴 안에서 죽었는지 살았는지, 굴에서 나와서 멀리 떠났는지, 아무도 몰라요. 그 굴에서는 지금도 맑은 물이 흘러나온대요. 그러니까 그게 마십 굴이죠. 굴 옆의 바위에는 마십이 날짜를 세면서 그어놓은 100개의 금이 남아 있다고 해요.

연이   퉁이   엄지   이반   세라   뭉이쌤

퉁이   아, 나 화났어! 원님 아들이라지만 어찌 그럴 수 있지?

연이   맞아. 원님 아들이니까 더 그러면 안 되지!

이반   원님 자식이라고 다 그런 건 아니겠지만, 세상엔 못된 사람도 많
         으니까. 요즘도 그렇잖니?

퉁이   부모 지위나 힘을 믿고 갑질하는 것들!

세라   퉁이가 단단히 화났구나. 그럴 만해. 나는 마십 부부가 어떻게 됐
         는지 궁금하네. 어디 먼 곳으로 떠나서 잘 살았으면 좋겠어. 굴
         안에서 죽었다면 너무 슬프잖아.

엄지   나도요! 착하고 힘없는 사람들이 억울하게 죽는다면 그건 너
         무…….

연이   근데 마십이 끝까지 포기하지 않고 굴을 뚫은 건 정말 대단한 것
         같아요.

퉁이   맞아. 절벽이 뻥 뚫리면서 굴이 나타나는 대목 소름! 그게 기적이
         라는 걸까?

연이   덧붙이자면, 만들어낸 기적.

퉁이   오, 그 말 멋지다. 나도 기적을 만들어내는 사람이 되고 싶어.

뭉이쌤 그런 의미에서 한 걸음 또 나가자꾸나. 노고할망님, 오래 기다리
         셨어요!

노고할망

이 할망이 일본에서 전해온 이야기를 하나 들려줄게. 전설보다는 민담 쪽인

데, 지금 이야기판에 어울릴 것 같아. 부부에 대한 이야기지만 어린 친구들한

테도 와닿는 게 있을 거야.

두루미 아내

*

일본 민담

옛날에 어떤 남자가 시골에서 혼자 가난하게 살고 있었단다. 어
느 날, 그 사람이 들에 나갔는데 슬픈 울음소리가 들려왔어. 사람
소리는 아니고 새 울음소리야. 다가가 보니까 새하얀 두루미 한
마리가 덫에 걸려서 고통스러워하고 있지 뭐냐. 남자는 급히 덫
을 제거하고 두루미를 집으로 데려와서 잘 보살폈단다. 며칠 지
나니까 두루미는 상처가 나아서 훨훨 날아갔어. 남자는 잘됐다
싶으면서도 왠지 서운하지.

그러고서 며칠이 지났을까, 남자가 사는 외딴집에 낯선 손님이
찾아온 거야. 문을 열어보니까 웬 아가씨야. 새하얀 옷을 입었는
데, 그렇게 예쁜 사람은 본 적도 들은 적도 없어. 문을 열어주니까
안으로 들어오더니 생각지도 않은 말을 해.

"고마워요. 전 오갈 데가 없는 사람이에요. 이 집에서 함께 살아
도 될까요?"

그러니까 자기를 짝으로 받아달라는 말이지. 남자가 꿈인지 생

시인지 구별이 안 돼.

"내가 너무 가난해서 한 몸 추스르기도 힘들답니다. 여기서 지내려면 고생할 텐데요. 끼니를 굶을지도 몰라요."

"그건 걱정 마세요. 제가 먹고살 길을 마련해 볼게요."

그렇게 말하니 남자가 사양할 이유가 없지. 두 사람은 그날로 짝을 이뤄서 살게 됐단다.

며칠 지나니까 집에 먹을 게 떨어졌어. 돈도 한 푼 없지. 그때 여자가 구석에 있는 골방으로 들어가면서,

"내가 안에서 뭘 좀 만들게요. 약속해 주세요. 절대 들여다보지 않겠다고요."

남자는 단단히 약속을 했어. 아내가 들어간 뒤 방 안에서는 뭔가 이상한 소리가 들려왔지. 남자는 궁금했지만 꾹 참았단다. 그렇게 얼마나 시간이 지났을까. 안에서 아내가 나오는데 손에 하얀 천을 들고 있지 뭐냐. 난생처음 보는 곱고 보드라운 천이야.

"이걸 시장에 가져가서 파세요."

남자가 그걸 시장으로 가져가니까 사람들이 아주 귀한 천이라며 큰돈을 주고 사 갔어. 그 돈으로 둘은 한동안 걱정 없이 지낼 수 있었단다.

그런 일은 그 뒤로도 계속됐어. 돈이 떨어지면 아내가 방 안에 혼자 들어가서 천을 만들곤 했지. 그런데 남자가 대체 어떻게 천을 만든 건지 너무나 궁금한 거야. 어느 날, 남자는 참지 못하고 살짝 방문을 열고 말았어. 그랬더니 이게 웬일이야. 아내가 두루

미로 변해가지고 몸에서 깃털을 뽑아서 천을 만들고 있지 뭐냐.
그때 두루미가 황급히 사람으로 변하더니,

　"왜 약속을 어겼나요? 문을 안 열었으면 계속 함께 살 수 있었
는데……. 이제 틀렸어요. 더는 여기 머물 수 없습니다."

　말을 마친 여자는 다시 두루미로 변했어. 그러곤 하늘로 훨훨
날아갔단다. 그 뒤로 둘은 다시는 만날 수 없었지.

연이   통이   이반   세라   뀨 아재   로테 이모   뭉이쌤

연이   이렇게 끝나는 거예요? 슬프다!

통이   남자에게 다시 기회가 주어지지 않네요. 좀 안됐다. 저였어도 들여다봤을 것 같아요.

뭉이쌤   그래, 궁금할 만하지. 하지만 사람에게는 남에게 보이고 싶지 않은 무엇이 있는 거니까.

세라   맞아요. 아무리 가족이라도 프라이버시는 중요하죠. 그게 민감한 거라면 더더욱요.

이반   두루미라는 정체가 왜 그리 민감한 것이었을지 궁금하네요.

뭉이쌤   두루미가 사람과 다른 세계에 속한 존재잖아? 그게 드러나니까 함께할 수 없었던 걸 수도 있어. 남자도 여자가 새라는 걸 안 뒤에는 이전처럼 대할 수 없었을걸.

이반   알 것도 같고 모를 것도 같아요.

로테 이모   아내도 그렇고 엄마도 그렇고, 지켜줘야 할 게 있는 법이란다. 마음에 새겨둬야 해.

통이   넵!

연이   뭐야, 오빠!

뀨 아재   자, 이번에는 내가 이야기 하나 할게. 조금은 달달한 사랑 이야기로. 뉴질랜드 북섬 지역에서 전해온 전설이야.

히네모아의 연가

뉴질랜드 전설

큐 아재

아주 오래된 옛날의 일이야. 뉴질랜드 지역에 서양 사람들이 들어오기 전, 원주민 시절 이야기지. 뉴질 랜드의 원주민이 누구? 그래, 마오리족! 근데 마오리 족도 그 안에 여러 부족이 있어서 각기 영역을 가지 고 있었던 거야. 서로 친한 부족도 있지만 원수처럼 싸우는 부족들도 있어.

북섬 로토루아 호수 남쪽에 큰 마을이 있는데, 마 을 이름도 로토루아야. 거기 아리와족이 살았어. 족장에겐 히네모 아라는 딸이 있었는데, 말 그대로 꽃다운 아가씨였지. 호수에 달 이 비쳐서 일렁이면 마음이 함께 출렁이는 꿈 많은 스무 살!

이 히네모아 아가씨가 어느 날 낯선 음악 소리에 사로잡히고 만 거야. 호숫가를 걷다가 멀리서 들려오는 피리 소리를 들었는데 심 장이 멈추는 것 같았지. 마음이 쿵쿵쿵쿵. 넋을 잃고 소리를 따라 가다 그만 세상을 하직할 뻔했지 뭐냐. 정신을 차려보니 깊은 물속인 거야.

피리 소리는 달 뜨는 밤마다 계속 들려왔어. 그때마다 히네모아 마음도 쿵쿵쿵. 히네모아는 피리를 부는 사람을 찾아보려 했지만 호숫가 마을 어디에서도 찾을 수가 없었어. 그럴 수밖에. 그 소리는 호수 한가운데서 들려오는 거였거든. 호수 안에 있는 섬에서 말이야.

'이건 모코이아섬에서 나오는 소리야. 아아, 어쩌나!'

그럴 만해. 그 섬에는 휫스터족이 살았는데 아리와족하고 앙숙이었거든. 서로 접근 금지야. 하지만 예술에는 국경이 없는 법! 도저히 참지 못한 히네모아는 어느 날 저녁에 몰래 카누를 타고 섬으로 들어갔어. 드디어 피리 부는 사람을 만났지. 그리고 문제가 제대로 터져버린 거야. 그게 아주 잘생긴 청년이었거든. 두 사람 눈이 마주치는 순간 불길이 파바밧!

그 뒤로 히네모아는 밤마다 섬으로 들어가서 청년과 사랑을 나눴어. 청년의 이름은 투타네카. 휫스터 족장의 아들이야. 앙숙의 아들과 딸이 딱 만난 거지.

둘의 위태로운 사랑은 한동안 계속됐지만 영원할 순 없었지. 히네모아의 아버지가 먼저 낌새를 알아챘어. 밤마다 집을 나가니 그럴 수밖에. 그리고 그게 말이지, 얼굴에 다 표가 나게 돼 있거든. 하하.

화가 난 아버지는 카누를 다 불태워 버렸어. 그래도 누구처럼 꽁꽁 가두진 않았나 봐. 히네모아는 밤마다 호숫가에 나와 앉아서 멀리 섬을 바라보며 눈물을 줄줄 흘렸지. 섬에 있는 투타네카는 오지 않는 연인을 기다리며 구멍 난 가슴을 쾅쾅.

그러던 중에 히네모아가 무서운 사실을 알게 됐어. 아리와족이 섬으로 쳐들어가서 휫스터 일족을 죽일 거라지 뭐야. 히네모아는 어떻게든 이 사실을 연인에게 알려야 했어. 근데 배가 없으니 어떡해.

그땐 겨울이라 물이 아주 찼거든. 여차하면 심장마비야. 하지만 히네모아는 앞뒤 가릴 것 없이 물에 첨벙 뛰어들었어. 죽을힘을 다해서 섬으로 헤엄쳤지. 겨우 섬에 다다른 히네모아는 그대로 쓰러졌어. 몸은 완전 얼음장이지 뭐.

히네모아를 발견한 투타네카는 놀라서 절규했어. 연인을 꼭 끌어안아서 자기 체온으로 언 몸을 녹이려 했지. 그러자 히네모아의 몸이 녹으면서 온기가 조금씩 돌아오기 시작했어. 내 생각에는 체온보다도 심온(心溫) 덕분이었을 것 같아. 마음의 온도! 내가 만든 말이야. 하하.

둘이 그렇게 껴안고 있을 때 양편에 사람들이 나타났어. 누구? 휫스터족과 아리와족. 그 선두에 두 족장이 섰지. 아리와족이 어떻게 호수를 건너왔는지는 묻지 마. 몰래 숨겨둔 배가 있었나 보지 뭐. 하여튼 두 앙숙 집단이 외나무다리를 사이에 두고서 딱 만난 거야. 외나무다리가 아니고 한 쌍의 사랑하는 남녀지!

두 족장은 자식들을 보고서 단번에 깨달았어. 아무도 둘을 떼놓을 수 없다는 걸. 타나토스나 강림도령이라고 해도 불가능한 일이

야. 훠스터 족장이 아리와 족장을 향해서 말했어.

"이봐! 우리가 왜 서로 앙숙이 된 거지? 왜 서로 죽이려 하는 거냐고?"

"내 말이! 이왕 이렇게 된 거, 우리 이러지 말고 그냥 잘 지내봅시다. 어때요, 사돈?"

"오케이! 굿!"

원래 마오리족이 낭만을 좀 알거든. 두 족장의 모토가 또 낭만 아니었겠어? 그들은 그 자리에서 깨끗이 화해하고 친구가 됐단다. 히네모아와 투타네카는 서로의 아버지를 꼭 껴안았지. 그날 밤은 무슨 밤? 축제의 밤!

근데 말이야, 두 사람이 물을 사이에 두고 서로를 그리워할 때 히네모아가 불렀던 노래가 있어. 제목이 뭐냐면 '포카레카레 아나(Pokarekare ana)'야. 너희들도 어쩌면 들어봤을걸. 한국에도 널리 알려진 노래거든. 한국전쟁 때 뉴질랜드 병사들이 부른 게 시작이라지 아마. 우리말 제목은 '연가(戀歌)'야.

뭉이쌤하고 로테 이모도 이 노래 아시죠? 함께 해볼까요? 제가 선창할게요!

— 비바, 비바, 비바 비바 비바!

비바람이 불던 바다 잔잔해져 오면,

오늘 그대 오시려나. 저 바다 건너서.

밤하늘에 반짝이는 별빛도 아름답지만
사랑스런 그대 얼굴, 더욱 아름다워라.
그대만을, 기다리리. 내 사랑 영원히 기다리리!

내용을 보면 투타네카가 히네모아를 기다리는 노래 같네. 그럴
수도 있지 뭐. 왜 호수가 아니고 바다냐고? 그건 나도 몰라. 두 사
람한텐 호수가 바다처럼 보였을 수도 있지 뭐.

연이   퉁이   엄지   이반   세라   뀨 아재   뭉이쌤   약손할배

퉁이 뀨 아재, 너무 좋아요. 역시 이야기는 해피 엔딩이야!

이반 두 족장이 자식들의 사랑을 인정하고 화해한 거 멋지네요. 그런 아버지가 되고 싶어요.

퉁이 오오, 낭만 이반!

뀨 아재 하하. 해묵은 갈등도 단번에 털어낼 수 있는 게 낭만의 힘이지!

뭉이쌤 그렇죠. 서로 손바닥이 마주치면.

연이 그 역할을 히네모아와 투타네카가 한 셈이네요. 마음이 따뜻해져요.

약손할배 새로운 세대에게 길을 열어주는 게 기성세대의 의무지.

엄지 저는 조금 다른 생각을 하나 해봤어요. 모코이아가 호수 안에 있는 섬이잖아요? 훠스터족이 그 안에 갇혀 살다가 두 사람 덕분에 호수 너머로 연결됐을 것 같아요.

세라 오오, 역시 우리 작은 철학자님!

퉁이 그게 다 사랑의 힘! 우리 모두 사랑하며 삽시다요. 사랑해요!

일동 사랑해요!

storytelling time
나도 이야기꾼!

기본 스토리텔링

이번 스테이지에서 만난 이야기 중 가장 마음에 드는 것을 골라서 다음과 같은 단계로 스토리텔링 활동을 해보자.

step 1: 책에 쓰인 그대로 이야기를 소리 내어 읽는다.

step 2: 책에 쓰인 그대로 이야기를 소리 내어 읽되, 가상의 청자에게 말해주듯이 읽는다.

step 3: 청자에게 이야기를 전달하되, 틈틈이 책을 참고한다.

step 4: 청자에게 이야기를 전달하되, 책을 참고하지 않는다.

step 5: 청자에게 이야기를 전달하되, 표현과 내용을 조금씩 자신의 방식대로 바꿔본다.

step 6: 완전히 내 것이 된 이야기를 구연 환경과 청자의 성향에 맞춰 내용과 표현을 자유자재로 조절하며 전달한다.

이야기별 재창작 스토리텔링

다음은 이번 스테이지에서 만난 이야기들에 대한 활동거리이다. 이 중 하나 이상을 골라 스토리텔링 활동을 해보자.

<바위가 된 남녀>

① **숨은 이야기 상상하기:** 처녀와 총각이 만난 개구리와 구름산 꼭대기의 노인 사이의 숨은 이야기를 상상해 보자.

<강물이 된 딸 앙가라>

② **지리적 상상하기:** 세계지도에서 바이칼호와 앙가라강, 예니세이강을 찾아보고, 이 이야기에 담긴 자연지리적 사유를 되짚어보자.

<호수의 약혼녀>

③ **새로운 이야기 상상하기:** 호수에서 유혹에 넘어가 청년과 포옹한 마리가 죽지 않고 살아나는 결말의 이야기를 상상해서 말해보자.

<폭포가 된 처녀>

④ **관점 달리하기:** 인간이 아닌 자연의 입장에서 이 전설의 내용을 풀어내 보자. '위대한 영혼'을 주인공으로 한다.

<사랑의 절벽>

⑤ **상대방 설득하기:** 원주민 남녀가 자신들을 쫓아온 스페인 장교를 설득해

서 마음을 바꾸게 하는 내용으로 이야기를 바꾸어보자. 단, 상대방이 뜻을 꺾을 만한 충분한 논리를 갖추도록 한다.

<바나나 나무가 생겨난 유래>

⑥ **노래 가사 쓰기**: 바나나 꽃과 열매를 소재로 해서 한 편의 노래 가사 또는 랩을 써보자. 바나나를 대상이 아닌 화자로 삼아도 좋다.

<바다의 눈, 모르스키에 오코>

⑦ **이야기를 신화적으로 각색하기**: 이 전설 속의 여러 인물을 자연신이라고 가정하고 이야기를 새롭게 각색해 보자. 기본 스토리는 그대로 따른다.

<마십의 슬픈 사랑 이야기>

⑧ **등장인물의 전생 상상하기**: 불교에서는 현생의 일이 전생의 인연에 의한 것이라고 말한다. 마십 부부와 원님 아들의 전생 사연을 상상해 보자.

<두루미 아내>

⑨ **등장인물 이해하기**: 두루미 아내의 입장에서 떠나야 하는 심정이 담긴 편지를 써보자. 그에 대한 남편의 답장도 함께 쓴다.

<히네모아의 연가>

⑩ **노래 개사하기**: 한국어로 된 노래 〈연가〉를 찾아 들어보고, 그 멜로디에 맞춰 화자를 히네모아로 한 새로운 가사를 만들어 불러보자. 연인이 주고받는 형식으로 1절과 2절 가사를 써도 좋다.

이야기 연계 스토리텔링

1. 친구들과 모여 이 스테이지의 이야기 가운데 각자 가장 인상 깊었던 이야기를 하나씩 골라 그 이유를 발표해 보자. 단, 다른 사람들이 생각하지 못한 부분에 주목해 특별한 이유를 제시할 수 있도록 한다.

2. 〈강물이 된 딸 앙가라〉의 앙가라, 〈호수의 약혼녀〉의 마리, 〈바나나 나무가 생겨난 유래〉의 바나, 〈만리장성을 무너뜨린 맹강녀〉의 맹강녀, 〈마십의 슬픈 사랑 이야기〉의 마십을 한 자리에 초청해서 '내가 오늘날의 세상에 진정으로 원하는 단 한 가지'를 주제로 한 가상 좌담회를 진행한 결과를 대화록으로 정리해 보자.

3. 이 스테이지에 추가로 들어갈 만한 슬픈 사랑의 전설을 찾아서 구어체로 다시 써보자. 그리고 그 이야기를 두고 나눌 법한 대화를 '이야기에 대한 이야기'로 만들어보자.

4. 이 외에 이야기들을 흥미롭게 연계할 수 있는 여러 가지 방법을 찾아보고, 이를 토대로 다양한 스토리텔링 활동을 해보자.

사랑이라는 도전,
그 끝에는

규 아재

이번 스테이지는 뭉이쌤이 안 계시니까 좀 허전하네. 세라 씨가 이야기판을 잘 이끌어주세요. 첫 번째 이야기는 내가 해볼게요.

얘들아, 이탈리아 가본 적 있니? 낭만이 넘치는 아름다운 나라야. 그 나라에서 전해온 특별한 사랑 이야기 하나 들려줄게. 특별한 공주와 왕자의 특별한 만남 이야기야. 특별한 사람들만 사랑을 하는 거냐고? 물론이지! 근데 그거 아니? 세상에 특별하지 않은 사람은 없거든! 공주와 왕자의 비밀도 알려줄까? 특별한 사랑을 하게 되면 누구나 공주가 되고 왕자가 되는 법이지!

못 말리는 공주와 게 왕자

✳

이탈리아 민담

옛날, 한 마을에 가난한 어부가 살았어. 식구들이 끼니를 못 때워서 쪼그라든 배를 붙잡고서 꼬르륵 꼬르륵. 물고기들이 다 어디로 도망갔는지, 왜 이렇게 안 잡히나 몰라. 어쩌면 어부가 솜씨가 없었는지도.

그러던 어느 날이었어. 어부가 그물을 걷어올리는데 아주 묵직한 거라. 힘껏 잡아당기는데도 올라오지를 않아. 이거 뭔가 큰 게 걸린 게 분명해. 어부는 옳다커니 하고서 젖 먹던 힘까지 총동원해서 겨우 그물을 끌어올렸어. 그랬더니 이게 뭐야. 거대한 집게발이 턱 나타나네. 그물에 걸린 건 참치도 고래도 아니고 커다란 게였어. 꽃게라고 하기에는 크기가 너무 커서, 그냥 왕게! 집게발이 얼마만 하냐면, 거짓말 조금 보태서 포크레인 가위발만 해. 하하.

어부는 한참의 사투 끝에 그물을 배에 끌어올리는 데 성공했어. 그러고는 회심의 미소를 지었지.

"됐다 됐어. 이번엔 제대로 잡았군. 이 정도면 가족들하고 열흘은 먹겠어!"

어부가 의기양양하게 게를 끌고서 집으로 오니까 아내랑 아이들이 보고서 다들 깜짝 놀라지. 그런 게는 보지도 듣지도 못했거든. 그때 아내가 이렇게 말하는 거라.

"여보. 그 게는 우리가 먹을 게 아니라 궁궐에 갖다 바칩시다. 임금님이 보시면 좋아하지 않겠어요?"

그러니까 옆에 있던 애들까지도 거드네.

"맞아요, 아빠! 임금님께 갖다 드려요. 우리 임금님 착하시잖아요."

며칠 못 먹어서 배가 고파도 많이 고플 텐데 이렇게 말하는 거야. 어부가 듣자니까 기특하지.

"그래그래, 그러자꾸나. 혹시 또 알아? 임금님이 이걸 받으면 좋은 선물을 주실지!"

어부는 외상으로 수레를 빌려다가 게를 싣고서 궁궐로 향했어. 구경하는 사람들이 다들 눈이 휘둥그레. 어부가 궁궐로 들어가서 게를 바치려니까 왕이 말했어.

"이렇게 큰 게는 처음 보는걸. 신기해. 그런데 이걸 어디다 쓴담? 아무리 생각해도 나한테는 쓸데없는 물건이야."

혹시라도 큰 상을 받지 않을까 기대했던 어부는 낙담해서 기운이 쭉 빠졌어. 그걸 도로 가지고 가는 것도 일인데 어쩌나 싶지. 그때 구세주가 떡 나타났어. 공주가 얘길 듣고서 그리로 나온 거야. 게를 보더니만 공주의 샛별 같은 두 눈이 반짝반짝!

"와아, 잘생긴 게네. 이런 건 처음 봐. 아빠, 이 게를 사서 저한 테 주세요. 돈을 아끼지 마시고요. 내 연못에 저 게를 풀어놓겠어 요. 생각만 해도 멋지다. 야호!"

그 공주가 왕의 외동딸인데 취미가 특별해. 커다란 연못에 물고 기들을 풀어 키우면서 시간 가는 줄 모르고 지켜보곤 했단다. 숭어 도 있고 도미도 있고 사람 키만 한 참치도 있고. 하여튼 못 말리는 공주야. 그 공주 눈에 게가 딱 꽂혔으니까 게임은 끝난 거지 뭐.

왕은 길게 생각할 것도 없었어. 지는 게 이기는 거였지. 왕은 어 부에게 아주 비싼 값을 주고 게를 샀단다. 열흘이 아니라 한두 해 먹고살 만한 금액이야. 어부는 아주 입이 벙그르르.

"역시 잘되려면 마누라하고 자식 말을 잘 들어야 해! 껄껄껄."

그건 어부 가족뿐만 아니라 게한테도 잘된 일이야. 물속에서 놀 게 됐으니 말이지. 그 연못이 꽤나 넓고 깊어서 지낼 만해. 더구나 자기를 좋아하는 공주까지 있으니 감지덕지. 공주는 시간만 나 면 연못가로 와서 게를 들여다보는 게 낙이었어. 얼마나 열심히 살펴보는지 집게발에 난 가시 숫자를 다 헤아릴 정도야. 걸을 때 어떤 발을 먼저 내미는지 정도는 약과지. 하하.

그런데 그 게는 한 가지 이상한 점이 있었어. 매일 정오가 되면 물속으로 쑥 들어가서 모습을 안 보이는 거야. 아무리 기다려도 코빼기도 안 보여. 그러다가 3시가 되면 슬그머니 다시 나타났지. 그런 일이 매일 계속됐어. 웬일인가 싶었지만 그러려니 했지. 뭐 왕게도 낮잠을 잘 수 있으니까 말야.

그러던 어느 날, 공주가 정오 무렵에 열심히 연못을 지켜보고 있는데 궁궐의 초인종이 띠링띠링 울렸어. 초인종 소리가 계속 나는데 아무도 나가는 사람이 없네. 공주가 가서 보니까 문밖에 웬 거지 부랑아가 서 있어.

"공주님! 불쌍한 사람에게 좀 베풀어주십시오!"

그 공주가 꽤나 너그럽고 통이 큰 사람이야. 마음이 연못에 가 있던 공주는 급히 안으로 들어가서 금화가 든 주머니를 하나 꺼내다가 문 너머로 홀쩍 던져줬어.

"이걸 받아요. 이거면 한두 달은 먹고살 거예요."

근데 공주가 어찌나 힘이 센지 주머니가 공중으로 홀쩍 날아오르더니 물웅덩이로 쑥 빠져버린 거라. 부랑아는 깜짝 놀라서 주머니를 건지려고 물속으로 뛰어들었지. 그 사람이 수영을 좀 했나 봐. 잠수도 꽤 되고 말이지. 들어가 보니까 웅덩이가 아주 깊은데 돈주머니가 통 안 보여. 이리저리 주머니를 찾다 보니까 물속으로 아주 깊이 들어가게 됐지.

실은 그 웅덩이가 땅속에서 먼 곳으로까지 이어져 있었어. 부랑아는 주머니를 찾으려고 이리저리 헤엄쳐 가다가 이상한 곳을 발견했지 뭐야. 웬 이상한 통 같은 기다란 통로가 있는데, 몸이 쑥 빨려 들어가는가 싶더니 앞에 뭔가가 턱 나타난 거야. 화려한 집이 말이지.

"이게 뭐야? 말로만 듣던 용궁인가?"

부랑아는 문을 열고서 안으로 들어가 봤어. 그 안은 완전 별세계야. 꽤 넓은 회랑인데, 멋진 식탁에 좋은 그릇들이 쫙 펼쳐져 있었지. 부랑아가 가까이 가서 살펴보려고 하는데 갑자기 밖에서 인기척이 들려오는 거라. 부랑아는 얼른 커튼 뒤로 몸을 숨겼지.

그때 누가 회랑으로 들어왔냐면, 화려하게 차려입은 요정이야. 귀부인 같기도 하고 젊은 처녀 같기도 해. 머리에 찬란한 꽃이 한 송이 꽂혀 있었지. 요정은 막대기를 든 채로 거대한 게에 올라탄 상태야. 막대기로 게 다리를 툭툭 치면 게가 앞으로 움직여. 등딱지를 탁 치니까 딱 멈추고.

요정은 게를 멈춰 세우더니 등딱지를 톡톡톡 두드렸어. 그러니까 게 안에서 웬 사람이 나오지 뭐야. 보니까 키 크고 잘생긴 청년이야. 옷도 잘 차려입은 게 딱 봐도 보통 사람은 아니지.

'완전 왕자님이군!'

그때 요정이 막대기를 쭉 뻗어서 식탁을 툭툭 두드렸어. 어허, 이건 또 무슨 일? 빈 그릇들에 음식이 쫙 차려지지 뭐야. 병에는 술이 가득 차고 말이지. 보기만 해도 군침이 도는 진수성찬이야. 청년은 의자에 앉더니 음식을 먹기 시작했지. 그런데 왠지 표정이 좋질 않아.

청년은 식사를 마치더니 요정의 신호에 따라서 다시 게 안으로 들어갔어. 요정은 게를 타고서 맞은편 문으로 나갔지. 부랑아가 한 번 따라가 보려고 했지만 물살이 거세서 갈 수가 없어. 잘못 들어갔다가는 사고가 나기 십상이야. 부랑아는 처음 들어갔던 문으로 해서 통로를 지나왔어. 그러고는 물 위로 솟구쳐 올라와서 고개를 쑥 내밀었지. 머리를 세차게 흔들면서 거친 숨을 어푸푸푸!

"아니, 이게 무슨 일이에요? 당신이 왜 거기서 나와? 가만, 조금 전 그 걸인이잖아!"

부랑아가 정신을 차려보니까 공주가 동그래진 눈으로 자기를 보고 있지 뭐야. 고개를 내민 곳이 궁궐 연못이었던 거야. 부랑아도 많이 놀랐지. 궁궐 안일 줄은 몰랐거든. 따지자면 이거 큰일을 저지른 셈이야. 궁궐을 무단 침입했으니 말이지. 더군다나 공주님이 제일 아끼는 장소를.

부랑아는 잠시 숨을 고르고서 입을 열었어.

"공주님, 그게 뜻하지 않게 어쩌다가 보니까…… 그런데 제가 저 안에서……."

"아니, 거기서 말할 거예요? 일단 이쪽으로 나오세요."

부랑아는 물 밖으로 나와서 젖은 옷을 터는 둥 마는 둥 하고서 급히 말을 이어갔어. 물속에서 그렇게 신기한 일을 겪었는데 말을 안 하고는 견딜 수가 없지.

"그게요…… 공주님이 던져주신 주머니가 물웅덩이에 빠지는 바람에 제가 그걸 찾으려고 뛰어들었는데…… 그게 그렇게 되고 이렇게 저렇게 돼서……."

부랑아는 물속에서 있었던 일을 공주에게 자세히 말해줬어. 공주는 그 말을 곧이곧대로 믿는 눈치야. 별 같은 두 눈이 반짝반짝 빛이 나.

"그랬군. 게가 정오부터 세 시간 동안 어디로 가는지 이제야 알겠어."

그러더니 부랑아에게 이렇게 말하는 거라.

"내가 직접 가봐야겠어요. 내일 정오 전에 다시 와서 안내해 줄 수 있죠?"

듣던 대로 참 맹랑한 공주님이야. 부랑아는 고개를 끄덕였지. 그때 문득 잃어버린 돈주머니가 생각나.

"근데 제가 그 돈주머니를……."

"알겠어요. 잠깐만 기다려요."

공주는 안으로 들어갔다 나오더니만 아까보다 더 묵직한 돈주 머니를 부랑아에게 전해줬어. 하긴, 가이드 비용도 쳐줘야 하니 까. 하하.

다음 날, 부랑아는 정오 전에 궁궐로 찾아왔어. 공주는 이미 준 비를 다 마친 상태지. 정오가 다가오자 공주는 부랑아를 따라서 물속으로 첨벙 뛰어들었어. 둘은 물속 통로를 쭉 지나서 건물 속 회랑으로 들어가 커튼 뒤로 몸을 숨겼지.

정오가 막 지났을 때야. 문이 스르렁 열리더니 요정이 게를 타 고서 나타났지. 요정이 등딱지를 톡톡톡 두드리니까 안에서 잘생 긴 청년이 나오고 말이야. 청년은 식사를 하려고 식탁에 앉았어.

그때였어. 공주가 사사삭 몸을 움직이더니 게 껍질 속으로 쏙 들어가지 뭐야. 부랑아가 놀라서 쳐다보니까, 공주가 입에 손가락 을 대고서 쉿! 하고는 손을 가로젓는데, 자기를 그냥 놔두라는 뜻 이야. 공주님 성격 알잖아? 어쩔 수 없는 일이지 뭐.

식사를 마치고 게 껍질 속으로 들어온 청년은 깜짝 놀랐어. 웬 어여쁜 아가씨가 있으니 놀랄 수밖에. 딱 보니까 알아보겠어. 그 나라 공주님이야. 청년이 놀라서 입을 딱 벌리려는데 공주가 얼른 손으로 그 입을 막고서, 쉿!

청년은 밖에서 듣지 못할 작은 목소리로 말했어.

"이 나라 공주님 맞죠? 연못가에서 늘 게를 바라보는 걸 봤어요. 그런데 여길 어떻게…… 요정이 알게 되면 우리 둘 다 죽은 목숨이에요!"

하지만 공주는 놀라지도 않고서 태연한 표정으로 청년의 귀에 속삭였어.

"역시나 요정이 당신을 가뒀군요. 나쁜 요정 같으니라구. 하지만 걱정 말아요. 내가 당신을 도울게요. 어떻게 하면 당신이 마법에서 풀려날 수 있는지 나에게 알려주세요."

그러자 청년이 조용히 한숨을 내쉬고 말했어.

"방법은 있지만 불가능한 일이에요. 내가 자유로워질 수 있으려면, 나를 너무나 사랑해서 죽음까지 무릅쓸 만한 여자가 필요하답니다."

그러자 공주가 눈을 반짝이면서 말했어.

"내가 바로 그 여자예요! 당신을 보는 순간 내 남자라는 걸 직감했죠. 당신도 이미 나를 좋아하는 거 맞죠?"

왜 아니겠어! 왕자는 늘 연못가에서 자기를 바라보는 공주에게 마음이 가 있었단다. 그 멋진 공주가 곁으로 다가와서 사랑을 속

삭이는데 마음이 녹지 않으면 남자도 아니지! 하하하.

둘이 은근히 얘기를 나누는 동안에도 게는 요정의 지시에 맞춰서 회랑 맞은편 쪽으로 나가서 물속을 헤쳐 나가고 있었어. 그쪽은 바다로 통하는 길이었단다. 한참을 헤엄쳐 간 게는 요정을 바다에 내려놓고서 돌아섰어. 사실은 게가 아니고 청년이지. 공주도 게를 조종하는 데 한몫했단다. 게딱지 속에서 합을 맞추고서는 남몰래 알콩달콩.

이제 요정을 바다에 내려놓고서 돌아오는 길이야. 더는 눈치 볼 일도 없고 마음껏 얘기를 나누었지. 알고 보니까 청년은 한 나라의 왕자였어. 어쩌다가 무서운 요정에게 꽁꽁 붙잡힌 신세가 돼서 게 속에 갇혔던 거야.

"그랬군요. 딱 봐도 요정이 만만치 않더군요. 방법을 자세히 알려주세요. 내가 뭘 어떻게 하면 당신이 요정에게서 벗어날 수 있지요?"

"요정은 음악을 아주 좋아한답니다. 멋진 연주를 들으면 마음이 홀려서 정신을 못 차려요. 당신이 할 일은 바닷가 바위에 올라가서 음악을 연주하며 노래를 부르는 일이에요. 요정이 마음을 뺏길 만한 멋진 연주라야 합니다. 가능할까요?"

"내가 음악에 별 취미는 없지만, 배워서 하면 되죠 뭐. 그다음에는요?"

"당신의 연주가 마음에 들면 요정이 나타나서 자기를 위해 다시 연주해 달라고 청할 거예요. 그러면 이렇게 말하세요. '좋아요. 당

신을 위해 연주하지요. 그 대가로 당신이 들고 있는 꽃을 저에게
주신다면요.' 만약 그 말대로 돼서 당신이 꽃을 가지게 되면 나는
자유의 몸이 됩니다. 왜냐면 그 꽃은 내 생명이거든요."

"알겠어요. 당신 말대로 될 거예요. 음악을 익히려면 시간이 좀
걸리겠지만요."

"꽃을 받는 일은 결코 쉽지 않을 거예요. 정말로 심술 맞은 요정
이거든요."

"할 수 있어요. 나에게 맡겨주세요."

둘이 그렇게 저렇게 얘기를 나누다 보니까 어느새 궁궐 연못이
야. 공주는 게 껍질에서 나와서 물 위로 머리를 쑥 내밀었지. 그때
한 사람이 구석에 숨어 있다가 달려오더니만,

"공주님, 오셨군요! 걱정했어요. 정말 다행입니다."

보니까 먼저 물에서 나온 부랑아야. 두 눈이 촉촉히 젖어 있지
뭐야. 혹시라도 공주에게 무슨 일이 있나 싶어서 내내 마음을 졸
이고 있었단다. 공주는 물 밖으로 나오면서 미소를 지어주었어.

"내가 괜히 걱정을 끼쳤네요. 덕분에 일이 잘됐어요. 이제 가보
셔도 돼요."

부랑아는 두 손으로 엄지척을 해 보이고서 가벼운 마음으로 궁
궐을 나갔어. 콧노래까지 부르면서 말이지. 근데 궁궐에 따로 지
키는 사람들이 없냐고? 그냥 그러려니 해둬. 이야기잖아, 하하.

공주는 그길로 아버지를 찾아갔단다. 무슨 말을 했을지 대략 예
상할 수 있겠지?

"아버지, 저 음악을 배워볼래요. 나라에서 제일가는 선생님을 붙여주세요."

맨날 연못에서 물고기들만 들여다보더니 갑자기 웬 음악인가 싶지. 하지만 더 물어볼 일은 아니야. 공주 입에서 어떤 말이 나오면 이미 기정사실이라고 보면 되거든. 왕은 군말 없이 나라에서 제일가는 연주자와 성악가를 불러서 공주에게 붙여줬단다.

공주는 그날부터 바이올린 연주와 노래를 배우기 시작했어. 얼마나 열심히 했는지는 말할 것도 없지. 원래 음치·박치에 가까웠는데, 두어 달 만에 선생님들이 깜짝 놀랄 수준에 이른 거라. 자신감이 생긴 공주가 왕에게 말했어.

"아버지, 바닷가 바위 위에 가서 연주를 해 보이겠어요. 준비를 갖춰주세요."

"아니, 바닷가 바위에서? 거기서 왜? 너 제정신이니?"

"그럼요. 아주 멀쩡해요. 그건 둘도 없는 특별한 연주가 될 거예요!"

왕은 늘 그랬던 것처럼 공주의 부탁을 들어줬어. 흰옷을 입은 시녀 여덟 명을 딸려 보냈지. 혹시 무슨 일이 있을까 해서 군인들을 호위로 붙이고 말이야. 드디어 공주는 왕자가 말한 바위에 올라서서 연주를 시작했어. 여덟 명의 시녀와 군인들까지 주변에 둘러앉아 있으니 모양새가 아주 그럴싸해.

공주는 바위 위에서 바이올린을 연주하면서 음악에 완전히 몰입했어. 아름다운 선율이 바다로 퍼져 나갔지. 그때 파도 속에서 요정이 나타나서 감탄하는 표정으로 소리쳤어.

"아아, 훌륭해. 최고야!"

연주를 마치자 요정이 공주에게 말했지.

"아주 멋진 연주예요. 나를 위해 한 번 더 연주해 주겠어요?"

"좋아요. 그 대신 연주를 마치면 당신이 들고 있는 꽃을 저에게 주세요. 그 꽃이 내 마음을 사로잡았거든요."

그러자 요정이 잠시 고민하다가 말했지.

"좋아요. 하지만 연주가 내 마음에 들어야 해요. 그리고 그냥 주진 않을 거예요. 당신이 꽃을 받으러 와야 해요. 오케이?"

"오케이!"

공주는 다시 바이올린을 켜기 시작했어. 중간에 멋지게 노래도 불렀지. 먼젓번보다 더 훌륭한 연주였단다. 누구라도 마음이 홀릴 정도야. 요정은 아주 그냥 미칠 것 같았지.

멋지게 연주를 마무리한 공주가 요정을 바라보면서,

"어때요, 멋지죠? 이제 당신이 약속을 지킬 차례예요. 그 꽃을 제게 주세요."

요정은 약속을 안 지킬 만큼 못돼 먹진 않았어. 하지만 순순히 꽃을 줄 만큼 친절하지도 않았지.

"자, 가져가요!"

그렇게 소리치더니 요정은 들고 있던 꽃을 바다를 향해 힘껏 던졌어. 힘이 어찌나 센지 꽃이 멀리 파도 위로 훌쩍 날아갔지. 마침 바람이 세서 바다에는 파도가 거칠게 일렁이고 있었어.

그때 한 사람이 물속으로 펄쩍 뛰어든 거야. 누구긴 누구겠어? 바위에서 연주하던 공주지! 시녀들과 군인들이 말릴 틈도 없었지. 다들 그냥 비명만 꺅꺅! 그러든 말든 공주는 파도에 실려 멀어져 가는 꽃을 향해서 힘껏 몸을 움직였어. 꽃은 자꾸 멀어져 갔지. 위험천만한 순간인데도 공주는 포기하질 않아. 도저히 안 될 것 같았지만 다시 온 힘을 다해 꽃을 향해 몸을 던졌지.

그때였어. 어찌 된 일인지 멀어져 가던 꽃이 파도에 실려서 공주 쪽으로 쭉 떠밀려 온 거라. 공주는 얼른 꽃을 붙잡았지. 그러고는 꼬르륵 물로 잠기려고 하는데 밑에서 뭔가가 떠받치는 느낌이야. 딱딱한 껍질 같은 게 말이지. 그러더니 밑에서 말소리가 들려오는 거야.

"당신은 내게 다시 생명을 줬어요. 나는 당신과 결혼할 거예요. 이제 내가 당신을 지킬게요. 내가 물 밑에 있으니 걱정 말아요. 내가 당신을 바닷가로 옮겨줄게요."

들어보니까 게 왕자야. 왕자는 계속 말을 늘어놓았지.

"그런데 이 말을 꼭 기억해 줘요. 아무에게도, 당신 아버지에게도 우리 결혼을 미리 말하지 말아요. 내가 먼저 우리 아버지에게 가서 결혼 승낙을 받아 올게요. 그리고 24시간 안에 당신 나라 궁궐로 가겠어요. 가서 당신 부모님께 정식으로 공주님과의 결혼을 청할 겁니다. 내 말대로 할 거죠?"

애가 말보가 터졌는지 말이 끝이 없어. 공주는 물을 먹어서 정신이 아찔하고 숨이 막혀오는데 말이지. 공주가 겨우 입을 열어서 한마디했어.

"알았어요."

공주는 거의 숨이 막혀서 질식할 지경이 됐을 때 바닷가에 닿았어. 땅 위에 발을 디디니까 살 것 같지. 시녀들과 군인들이 뛰어와서 공주를 둘러싸고 우왕좌왕. 공주가 보니까 게는 흔적도 없지.

공주는 아무 일 없었다는 듯 웃으면서 궁궐로 돌아와서 왕에게 말했어.

"멋진 모험이었어요, 아버지. 정말 즐거웠답니다. 감사해요."

왕자하고 있었던 일은 물론 입 밖에 내지 않았지.

다음 날 오후 3시쯤 됐을까. 갑자기 밖에서 요란한 소리가 났어. 북소리, 나팔 소리와 말발굽 소리가 들려오는데 웬 난리인가 싶지. 그때 궁정 집사가 들어오더니 어떤 나라 왕자가 인사드리러 왔다고 하는 거야. 왕은 갑자기 무슨 일인가 싶으면서도 안으로 들이게 했지. 그랬더니 웬 키 크고 잘생긴 젊은이가 떡 들어와서 넙죽 절을 올리네.

"전하, 공주님께 청혼하러 왔습니다. 허락해 주십시오."

왕은 그만 어안이 벙벙. 이게 뜬금없이 무슨 일인가 싶지. 고개를 돌려서 공주를 보니까 얼굴에 웃음이 가득. 쪼르르 달려오더니만 아버지 품에 쏙!

"아빠, 사랑해요!"

그러고는 뭐라 말할 틈도 안 주고서 청년한테 달려가더니만 두 팔을 벌려 껴안으면서 찐하게 키스! 무슨 일이 있었는지 물어볼 필요도 없어. 그렇고 그런 거지 뭐, 하하. 왕은 빨리 결혼식 준비를 해야 한다는 사실을 깨달았지. 끝!

아아, 끝내기 전에 한 가지. 바다로 밀려가던 꽃을 파도가 훌쩍 공주에게 전해줬잖아? 그게 실은 요정이 한 일이라는 설도 있단다. 뭐, 아니면 말고. 하하. 진짜로 끝!

이야기에 대한 이야기

엄지   연이   통이   세라   큐 아재

세라　　너무 재밌어요. 진짜 못 말리는 공주네요. 매력적이다!

엄지　　생각하는 걸 바로바로 행동에 옮기는 게 대단해요. 바로 물에 뛰
　　　　어들 줄이야.

통이　　게 껍질 속으로 턱 숨어드는 건 어떻고. 내가 왕자였어도 황당했
　　　　겠어.

연이　　그럴 때 당황하지 않고 받아들여야 왕자님이지.

통이　　근데 큐 아재, 꽃을 요정이 전해준 거라는 말은 뭐예요?

큐 아재　그냥 해본 생각이야. 요정도 공주에게 반하지 않았을까?

연이　　요정의 정체는 뭘까요? 왕자의 엄마일까요?

세라　　내 생각엔 애인일 수도 있을 것 같아. 상대방을 조종하는 무서운
　　　　애인 있잖아.

엄지　　아, 가스라이팅!

통이　　오, 그럴 수 있겠네요. 공주가 거기서 남자를 해방시켜 준 거군요.

연이　　그럴듯해. 신기하다!

세라　　큐 아재, 이번 스테이지를 멋지게 열어주셔서 감사해요. 다음 순
　　　　서는 누구? 엄지?

엄지　　네, 하나 해볼게요.

엄지

제가 들려드릴 이야기는 아프리카에서 전해온 민담이에요. 줄루족 사이에서

전해온 이야기래요. 찾아보니까 남아프리카공화국 쪽 같아요. 그 근처 나라

일 수도 있고요. 모잠비크나 보츠와나 같은 곳이요.

용감한 젊은이와 노마잘라 공주

✳

남아프리카 민담

옛날에 줄루족 어느 왕국에 공주가 살았어요. 이름은 노마잘라예요. 아름답고 현명한 데다 살림도 잘해요. 왕은 아들보다도 공주를 더 아꼈대요. 결혼할 나이인데도 시집을 안 보내요. 일부러 신랑감들에게 어려운 시험을 치르게 해서 다 퇴짜를 놓는 거예요.

이웃 나라에 사는 음자모라는 젊은이가 그 소문을 들었어요. 왕자도 아니고 평범한 남자예요. 하지만 자기라고 해서 안 될 일이 없다고 생각했어요. 음자모는 공주가 사는 왕궁에 가서 큰 소리로 외쳤어요.

"나는 자랑스러운 아버지 쿠말로의 아들 음자모입니다. 노마잘라 공주에게 청혼하러 왔습니다."

그 소리를 들은 왕이 얼굴을 찌푸리면서 말했어요.

"저건 또 누구냐? 쿠말로는 뭐 하는 사람인데? 왕이야, 귀족이야?"

알고 보니 왕도 귀족도 아니에요. 그냥 평범한 서민이에요.

"뭣이라고! 호되게 매질을 해서 내쫓아라."

그때 공주가 나서서 말했어요.

"아버지, 누구에게나 기회는 똑같이 줘야죠. 그런 뒤에 처리해도 되잖아요?"

왕은 내키지 않았지만 음자모를 들게 했어요. 그가 들어오니까 큰 소리로 호통을 쳐요.

"뭐 하는 놈이냐? 근본도 없는 녀석이 감히 청혼이라니. 그것도 혼자서! 썩 물러가라."

혼내면 벌벌 떨 줄 알았는데 안 그래요. 조금도 안 꿀리고 당당하게 말하는 거예요.

"제 무례를 용서하십시오. 그러나 우리 집안은 확신이 서면 무엇이든 혼자서 행합니다. 전쟁터에도 홀로 나가서 싸우지요. 결혼은 저의 일이니 더 말할 것도 없습니다."

보니까 꽤 용감한 친구예요. 하지만 왕은 딸을 내줄 생각이 전혀 없었어요.

"청혼하러 왔으니 시험을 치를 준비는 됐겠지?"

"물론입니다. 무엇이든 해내겠습니다."

그러자 왕이 잠시 생각하다가 말했어요.

"좋다. 내가 쉬운 걸로 내지. 우리가 계곡을 개간해서 옥수수를 심었는데 수확할 때가 됐어. 그 옥수수를 오늘 안으로 다 수확하도록 해라."

"알겠습니다!"

음자모는 자신 있었어요. 그런 노동은 늘 하던 일이었으니까요. 하지만 계곡에 도착해 보니 기가 딱 막혔어요. 옥수수밭이 얼마나 넓은지 그걸 다 수확하려면 수십 명이 며칠을 해도 모자랄 정도예요. 하지만 딴생각을 할 겨를은 없었죠. 음자모는 번개처럼 움직이며 옥수수를 따기 시작했어요. 정말 손이 안 보일 정도예요. 몇 시간이 지나도록 그의 손놀림은 잠시도 쉬지 않았어요. 믿기 어려운 속도였죠.

하지만 밭은 너무 넓었어요. 해가 지려고 하는데 겨우 절반밖에 못 한 거예요. 그대로 가면 실패였죠. 그때 언덕 너머에서 웬 노랫소리가 들려왔어요.

붉은 옥수수야, 어머니들이 뿌린 씨에서 자란 옥수수야.
너희들이 들어가야 할 바구니로 알아서 모이렴. 너희들의 집으로.

그러자 갑자기 옥수수들이 우수수 움직이는 거예요. 열매들이 저절로 떨어져서 바구니로 쏙쏙 들어가요. 머지않아 모든 옥수수가 커다란 바구니들 속에 다 들어찼어요. 성공한 거예요.

음자모가 옥수수를 챙겨서 왕궁으로 가니까 왕이 깜짝 놀라죠. 하지만 왕은 태연한 척 말했어요.

"해낼 줄 알았다. 그건 쉬운 시험이었거든. 진짜 시험은 내일부터야."

다음 날 아침, 왕은 음자모에게 다른 시험을 냈어요. 숲에 있는 나무들을 남김없이 베라는 것이었어요. 가보니까 숲이 어찌나 넓고 험한지 몰라요.

나무를 베는 일은 옥수수 따는 일보다 열 배는 힘들어요. 하지만 음자모는 물러서지 않았어요. 쉼 없이 도끼를 휘둘렀죠. 이번에도 날이 저물 무렵까지 절반쯤 해낼 수 있었어요. 그대로면 실패였죠. 그때 다시 노랫소리가 들려왔습니다.

숲속의 나무들아, 이제 돌아가 쉴 때야.
용감한 젊은이 도끼 앞에서 스스로 넘어지렴. 너희들 갈 곳으로.

그러자 나무들이 알아들은 것처럼 저절로 척척 쓰러지는 거예요. 해가 딱 넘어가기 전에 마지막 한 그루까지 넘어졌어요. 이번에도 성공이었지요.

하루 만에 험한 숲이 정리된 걸 본 왕은 깜짝 놀랐습니다. 그런 일을 해낼 사람은 왕국에 한 명도 없었거든요. 하지만 왕은 다시 새로운 시험을 냈어요.

"잘 해냈구나. 하지만 이걸로 끝이 아니다. 공주와 결혼하려면 꼭 해야 할 일이 있다. 공주가 전에 강물에서 목욕하다가 팔찌를 잃어버렸거든. 내일 강에 가서 팔찌를 찾아와라."

넓은 강에서 조그만 팔찌를 찾으라니 모래사장에서 바늘 찾는 격이죠. 아니, 더 힘들어요. 강물은 계속 흘러가니까요. 음자모는 당연히 포기하지 않았어요. 날이 밝자마자 강으로 가서 물에 뛰어

들었죠. 늘 물에서 놀아서 수영은 자신 있었어요. 잠수도요.

하지만 팔찌를 찾는 일은 너무나 힘들었어요. 강은 한없이 넓은데 바닥은 흐릿해서 사물을 분간할 수 없었죠. 손으로 강바닥을 이리저리 훑었지만 흙탕물만 일어나요. 오후가 되도록 쉬지 않고 잠수해서 강바닥을 뒤졌지만 헛수고였습니다. 어느새 해가 지려 했어요. 음자모가 다시 물속으로 들어갈 때 어디선가 노랫소리가 들려왔습니다.

뱀아, 물속에 사는 뱀아. 거기 낯선 물건이 있지 않니?
공주가 잃어버린 팔찌를 제자리로 돌려주렴. 있어야 할 곳으로.

그러자 커다란 뱀이 물속으로 스르르 들어가더니 팔찌를 물고 나왔어요. 뱀은 강둑에 팔찌를 내려놓고 사라졌죠. 음자모는 그것도 모르고 계속 강바닥을 훑으며 팔찌를 찾았어요. 그 사이에 해가 지고 날이 어두워졌습니다. 이제 물속은 아무것도 안 보여요.

'아, 이렇게 실패하는구나!'

음자모가 힘없이 돌아오려는데 강둑에서 뭐가 반짝거리지 뭐예요. 보니까 팔찌예요. 딱 봐도 공주님 거였지요. 음자모가 그걸 들고서 왕궁으로 돌아오니까 왕이 기절초풍 직전이에요. 그걸 해낼 줄이야! 그런데 이 왕도 고집이 대단해요.

"대단하구나. 하지만 마지막 시험이 남았다. 그것까지 통과하면 결혼을 허락하마. 가서 쉬거라."

왕은 음자모를 보낸 뒤 신하들과 함께 머리를 싸매고 한참을 궁리했어요. 음자모가 못 할 일을 찾아내려고요. 마침내 그들은 한 가지를 생각해 냈습니다. 그를 영원히 보낼 수도 있는 걸로요.

다음 날이 밝자 왕이 말했습니다.

"잘 쉬었는가? 드디어 마지막 시험이군. 나를 따라오게."

왕이 음자모를 이끌고 간 곳은 아래가 잘 보이지 않는 높은 절벽이었어요. 그 절벽 끝에 커다란 대추나무 한 그루가 위태롭게 서 있었죠. 나무줄기가 절벽 쪽으로 뻗어서 보기만 해도 아찔해요.

"저 대추나무 높은 가지 끝에 노란 잎사귀 보이지? 나무에 올라가서 저걸 따 오면 결혼을 허락하마. 내 딸의 짝이 되려면 그 정도 용기는 있어야 하거든."

근데 그건 용기로 되는 일이 아니에요. 가지가 아주 가늘어서 다람쥐가 올라가도 뚝 부러질 정도거든요. 그걸 따 오라는 건 죽으라는 말과 마찬가지죠.

하지만 음자모는 이번에도 포기하지 않았어요. 그는 조심스럽게 나무에 오르기 시작했습니다. 대추나무 거친 줄기에 몸이 긁혀서 아팠어요. 아래는 까마득한 낭떠러지라 아찔하죠. 차라리 안 보는 게 나아요.

음자모는 조심조심 나무를 타고 올랐지만 끝 가지는 너무 멀고 높았어요. 갈 수 있는 데까지 가서 손을 내밀어 봤지만 턱도 없어요. 음자모는 조용히 눈을 감았습니다. 그때 꿈결처럼 노랫소리가 들려왔어요.

나무야 나무야, 대추나무야. 붉은 열매를 맺는 대추나무야.

바람 속에서 열매를 맺느라 수고 많았어.

이제 네 잎을 돌려보내렴. 잎이 가야 할 그곳으로.

음자모는 조용히 눈을 떴어요. 그리고 가지 끝을 바라보았죠. 가지가 바람에 잠깐 흔들리더니 노란 잎사귀가 바람에 실려서 떨어졌어요. 음자모는 그 잎을 향해서 손을 내밀었습니다. 잎사귀는 그의 손으로 쏙 들어왔어요.

그 장면을 모두가 지켜봤어요. 음자모는 대추 잎사귀를 들고 와서 왕에게 바쳤죠. 왕도 이제 그를 인정할 수밖에 없었어요.

"그대는 신이 보낸 사람이구나. 공주와의 결혼을 허락한다. 오래오래 행복하게 살도록 해라."

왕이 말을 마치자 뒤편에 서 있던 노마잘라 공주가 다가왔어요. 음자모는 그녀의 손을 꼭 잡았죠.

노마잘라 공주의 눈을 보는 순간 음자모는 깨달았어요. 자기를 위해 노래를 불러준 사람이 공주라는 사실을요. 맑고 깊은 눈동자가 모든 걸 말해주고 있었죠. 사실은 처음 왕궁에 왔을 때부터 음자모는 느끼고 있었답니다. 그 현명한 공주가 용감하고 당당한 자기를 원한다는 사실을요.

아, 공주의 마지막 노래는 마음으로 부른 것이었어요. 음자모만 그 소리를 들을 수 있었죠. 아니네요! 대추나무도 들었으니까요. 계곡의 옥수수와 숲속의 나무와 강물의 뱀이 그랬던 것처럼요.

이야기에 대한 이야기

연이   퉁이   엄지   이반   세라   뀨 아재

퉁이   뭐야, 엄지! 열한 살짜리가 이렇게 해도 되는 거야?

세라   내 말이. 엄지는 내 동생이 아니라 친구를 해야 해. 영혼의 친구.

뀨 아재   하하. 이야기 앞에선 만인이 평등하지. 모두가 친구!

연이   음자모 아주 멋져요. 근데 저는 공주에게 더 마음이 끌려요. 왕이
　　　　　신랑감을 시험했다고 하잖아요? 근데 사실은 공주가 시험한 것 같
　　　　　아요. 마음에 드는 사람이 나타날 때까지 기다렸던 것 아닐까요?

이반   오, 그럴 수 있겠네. 마음에 드는 상대가 오면 안 놓칠 사람.

뀨 아재   어허, 그럼 왕은 뻬에로 노릇을 한 셈인가?

퉁이   중매자 역할을 한 거죠. 좋은 사람을 알아서 찾아주는.

세라   내 생각엔 이야기에서 음자모가 절반의 몫을 해낸 게 포인트 같
　　　　　아. 노마잘라는 나머지 반을 채웠을 뿐이지. 자연과 함께.

엄지   맞아요. 음자모가 혼자서 다 했거나 노마잘라가 다 했거나 하면
　　　　　제대로 된 사랑이 아닐 거예요. 그 부분을 살려서 구연하려 했는
　　　　　데 알아줘서 행복해요.

세라   역시 엄지! 멋진 이야기꾼이야. 그럼, 다음 이야기는 누가?

이반   제가 해볼게요. 엄지보다 잘할 수 있을지 모르겠지만요. 하하.

이반

제가 들려드릴 이야기는 캄보디아에서 전해온 민담이에요. 한국인과 결혼한
캄보디아 출신 아주머니가 전해주신 이야기입니다. 이름이 킴나이키예요. 세
라 누나 또래의 젊은 분인데, 대단한 이야기꾼이셨어요. 어렸을 때부터 친구
들에게 옛날이야기를 많이 해줬대요.

사랑을 찾아 나선 프라스톤 왕자

*

캄보디아 민담

옛날, 캄보디아 어느 왕국에 똑똑하고 잘생긴 왕자가 살았습니다. 이름은 프라스톤이에요. 아주 용감해서 싸움도 잘하고 마법도 쓸 줄 알아요.

왕은 프라스톤 왕자에게 짝을 찾아주려고 했어요. 왕국의 아름다운 여자들을 모아놓고 왕자에게 마음에 드는 사람을 고르게 했습니다. 그때 높은 지위에 있던 신하가 그 자리를 탐냈어요. 왕자를 사위로 삼으면 더 큰 힘을 가질 수 있으니까요. 신하는 딸을 화려하게 꾸며서 가장 눈에 잘 띄는 자리에 서게 했습니다. 다들 왕자가 그 사람을 선택할 거라고 생각했죠. 하지만 왕자의 선택은 달랐습니다.

"죄송하지만 마음에 드는 사람이 없습니다. 아직 결혼할 생각이 없어요. 더 수련하면서 기다리겠습니다."

왕은 고개를 끄덕였지만 신하는 달랐어요. 자기 딸이 퇴짜를 맞은 걸 분하게 생각했습니다.

그렇게 세월이 흐르던 어느 날이었어요. 나라 서쪽에 용이 사는 호수가 있었는데, 프라스톤이 아끼는 신하가 거길 갔다가 용을 만난 거예요. 용은 신하에게 그물을 갖다달라고 했습니다. 캄보디아에서 용은 신성한 존재예요. 신하가 그물을 갖다주니까 용이 호수 한쪽으로 힘차게 그물을 던졌습니다. 거기 하늘신의 일곱 딸이 내려와서 목욕하고 있었죠. 여섯 딸은 그물을 피해서 날아갔는데 막내딸이 잡힌 거예요. 이름이 닝까오노리예요.

용은 프라스톤의 신하에게 닝까오노리를 넘겨줬어요. 왕자에게로 데려가라는 뜻이죠. 신하가 닝까오노리를 데려가니까 프라스톤이 보고서 깜짝 놀랐습니다. 딱 봐도 인간 세상 사람하곤 품격이 달라요. 프라스톤은 한눈에 사랑에 빠졌습니다. 여자도 왕자가 마음에 들었어요. 인간 세상에 이런 멋진 남자가 있을 줄 몰랐거든요. 프라스톤은 부모의 허락을 받아서 닝까오노리와 결혼했습니다. 둘은 마음이 딱 맞았고, 신혼 생활은 꿀처럼 달콤했습니다.

그런데 그때 이웃 나라에서 전쟁을 일으킨 거예요. 주술사가 점을 쳐보더니 프라스톤 왕자가 가야 적을 물리칠 수 있대요. 왕자는 아내 곁을 떠나기 싫었지만 나라를 위해서 전쟁터로 나갔습니다. 가서 용감하게 싸웠어요.

왕자를 보내고 나서 왕이 이상한 꿈을 꿨어요. 왕의 배 밖으로 창자가 나오는데, 대륙을 다 덮을 정도로 엄청나게 나온 거예요. 창자는 대륙을 덮더니 다시 왕의 뱃속으로 들어갔어요. 그 꿈을 꾸고 나니까 왕이 무서운 생각이 들어요. 왕은 꿈풀이를 하려고 왕궁 주술사를 불렀습니다.

근데 예전에 자기 딸을 왕자하고 결혼시키려고 했던 신하가 있 잖아요? 그 신하가 주술사를 슬쩍 불러서 꿈풀이를 나쁘게 하라 고 시킨 거예요. 그렇게 하면 부귀를 맘껏 누리게 해준다면서요. 주술사는 왕보다 그 신하가 더 무서웠습니다. 원래 그게 아주 좋 은 꿈이었거든요. 하지만 그는 신하가 시킨 대로 풀이했어요.

"아주 불길한 꿈입니다. 원인은 왕자비예요. 하늘에 있어야 할 존재가 땅에서 사는 탓입니다. 이대로 두면 나라가 망합니다. 왕 자비를 하늘로 돌려보내야 합니다. 그냥은 안 되고 불에 태워서 보내야 해요."

닝까오노리를 태워서 죽이라는 말이에요. 왕은 영 내키지 않았 지만 어쩔 수 없었어요. 주술사의 말은 왕이라도 따라야 했거든 요. 이 소식을 전해 들은 닝까오노리가 남편을 한 번만 만나고 떠 나게 해달라고 사정했지만 소용없었습니다.

닝까오노리는 왕비에게 마지막 소원을 말했어요. 결혼할 때 감 춰둔 자기 날개를 한 번만 보게 해달라는 것이었어요. 불에 타서 죽더라도 날개를 달고서 죽겠다고 해요. 왕비는 자비로운 사람이 었거든요. 마지막 소원이라는데 불쌍해서 안 들어줄 수 없었죠. 왕비는 꽁꽁 숨겼던 날개를 꺼내서 며느리에게 건네줬습니다.

그다음은 선녀와 나무꾼 이야기랑 비슷해요. 닝까오노리는 날 개를 몸에 달더니 춤을 추면서 날아올랐습니다. 사람들이 붙잡으 려고 해도 잡질 못하죠. 하지만 그녀는 선녀하고는 좀 달랐습니다. 바로 하늘로 가지 않았어요. 신령한 산으로 도사 할아버지를 찾아가서 마법 치마와 반지를 맡겼습니다.

"이걸 보관하고 계시다가 남편이 찾으러 오면 전해주세요. 저는 하늘로 갑니다."

그러고는 그대로 날아올라서 아버지가 있는 하늘로 갔어요. 캄보디아에서는 원래 여자를 소중하게 아껴준대요. 아버지는 돌아온 딸을 잘 보살펴 줬습니다. 그동안 어떤 일이 있었는지는 묻지도 않아요. 그게 자식을 존중하는 방법이에요.

닝까오노리가 떠난 뒤 한참이 지나서 프라스톤 왕자가 돌아왔어요. 적군을 물리치고 돌아온 거예요. 하지만 곧 절망하고 말았습니다. 사랑하는 아내가 떠난 걸 알게 되었으니까요. 왕은 왕자비를 불태워 죽이려 한 일을 숨기고, 그녀가 이유 없이 떠나갔다고 말했습니다. 왕자는 믿을 수 없었어요. 어떻게든 아내를 찾겠다고 결심했습니다.

아내를 찾아서 사방을 헤매던 왕자는 도사 할아버지가 있는 산속에 다다랐어요. 도사는 왕자를 딱 알아보고서 마법 치마와 반지를 주었습니다. 그러면서 아내를 만나려면 어떻게 해야 하는지를 알려줬어요. 그건 아주 어려운 일이었습니다. 하지만 그렇다고 포기할 왕자가 아니었죠.

많은 일들이 있었는데 간단히 얘기할게요. 독이 가득한 숲을 원숭이 도움으로 지나가고, 찌는 듯 더운 산속에서 마법 치마 덕분에 견딜 수 있었어요. 그게 더위와 추위를 다 막아주는 신기한 치마였던 거예요. 이어서 그는 독수리를 잡아타고 반대쪽 바다로 가서 용 두 마리가 싸우는 사이로 지나가고, 서로 꽝꽝 부딪치는 마법산 사이를 아슬아슬하게 통과했습니다. 사람 잡아먹는 거인 괴물을 독화살로 쏴서 물리쳤고, 큰 나무 일곱 개 높이나 되는 거대한 거인을 쏴 죽였어요. 왕자는 얼굴은 새에 몸은 사람 모습인 괴물을 마법약으로 잠재운 뒤, 독수리 깃털 사이에 숨어서 마침내 할아버지가 말한 곳에 이르렀습니다. 쁘놈깔라산이란 곳이에요. 거기까지 가는데 7년 7개월 7일이나 걸렸대요.

왕자는 할아버지가 알려준 대로 산속에 있는 연못을 찾아갔습니다. 그 연못 물이 마법의 물이에요. 지난 일을 다 잊게 해주는 힘이 있어요. 슬픈 일, 나쁜 일 다 잊어버리고 마음이 깨끗해지는 거지요. 즐거웠던 일까지도요. 보니까 시녀 같은 여자들이 큰 병에 물을 긷고 있어요.

'하늘에서 온 시녀들이군. 내 아내하고 함께 지내는 이들이 분명해.'

이렇게 생각한 왕자는 두 손을 꼭 모으고서 기도했습니다.

'물병이 무거워져서 안 움직이도록 해주세요.'

그때 시녀들이 물병을 들고 올라가려고 하는데 꼼짝도 안 해요. 처음 있는 일이었죠. 거기로 프라스톤 왕자가 다가갔습니다. 뜻밖에 사람이 나타나니까 시녀들이 깜짝 놀라죠.

"놀라지 마세요. 제가 도와드리겠습니다."

왕자가 물병을 드니까 턱 움직여요. 그 혼자만 들 수 있는 거예요. 할 수 없이 시녀들은 물병을 든 왕자를 데리고 하늘로 올라갔습니다. 시녀들이 물병을 받아서 옮겨 가려 할 때 왕자는 그 안에 슬쩍 반지를 집어넣었어요.

하늘신의 딸들이 그동안 그 물을 먹었잖아요? 지난 일들을 다 잊어버린 상태예요. 닝까오노리도 프라스톤 왕자와 살았던 일을 까맣게 잊고 있었습니다. 그러니 한 번도 찾지를 않은 거죠. 딸들이 물을 먹으려고 물병을 기울일 때, 물병에서 반지가 흘러나와서 또르르 굴렀습니다. 그걸 본 닝까오노리의 눈이 동그래졌어요. 잊었던 일들이 한꺼번에 되살아난 거예요.

"맞아! 나에게 사랑한 사람이 있었어. 아, 그를 만나야 해!"

그때 프라스톤 왕자가 앞에 떡 나타난 거예요. 닝까오노리는 곧바로 달려가서 사랑하는 남편을 꼭 껴안았습니다. 한참을 그러고 있던 닝까오노리는 왕자를 부모님께 데려갔어요.

"어머니, 아버지! 캄보디아 왕자 프라스톤입니다. 제가 사랑하는 사람이에요. 결혼식을 올려주세요."

부모가 프라스톤을 보니까 멋지고 늠름한 남자예요. 인간 세상에 저런 사람이 있었나 싶죠. 그들은 딸의 소원대로 결혼식을 올려줬습니다. 지상에서 했던 것보다 더 화려하고 우아한 결혼식이었어요. 결혼식을 마치자 부모가 말했습니다.

"내 딸아, 하늘나라와 인간 세상 중 어디에서 살고 싶으냐?"

"인간 세상으로 가겠어요. 이 사람도 그걸 원할 겁니다."

프라스톤 왕자는 말없이 고개를 끄덕였습니다. 닝까오노리의 부모님도요.

프라스톤 왕자가 아내를 데리고 나타나자 왕국은 한바탕 난리가 났어요. 다들 왕자가 죽은 줄로만 알고 있었거든요. 왕과 왕비는 기쁨의 눈물을 흘렸고, 술수를 부렸던 신하는 얼굴이 벌게졌습니다. 왕은 아들에게 왕자비를 불태워 죽이려 했던 일을 고백하고 용서를 빌었어요. 왕자 부부는 왕의 손을 따뜻하게 잡아주었습니다. 술책을 썼던 신하는 벼슬과 재산을 빼앗긴 채 쫓겨났어요.

왕은 때가 됐다고 생각하고 왕국을 프라스톤에게 물려주었습니다. 그러고서 남은 생을 스님이 되어서 편안히 살았대요. 왕과 왕비가 된 프라스톤 부부가 어떻게 살았는지는 따로 말할 필요가 없겠죠?

이상입니다. 잘 들어주셔서 감사해요.

연이　　**퉁이**　　**엄지**　　**이반**　　**세라**　　**약손할배**

연이　참 좋으다! 환상적이면서도 가슴 따뜻해지는 이야기네.

퉁이　그래. 프라스톤 왕자 좀 멋진 듯!

엄지　나는 이야기 속 부모님들이 자식을 존중하는 모습이 멋져. 특히 하늘신.

세라　그래. 오랜만에 돌아온 딸을 말없이 품어주는 거. 그게 부모지! 살 곳을 스스로 선택하게 하는 것도 그렇고.

이반　실제로 캄보디아에서는 여성이 우선이래요. 그래서 여성들의 자존감도 높다고 해요.

퉁이　그렇구나. 뭔가 후진국으로 생각한 건 나의 편견이었어.

세라　나는 좀 신기한 게, 이야기를 듣다 보니 유럽 민담 느낌이 풍기네. 공주와 왕자, 마법사와 거인이 나오는 것도 그렇고 스토리도 그렇고. 아, 용도 있어!

이반　맞아요. 하지만 용은 괴물보다는 신에 가까워서 동양적인 느낌이에요.

연이　그러네. 근데 용이 그물로 여자를 잡아서 왕자하고 이어주는 거 좀 웃겼어. 귀여워.

퉁이　흠, 혹시 프라스톤 왕자가 용의 후손이었던 걸까?

세라　오, 그럴듯한 상상이네. 그래서 하늘신의 딸과 서로 통한지도. 원래 하늘하고 물은 좋은 짝이거든. 동양의 용이 물의 신인 건 다 알지?

이반 생각하지 못한 부분인데 신기하네요. 고마워, 퉁이야.

연이 나는 이상하게 마법 치마가 자꾸 생각나. 그런 치마 있으면 정말 좋을 듯.

엄지 왕자가 치마를 사용하는 게 재미있어. 그것도 여성 존중하고 연결되려나?

퉁이 오호. 그러려나? 참 신기하네. 얘기하다 보니 자꾸 얘깃거리가 생각나.

세라 그게 옛이야기의 묘미 아니겠니? 뭉이쌤이 이 장면 보시면 흐뭇해하실 텐데 아쉽다.

퉁이 근데 말이죠. 캄보디아에도 왕자와 공주 이야기가 있는데 우리나라엔 비슷한 거 없을까요? 좀 판타지스러운 사랑 이야기요.

세라 약손할배님, 생각나는 거 있으면 하나 해주세요.

연이 할아버지, 듣고 싶어요!

약손할배 너희가 원한다면야!

약손할배

이 할배가 우리나라에서 입에서 입으로 전해져 온 옛이야기를 하나 해볼게
요. 어렸을 적에 등잔불 아래에서 들은 이야기예요. 새를 잡으면서 산다고 해
서 새샙이로 불리던 아이가 주인공이랍니다. 예전에는 진짜로 새를 잡아서 먹
고살던 사람이 있었지요. 근데 이 새샙이가 뒤에 왕이 돼요. 그래서 이야기 제
목이 '왕이 된 새샙이'랍니다.

왕이 된 새샙이

*

한국 민담

옛날 한 마을에 새를 잡아서 먹고사는 떠꺼머리총각이 있었어요. 부모도 없고, 형제도 없고, 집도 없고, 그저 가진 거라곤 나무로 만든 새총 하나가 다예요. 그걸 들고 다니면서 새를 잡아서 구워 먹기도 하고 팔기도 하면서 사는 거예요. 그래서 애 이름이 새샙이였죠. 하여튼 새총을 기막히게 쏴서 새를 잡아요. 어떤 새? 장 끼도 잡고 까투리도 잡고, 까마귀, 참새, 굴뚝새, 메추라기 이것저 것 다 잡아요. 아, 까치와 제비는 아니야. 걔들은 친구니까요.

어느 날, 새샙이는 늘 그러던 것처럼 새총을 들고서 새를 찾고 있었답니다. 근데 그날따라 새가 통 안 보이지 뭐예요. 뱃속에서 아주 그냥 꼬르륵 꼬르륵! 한참을 헤매다 보니까 어떤 집 울타리 안에 있는 배나무 가지에 참새 한 마리가 앉은 게 보여요.

'할 수 없지 뭐. 저거라도 잡자!'

새샙이는 새총을 힘차게 당겨서 총알을 날렸어요. 작은 돌이 총 알이에요. 돌은 보기 좋게 참새에 명중했지요. 근데 참새가 울타리 밖이 아니라 안으로 떨어진 거예요. 대략 난감! 여느 때 같으면 그냥 갔을 거예요. 그런데 그날따라 그게 너무 아까워요. 새샙이는 새를 꺼내 오려고 남의 집 담장을 훌쩍 타넘었어요.

새샙이가 담장 안에 떨어진 참새를 주워 들었는데 뭔가 쎄한 느낌이 들어요. 고개를 들어보니까 별당 안에서 베 짜던 처녀가 눈을 커다랗게 뜨고서 자기를 쳐다보고 있지 뭐야. 그게 검은 머리를 치렁치렁 길게 늘어뜨린 처녀예요. 놀라서 동그래진 눈이 샛별처럼 초롱초롱 반짝!

새샙이가 원래 좀 소심한 애거든요. 근데 무슨 용기가 났는지 애가 마당 한쪽에서 모닥불을 피우기 시작해요. 불이 토닥토닥 피어오르니까 거기다가 참새를 굽기 시작했답니다. 별당에 앉은 처녀는 이러지도 저러지도 못하고 동그란 눈만 껌뻑껌뻑. 그걸 아는지 모르는지 새샙이는 열심히 참새를 구워요.

새가 다 익으니까 새샙이는 껍질이랑 뼈를 발라내고서 고기를 두 점으로 갈랐어요. 그걸 가지고 처녀에게 가더니 한 점을 쑥 내밀면서,

"이것 좀 먹어봐요."

처녀가 당황해서 가만히 있으니까 한 번 더 권해요.

"먹어봐요. 맛있어요."

처녀 생각에, 그 고기를 받아야 그가 나갈 것 같아요. 처녀는 고기를 받아서 입에 넣었답니다. 세상에! 냄새가 꽤나 고소하다 싶었는데, 고기 맛은 상상했던 것 이상이에요. 입 안에서 저절로 살

살 녹는데, 이런 맛은 평생 처음이지요. 처녀가 맛있게 먹으니까 새샙이 얼굴이 활짝. 새샙이는 자기도 고기 한 점을 먹고서 그 집을 나왔어요.

다음 날, 새샙이는 또 그 집을 찾아갔어요. 참새가 배나무에 앉기를 기다렸다가 딱 쏴서 맞췄죠. 그러고는 담을 넘어와서 새를 주워가지고 전날처럼 또 굽는 거예요. 베 짜는 처녀가 잘 볼 수 있는 데서 말이죠. 고기는 고소한 냄새를 풍기면서 잘 구워졌어요. 처녀는 이번에도 새샙이가 권하는 고기를 말없이 받아먹었답니다. 근데 전날보다 더 맛있는 거예요. 얘가 특별 소스까지 준비해 왔는가 봐. 하하.

그런 날이 며칠 더 이어졌어요. 처녀는 은근히 새샙이가 찾아오기를 기다리게 됐답니다. 나쁜 사람이 아니라는 건 이미 알아차린 상태죠. 행색은 지저분하지만, 잘 보니까 인물이 미남형에 호감형이에요.

근데 그날은 때가 됐는데도 얘가 오지 않는 거예요. 해 저물 때가 다가오는데 말이죠. 처녀는 마당으로 내려와서 작은 돌멩이를 하나 들어가지고 참새를 겨냥해서 휙 던졌어요. 맞을 턱이 없지요. 그때 갑자기 인기척이 나면서,

"아가씨, 뭐 해요?"

처녀가 보니까, 언제 왔는지 새샙이가 서 있어요. 처녀 얼굴이 딸기처럼 새빨개졌지요. 그때 새샙이가 손을 내밀면서,

"그동안 먹은 새고기 값을 받으러 왔어요."

아니, 이건 또 무슨 말이야? 뜻밖의 말에 처녀가 당황해서 말했어요.

"네? 그 고기, 그냥 준 거 아녜요?"

그 목소리가 눈빛만큼이나 초롱초롱해요. 새샙이가 싱긋 웃으면서,

"맞아요. 실은 아가씨 마음을 받으러 왔답니다. 여기서 나가서 나와 함께 살아요. 내가 매일 맛있는 새고기 구워줄게요."

그게 일이 되려고 그랬나 봐요. 처녀는 별당에 갇혀서 지내는 일이 아주 답답했답니다. 여기저기 마음껏 다니는 새샙이가 무척 부러웠어요. 요즘으로 치면 얘가 자유인이잖아. 거기 비하면 자기는 새장 속의 새예요. 처녀는 조용히 새샙이를 따라나섰답니다. 인연이 되려면 이렇게 되는 법이에요. 하하.

새샙이는 이 일이 꿈만 같았어요. 세상을 다 가진 느낌이었지요. 새샙이는 처녀를 업고서 담을 넘어 멀리멀리 아주 멀리로 달려갔어요. 긴긴밤 동안 잠시도 쉬질 않았죠. 그다음 날도, 또 다음 날도요. 둘은 아는 사람이 아무도 없는 마을로 들어가서 외딴곳에 있는 빈집에서 살림을 시작했어요. 그러니까 신혼 생활이지요.

서로 짝을 이뤘으니 먹고살아야 되잖아? 근데 새샙이가 일할 생각을 하지 않는 거예요. 예쁜 각시가 옆에 있는 게 너무나 좋아서 얼굴만 보고 있어요. 여자가 보다 못해서 한마딜 했어요.

"여봐요, 나가서 일을 해야죠."

"각시를 놔두고서 나갈 수가 없어요. 난 당신 얼굴만 봐도 배가

부른데……."

아니, 자기만 배부르면 뭐 해요? 자기를 바라보는 각시 생각도 해야지! 각시는 한숨을 한 번 내쉬더니 짐 속에서 뭔가를 꺼내서 내밀었답니다.

"나가서 일하면서 나 대신 이걸 보세요."

새샙이가 보니까 그게 각시의 초상화예요. 누가 그렸는지 각시 모습과 똑같아요. 새샙이 입이 벙그르르.

새샙이는 그림을 챙겨서 일을 하러 나섰어요. 애가 길을 가는데 모양이 참 볼만했답니다. 한 걸음 가고는 그림을 꺼내서 한번 보고, 또 한 걸음 가다가 또 한번 보고. 애가 돌부리에 걸려서 툭 넘어지고도 바보처럼 실실 웃어요.

그러던 어느 날, 새샙이가 일을 하다가 초상화를 꺼내서 이리 보고 저리 보는데 갑자기 돌풍이 휑 불어오더니 그림이 공중으로 날아갔지 뭐예요. 그림은 훨훨 날아서 길을 가던 신하 일행 앞에 톡 떨어졌어요. 그 일행이 임금의 명령을 받고서 새 왕비를 찾으러 나선 길이에요. 신하가 그림을 들어서 펼쳐 보더니 무릎을 딱 쳐요.

"됐다! 임금님이 머리카락이 긴 미녀를 구해 오라셨는데 드디어 찾았어!"

신하는 부하들을 데리고 근처 마을을 뒤지기 시작했어요. 새샙이 각시가 우물에서 물을 긷다가 딱 걸렸지요. 그들은 다짜고짜 각시를 가마에 태우고 길을 떠났어요. 산에서 뛰어 내려온 새샙이가 허겁지겁 쫓아가면서 소리쳤지요.

"색시야! 색시야!"

남편 목소리를 들은 각시가 가마에서 고개를 내밀고서 말했어요.

"새 잡아서 3년, 공부해서 3년, 뜀뛰어서 3년, 9년이 지나고 나서 찾아오세요."

"알았어요. 꼭 갈게요……."

신하들은 새섭이를 밀쳐서 팽개쳐 버리고 먼지바람을 일으키면서 떠나가 버렸답니다.

새섭이 각시를 본 임금은 입이 딱 벌어졌어요. 자기가 찾던 여자였던 거예요. 임금이 당장 새 왕비로 삼으려고 했지요. 그러자 각시가 조건을 내걸었어요.

"저는 남편이 있던 사람입니다. 9년이 지나기 전에는 새로 결혼할 수 없어요. 9년이 지나고 나면 임금님이 하라시는 대로 하겠습니다."

그렇게 딱 잘라서 말하니까 어쩔 수가 없어요. 9년이 빨리 지나가기만 목을 빼고 기다리지요.

9년이 긴 듯해도 금방이에요. 세월이 물처럼 흘러서 9년이 홀러덩 흘러갔답니다. 임금은 각시에게 어서 결혼하자고 재촉했어요.

"알겠습니다. 그 전에 한 가지 청이 있어요. 거지들을 위한 잔치를 크게 베풀어주세요."

"그거야 뭐 일도 아니지!"

임금은 궁궐에서 성대하게 거지 잔치를 베푼다는 사실을 팔도 방방곡곡에 알렸어요. 소문을 듣고 나라 안의 모든 거지들이 모여들었지요. 그 가운데는 새샙이도 있었답니다. 각시 말대로 새 잡아서 3년, 공부해서 3년, 뜀뛰어서 3년, 이렇게 9년을 보낸 상태였지요. 새샙이는 3년간 잡은 새의 깃털을 이어서 엮은 망토를 걸치고서 궁궐로 들어섰어요.

새털 옷을 입은 새샙이는 사람들 눈에 확 띄었어요. 애가 그동안 연습한 솜씨를 제대로 발휘해서 춤을 추듯이 훌쩍훌쩍 움직이니까 그 모습이 아주 볼만했죠. 임금 옆에 앉아 있던 각시가 그 모습을 보고는 소리를 내서 즐겁게 웃었답니다.

"저 사람 좀 봐요. 너무 재밌어요! 하하하."

이게 임금이 들은 각시의 첫 웃음소리였어요. 그동안 궁궐에서 지내면서 한 번도 행복하게 웃은 적이 없었거든요. 임금은 그녀가 다른 사람을 보고 웃는 게 영 기분이 나빴어요. 그녀를 웃게 만드는 건 자기여야 했지요.

'그래, 내가 저 옷을 입고 춤을 추는 거야!'

임금은 섬돌 아래로 내려가서 용포를 벗어서 새샙이에게 주고 새샙이의 새털 옷을 빼앗아 입었어요. 그리고 각시가 앉은 곳을 향해서 너울너울 춤을 추기 시작했답니다. 눈 뜨고 못 볼 엉터리 춤이에요. 그때 각시가 새샙이를 바라보면서 말했어요.

"샙아, 샙아, 새샙아! 새 잡아 3년, 공부해서 3년, 뜀뛰어서 3년, 9년 동안 무엇을 했나?"

그 말을 듣자 새샙이는 퍼뜩 정신을 차리고서 임금의 옷을 입은 채로 번개처럼 용상으로 뛰어올랐어요. 그리고 자리에 앉은 채로 떡하니 호령을 했답니다.

"여봐라, 저 거지를 내쫓아라!"

그러자 군사들이 달려들어서 새털 옷을 입은 임금을 궁궐 밖으로 내쫓았어요. 임금이 고래고래 소리를 쳤지만, 돌아온 건 인정사정없는 몽둥이질이었지요.

그러고는 어떻게 됐을까요? 나라에서 오래 잘 준비한 결혼식이 성대하게 열렸답니다. 왕이 된 새샙이와 각시의 결혼식이었지요. 새나 잡던 사람이 왕 노릇을 어떻게 하냐고요? 새샙이가 3년 동안 공부를 열심히 했잖아? 그게 나라를 다스리는 공부예요. 그는 왕 노릇을 제대로 잘하면서 각시와 함께 오래오래 행복하게 살았답니다.

> ## 이야기에 대한 이야기

연이   통이   엄지   이반   세라   뀨 아재   노고할망   약손할배

통이   와, 잘됐다. 통쾌한 결말이네요.

연이   새샙이가 용상에 뛰어올라서 왕이 되는 건 생각도 못 했어요. 근데 이게 가능한 일인가요?

약손할배   이야기 속에선 불가능한 일이 없지.

세라   이야기 자체는 허구겠지만 담긴 뜻은 깊은 것 같아요. 남의 아내를 탐하는 왕이라면 쫓겨나야 마땅하죠. 거기 비하면 새샙이는 왕이 될 만한 자격이 있는 사람이라고 생각해요.

뀨 아재   아내를 찾은 순간 그 자체로 왕이었던 거 아닐까?

통이   오. 그러네요. '당신은 영원한 나의 왕!' 이런 건가요?

엄지   나는 처녀가 새샙이를 따라간 일이 이해가 안 돼. 무슨 이유가 있었을까?

통이   그 부모가 자식을 괴롭히고 있었던 것 아닐까?

세라   잘 모르겠지만, 뭔가 안 좋은 상태였던 것 같아.

연이   잠깐! 참새를 맛있게 먹은 걸 보면 굶주렸던 건지도 몰라.

이반   콩쥐나 신데렐라 같은 처지였던 걸까? 매일 베를 짜는 걸 보면 그럴지도!

엄지   이 처녀가 머리가 길었던 것에도 어떤 뜻이 있을까요?

세라   그건 에로스의 상징일지도 몰라. 이 처녀가 어쩌면 에로스가 넘

치는 사람 아니었을까?

뀨 아재 실제로 여성의 머리카락은 에로스의 상징으로 풀이되곤 하지.

연이 그렇군요. 그래서 남자들은 머리 긴 여자를 좋아하는 걸까요?

세라 글쎄, 그것까지는 좀……. 더 생각해 보자꾸나.

연이 알았어요, 언니.

세라 이번 이야기판도 마무리할 때가 다가오네. 마지막 이야기를 해주실 분은 우리 노고할망님이십니다. 오래 기다리셨죠?

노고할망

오늘의 마지막 이야기를 이 할망이 하게 됐네. 멀리 북유럽의 아름다운 나라 노르웨이에서 전해온 이야기를 들려줄게. 사랑하는 사람을 찾아서 멀리멀리 떠나는 이야기야. 동쪽 태양과 서쪽 달이 있는 곳으로.

동쪽 태양과 서쪽 달 너머

*

노르웨이 민담

옛날 먼 옛날, 어느 마을에 자식이 많은 가난한 집이 있었어. 벌이가 없어서 자식들을 먹이지 못하니 늘 걱정이었지. 그런 가운데도 아이들은 아름답게 자라났단다. 특히 막내딸은 정말 아름다웠어. 하늘의 달이나 별도 못 따라올 정도야.

거기가 가을이 되면 춥고 어두운 나라거든. 늦가을 어느 목요일 저녁, 날이 잔뜩 어두워졌는데 비바람까지 몰아쳐. 오두막의 창문이 덜컹거리고 벽이 흔들릴 정도야. 식구들은 벽난로 앞으로 옹기종기 모여들었지. 그래야 덜 춥고 덜 무서우니까. 근데 누가 밖에서 유리창을 세 번 두드리는 거야.

"이 날씨에 누굴까? 찾아올 사람이 없는데."

아버지는 고개를 갸웃하면서 문을 열었어. 그랬더니 이게 웬일이야. 커다란 흰곰 한 마리가 서 있지 뭐냐. 더 놀라운 건 곰이 입을 열어서 말을 한 거란다.

"안녕하세요. 놀라셨죠? 제가 꼭 원하는 일이 있어서 찾아왔어

277

요. 들어주실 거죠?"

아버지가 눈만 껌벅거리니까 곰이 계속 말했어. 그 표정과 말투가 꽤나 간절해.

"사실은 제가 막내따님을 사랑하고 있어요. 전부터 지켜보다가 오늘 용기를 내서 찾아왔어요. 막내딸을 저에게 보내줄 수 있나요? 그럼 이 집을 큰 부자로 만들어드릴 수 있는데요."

큰 부자가 된다니 상상도 못 한 일이지. 하지만 당사자 의견이 중요하잖아? 아버지가 안으로 들어가서 곰이 한 말을 전하니까 막내딸이 그게 무슨 소리냐며 펄쩍 뛰어. 누구라도 그랬을 거야. 곰은 다음 주 목요일 저녁에 다시 오겠다는 말을 남기고 돌아갔단다. 그때 대답을 듣겠다는 거지.

그 집에 자식이 많다고 했잖아? 부모는 딸을 보내서라도 부자가 되고 싶은 마음이 들었단다. 자식이 그걸 눈치채지 못할 리 없지. 막내딸은 깊은 고민에 빠졌어. 얘가 마음이 착한 애였거든.

'아아, 어떡하나! 나 한 명 떠나서 부모님과 형제들이 다 잘살 수 있다면 그래야 하는 거 아닐까?'

하지만 혼자서 곰을 따라가는 건 아무래도 엄두가 안 났어. 막내딸은 직접 곰과 얘기를 나눠보고 결정하기로 마음먹었단다. 곰을 기다리는 동안 참 많은 생각들이 지나갔지. 자꾸 이리저리 헤아리다 보니까 그게 인생의 새 길을 찾을 기회처럼 생각되기도 해. 무서운 생각이 더 많이 들었지만 말이지.

목요일 저녁에 약속대로 흰곰이 찾아왔어. 그날은 날씨가 좋았단다. 곰도 훨씬 편안한 모습이야. 곰이 막내딸에게 말했어.

"생각해 봤나요? 내가 이런 모습이지만 당신을 아껴줄 수 있어요. 나와 함께해 주세요."

부드럽게 말을 건네는데 뭔가 따스해. 눈망울도 순진해 보이고.

"좋아요! 당신을 따라가겠어요. 우리 가족을 부자로 만들어준다는 약속을 꼭 지켜야 해요."

그러자 곰의 표정이 밝아졌지. 가족들은 슬프기도 하고 고맙기도 하고 복잡한 심정이야. 엄마는 주르르 눈물을 흘렸단다.

곰은 막내딸을 등에 업고서 그곳을 떠났어. 한참을 가다가 곰이 물었지.

"무서운가요?"

"아뇨. 안 무서워요."

"내 털외투를 꼭 잡아요. 그러면 무섭지도 춥지도 않을 거예요."

막내딸은 그 말대로 곰의 털외투를 꼭 잡았어. 그러니까 무서운 생각이 진짜로 사라졌단다.

곰은 집도 사람도 없는 들판을 한참 동안 달린 끝에 높은 언덕에 이르렀어. 언덕에는 문이 있었단다. 곰이 두드리니까 문이 열렸지. 놀랍게도 안쪽은 성이었어. 아주 크고 화려해. 곰은 막내딸에게 은으로 된 종을 줬단다. 그게 마법의 종이야. 그 종을 울리기만 하면 원하는 게 딱 이루어지는 거지.

막내딸이 원한 건 포근한 침대 속의 휴식이었어. 종을 울리자 막내딸은 어느새 아름다운 침실에 들어가 있었지. 막내딸은 순백

색의 침대 속으로 들어가 누웠단다. 잠이 저절로 밀려오지.

그런데 막내딸이 자다 보니까 누군가가 침대로 들어와서 옆에 눕는 거야. 깜깜해서 모습은 보이질 않아. 그는 옆에 나란히 누울 뿐 다른 행동은 안 했단다. 막내딸은 처음에 많이 놀랐지만 점점 익숙해졌어. 그냥 친구나 자매가 옆에 눕는 거라고 생각하기로 했지. 그래야 안 무서우니까.

성 안의 생활은 편안하고 풍족했어. 부족한 게 없을 정도였지. 아니, 부족한 게 있었단다. 자꾸 외로움이 밀려오면서 가족들이 보고 싶은 거야. 걱정하는 가족들에게 잘 지낸다는 걸 알리고 싶은 마음도 컸지. 시간이 흐를수록 그리움은 더 커져서 마음이 우울해졌단다.

"왜 그리 표정이 슬퍼요? 부족한 게 있나요?"

곰이 이렇게 묻자 막내딸은 사실대로 말했어.

"가족들이 너무 보고 싶어요. 한번 가서 만나 보게 해줘요."

그러자 곰이 잠시 고민하다가 말했어.

"알겠어요. 만나게 해줄게요. 하지만 한 가지 지켜야 할 일이 있어요. 엄마랑 단둘이서 얘기를 나누면 안 됩니다. 그러면 안 좋은 일이 생기게 돼요. 약속할 수 있나요?"

막내딸이 그러겠다고 약속하자 곰은 어느 일요일날 여자를 등에 태우고서 들판을 가로질러서 마을로 향했단다. 그들이 도착한 곳은 크고 좋은 집이었어. 집이 진짜로 부자가 돼서 다들 잘살고 있었던 거야. 흰곰은 금지 사항을 다시 한번 말해주고서 막내딸을 내려줬단다.

막내딸이 안으로 들어가니까 다들 난리가 났지. 그녀를 차례로 감싸안으면서 이런저런 안부를 물어. 다들 많이 걱정하고 있었거든.

"흰곰하고 잘 지내고 있어요. 원하는 걸 다 하고 있으니 걱정 안 해도 돼요."

그렇게 말하니까 가족들이 안심이 됐지. 하지만 미심쩍은 마음도 드는 게 사실이야. 특히 엄마가 그랬단다. 엄마는 따로 딸을 방으로 데리고 가서 얘기를 나누려 했어. 딸은 가지 않으려고 했지만 엄마를 이길 순 없었지. 결국 엄마에게 모든 비밀을 털어놓았단다. 밤마다 누군가가 옆에 와서 눕는 것까지 말이지.

"저런! 그건 트롤일지도 몰라. 어떡하니? 내 말대로 해라. 내가 양초를 몇 개 줄 테니까 그걸 품속에 숨기고 있다가 밤에 살짝 불을 붙여서 얼굴을 비춰보는 거야. 혹시라도 촛농이 떨어지지 않게 조심하고."

막내딸은 그렇게 할 생각이 없었어. 하지만 엄마가 자꾸 그러라고 하니까 초를 받아서 품에 넣었단다.

그날 저녁, 막내딸은 다시 흰곰의 등에 타고 언덕 밑의 성으로 돌아왔어. 곰은 집에서 있었던 일을 따로 캐묻지 않았단다.

그날 밤, 막내딸이 침대에서 콜콜 자다가 잠깐 깨서 보니까 옆에 누군가의 기척이 있는 거야. 막내딸이 다시 자려고 눈을 감았는데 잠이 오질 않아. 자꾸 엄마가 한 말이 생각나지 뭐냐. 양초가 옆에 있다고 생각하니까 얼굴을 확인하고 싶은 마음이 솔솔 피어나서 자꾸 커져갔단다.

'정말 옆에 누운 게 트롤일까? 그러면 어떡하지?'

결국 막내딸은 몰래 자리에서 일어나서 양초에 불을 붙이고 말았어. 그 불로 얼굴을 비춰봤더니 이게 무슨 일이야? 꽃미남 청년이 누워 있는 거야. 딱 봐도 왕자님이지.

'이런 멋진 사람이 옆에 있었던 거야? 아, 안아주고 싶다!'

막내딸은 결국 참지 못하고 몸을 기울여서 왕자에게 입을 맞췄단다. 그때 뜨거운 촛농 세 방울이 왕자의 셔츠에 떨어졌지 뭐냐. 왕자가 놀라서 눈을 뜨더니,

"아아, 무슨 짓을 한 거예요? 이대로 이번 겨울만 지나면 해결될 수 있었는데! 이제 다 틀렸어요."

한참 동안 머리를 쥐어뜯더니 이렇게 말해.

"이제 나는 다시 무서운 마녀한테로 가야 해요. 가서 코 길이가한 자가 넘는 공주와 결혼해야 합니다. 안 그러면 평생을 곰으로살아야 해요."

막내딸은 울면서 잘못했다고 사과했어. 자기도 그를 따라서 함께 가겠다고 했지.

"아뇨, 함께 갈 수 없어요. 만약 당신이 나를 찾아오려면 혼자서와야 합니다. 하지만 그곳은 올 수 없는 곳이에요. 거긴 동쪽의 태양과 서쪽의 달 너머에 있는 성이거든요. 하늘을 나는 새도 그곳에 다다를 수는 없어요."

그러면서 왕자는 두 손으로 머리를 감싸쥐었단다.

그럭저럭 날이 밝아왔어. 막내딸이 일어나서 방 밖으로 나가 보니 그곳은 더 이상 성이 아니야. 황량한 언덕이었지. 모든 것이 사라지고 없었어. 왕자님도, 흰곰도, 은으로 된 종도. 처음 집에서 가져온 허름한 옷보따리만 놓여 있었지.

'다 내 잘못이야. 어떻게든 그가 있는 곳으로 가겠어.'

이렇게 결심한 막내딸은 눈물을 닦으며 길을 나섰어. 집이 있는 쪽 반대편을 향해 걷고 또 걸었지. 동쪽이든 서쪽이든 끝까지 가 보겠다는 생각이야. 그렇게 몇 날 며칠을 걷던 막내딸은 높은 절벽 끝에 이르렀단다. 더 발을 내디딜 곳이 없었지. 그런데 저 옆에서 웬 호호백발 할머니가 황금 사과를 던지면서 놀고 있는 거야. 막내딸이 다가가서 물었어.

"동쪽 태양과 서쪽 달 너머 마녀의 성에서 코가 긴 공주와 결혼할 왕자를 아시나요?"

그러자 할머니가 되묻는 거야.

"네가 어떻게 그 성하고 왕자를 아는 게냐? 혹시 왕자가 원래 결혼하려 했던 처녀냐?"

막내딸이 고개를 끄덕이니까 할머니가 말했어.

"그거참! 나도 그곳을 잘 몰라. 네가 거기 영영 가지 못하거나 도착하더라도 늦을 거라는 것만 알 뿐이지. 어쨌든 내 말을 빌려주마. 이걸 타고서 내 친구를 찾아가 보렴. 이 황금 사과도 너에게 주지."

막내딸은 머리 숙여서 감사 인사를 드린 뒤 말을 타고서 할머니가 알려준 곳으로 달려갔어. 거기는 또 다른 낭떠러지였단다. 호호백발 할머니가 황금 빗으로 머리를 빗고 있었지.

"동쪽 태양과 서쪽 달 너머 마녀의 성에서 코가 긴 공주와 결혼할 왕자를 아시나요?"

"네가 어떻게 그 성하고 왕자를 아는 게냐? 혹시 왕자가 원래 결혼하려 했던 처녀냐?"

막내딸이 고개를 끄덕이니까 그 할머니도 같은 말을 해. 영영 거기 못 가거나 늦을 거라는 거야. 그러면서 자기 말을 빌려주면서 다른 친구를 찾아가라고 했단다. 황금 빗도 주고 말이지.

막내딸이 말을 타고서 할머니가 알려준 곳으로 달려가 보니까 거기도 또 다른 낭떠러지야. 거기 또 다른 호호백발 할머니가 황금 물레로 실을 잣고 있었지.

"동쪽 태양과 서쪽 달 너머 마녀의 성에서 코가 긴 공주와 결혼할 왕자를 아시나요?"

"네가 어떻게 그 성하고 왕자를 아는 게냐? 혹시 왕자가 원래 결혼하려 했던 처녀냐?"

막내딸이 고개를 끄덕이니까 그 할머니도 똑같이 말해. 그러면서 막내딸을 동쪽 바람이 있는 곳으로 보냈단다. 바람은 혹시 알지도 모른다면서 말이지. 쓸데가 있을 거라면서 황금 물레도 주었어.

막내딸은 여러 날 동안 말을 달려서 동쪽 바람이 있는 곳에 다다랐어.

"동쪽 태양과 서쪽 달 너머 마녀의 성에 있는 왕자에게 가는 길을 아시나요?"

"왕자와 성에 대해 들어본 적이 있지. 하지만 그렇게 멀리까지 가본 적은 없어."

그러면서 동쪽 바람은 그녀를 자기 형인 서쪽 바람에게 데려다주겠다고 했어. 막내딸은 동쪽 바람의 등에 타고 한참을 날아서 서쪽 바람이 있는 곳에 다다랐지.

"이 처녀가 동쪽 태양과 서쪽 달 너머 마녀의 성에 있는 왕자와 결혼하기로 돼 있던 사람이래. 형이 데려다줄 수 있겠어?"

"왕자와 성에 대해 들어본 적이 있지. 하지만 그렇게 멀리까지 가본 적은 없어."

그러면서 서쪽 바람은 막내딸을 자기 형인 남쪽 바람에게 데려다주겠다고 했어. 막내딸은 서쪽 바람의 등에 타고 한참을 날아서 남쪽 바람이 있는 곳에 다다랐지.

"이 처녀가 동쪽 태양과 서쪽 달 너머 마녀의 성에 있는 왕자와 결혼하기로 돼 있던 사람이래."

"진짜로? 실은 나도 그렇게 멀리까지 가본 적은 없어. 하지만 우리 형 북쪽 바람이라면 또 모르지!"

남쪽 바람은 막내딸을 태우고 한참을 날아서 북쪽 바람이 있는 곳으로 향했어. 형이라서 그런지 동생들보다 더 빨랐지. 북쪽 바람이 동생과 처녀를 보더니만,

"뭐야! 누군데 겁도 없이 여기를 온 거야?"

북쪽 바람이 으르렁대니까 남쪽 바람이 덜덜 떨어. 막내딸은 온

몸이 얼어붙는 것 같았단다.

"형, 그게 말이지…… 이 처녀가 동쪽 태양과 서쪽 달 너머 마녀의 성에 있는 왕자와 결혼하기로 돼 있던 사람이래. 형의 도움이 필요해."

"뭐? 그게 진짜야? 거기는 나도 가기가 어려운 곳인데……. 예전에 그곳으로 한번 사시나무 잎을 날려보냈었는데 그것만으로도 지쳤다구."

그러면서도 북쪽 바람은 막내딸에게 물었어.

"나와 함께 그곳에 갈 수 있겠어? 내가 무섭지 않아? 원한다면 한번 시도해 보지."

"고마워요, 북쪽 바람님. 꼭 그곳에 가고 싶어요. 당신이 무섭지 않습니다."

그건 진심이었어. 아무것도 무섭지 않고 무엇이든 해낼 것 같았거든. 하지만 북쪽 바람을 타고서 날아가는 일은 쉽지 않았단다. 온몸이 얼어붙으면서 바스라지는 것 같았지. 그들이 지나는 곳마다 나무가 마구 뽑히고 배가 뒤집히고 온갖 난리가 났으니 말 다 했지.

그들은 그렇게 한없이 가고 또 갔어. 끝없는 여행이었지. 드넓은 바다를 건너면서 북쪽 바람도 결국 지쳐버렸단다. 몸이 낮게 가라앉아서 파도의 물살에 발꿈치가 스칠 지경이었어.

"무섭지 않아?"

"네, 괜찮아요."

그 말에 북쪽 바람은 다시 힘을 냈어. 그때 멀리 바다 건너에 육지가 나타났단다. 마녀의 성이 있는 곳이었지. 북쪽 바람은 거기까지 다다를 힘이 없었어. 그는 막내딸을 손에 들고는 힘껏 입김을 불었어. 그 덕에 막내딸은 건너편 땅으로 날아가 떨어질 수 있었단다.

"북쪽 바람님, 고마워요!"

막내딸이 손을 흔드는데 바람은 대답할 힘도 없어. 다시 집으로 돌아가기 위해서 거기서 며칠 동안 쉬어야 했다는구나.

동쪽 태양과 서쪽 달 너머 마녀의 성으로 다가간 막내딸은 황금 사과를 공중으로 던지면서 놀기 시작했어. 왕자와 결혼을 앞둔 코가 긴 공주가 그걸 보고는 창문 너머로 몸을 쭉 빼면서,

"이봐, 아가씨! 그 사과, 얼마 받고 팔래?"

"이 사과는 파는 물건이 아니에요. 억만금을 줘도 안 팔아요."

"억만금도 싫다고? 원하는 게 있을 거 아냐. 뭐든 말해봐."

"왕자님이 묵는 침실에서 하룻밤을 같이 지내게 해주면 이 사과를 드리죠."

자기랑 결혼할 왕자랑 함께 묵겠다니 짜증이 나지. 하지만 사과를 향한 욕심이 더 컸어. 공주는 막내딸을 성 안으로 들이고서 사과를 받았단다. 막내딸은 그날 밤 드디어 왕자를 만날 수 있었지. 하지만 왕자는 아주 깊은 잠에 빠져 있었어. 막내딸이 아무리 흔들어도 일어나질 않지 뭐냐. 날이 밝으니까 코가 긴 공주가 와서 막내딸을 내쫓았단다.

그날 낮에 막내딸은 다시 창 아래에 앉아서 황금 빗으로 머리를 빗기 시작했어. 그걸 보니까 공주가 또 욕심이 나지. 막내딸은 이번에도 왕자의 침실에 들어가는 조건으로 빗을 줬단다. 하지만 그날 밤도 똑같았어. 아무리 흔들어도 왕자는 잠에서 깨어나질 않았어. 날이 밝자 막내딸은 또 쫓겨났지.

하지만 막내딸에겐 아직 한 가지가 더 있었어. 막내딸이 창 아래에서 황금 물레를 돌리고 있으니까 공주가 그걸 또 빼앗으려 들었지. 막내딸은 황금 물레를 주고서 그날 밤 다시 왕자의 침실에 들어갈 기회를 얻었어. 그러니까 마지막 기회지.

그때 성에는 막내딸의 고향 나라에서 잡혀 온 사람들이 있었어. 그들이 이틀 밤 동안 막내딸이 왕자를 깨우려고 애쓰는 소리를 들은 거야. 그들은 왕자에게 그 일을 얘기해 줬어. 왕자가 생각하니까 자기가 그렇게 세상 모르고 잠든 게 이상해. 그날 저녁에 코가 긴 공주가 마실 것을 갖다주자 왕자는 마시는 척하면서 살짝 흘려버렸단다. 거기 뭔가 약물이 든 걸 눈치챈 거야.

그날 밤, 왕자의 침실로 들어온 막내딸은 깜짝 놀랐어. 왕자가 멀쩡히 깨어 있었거든. 왕자는 더 놀랐단다. 자기를 깨우려고 한 여자가 꿈에도 그리던 사람일 줄이야! 둘은 뜨겁게 서로를 껴안았단다. 그러고 보니 그게 처음으로 제대로 안아본 거야.

한참 만에 포옹을 푼 왕자가 말했어.

"당신이 정말 아슬아슬하게 와줬어요. 내일이 결혼식 날이거든요. 내가 원하는 건 당신이에요. 그리고 당신이 나를 구해줄 유일

한 사람입니다. 내가 시키는 대로 할 수 있나요?"

"무엇이든지요!"

다음 날, 결혼식 장소로 나온 왕자가 사람들을 향해서 소리쳤어.

"다들 이 셔츠를 보세요. 내가 가장 아끼는 옷입니다. 오늘 이 옷을 입고 결혼할 거예요. 그런데 촛농이 묻고 말았습니다. 이 촛농을 없애고 셔츠를 깨끗이 빨 수 있어야 나의 신부 자격이 있습니다."

왕자가 결혼에 조건을 내밀다니 뜻밖이지. 근데 마녀와 공주가 생각하기에 그 정도는 뭐 일도 아니야.

"좋아요. 촛농을 없애면 되는 거죠?"

코가 긴 공주는 셔츠를 받아서 박박 문질러 빨기 시작했어. 그런데 이게 웬일이야. 문지를수록 얼룩이 커지지 뭐냐. 마녀가 얼른 셔츠를 받아서 대신 빨아봤지만 셔츠는 더 더러워졌어. 얼마 안 돼서 셔츠는 아예 못 쓸 지경이 됐단다. 그걸 보고 왕자가 말했어.

"이런 일도 못 하면서 나와 결혼하겠다는 겁니까? 인정할 수 없어요. 여기 누구 이 셔츠를 빨 수 있는 사람 없나요?"

이미 셔츠가 새까매진 상태라 아무도 나서질 못하지. 그때 허름한 옷을 입은 처녀가 나서면서,

"제가 한번 해보겠어요."

이러는 거야. 물론 막내딸이지. 그녀가 셔츠를 물에 담가서 흔드니까 셔츠는 금세 하얀 눈송이처럼 깨끗해졌단다. 어찌 된 일이냐고? 마음이 깨끗한 사람이니까 그렇지. 촛농을 떨어뜨린 주인

공이기도 하고 말야.

왕자가 처녀의 손을 잡으면서 말했어.

"당신이 나의 진짜 신부입니다!"

그 순간, 분노로 씩씩대던 마녀가 그 자리에서 몸이 터져서 쓰러졌단다. 공주와 다른 일당들도 차례로 픽픽 쓰러졌지. 성에 걸렸던 나쁜 마법은 풀렸고, 멀리서 잡혀 와서 노예처럼 부려지던 사람들은 해방이 됐어. 그들은 왕자와 막내딸의 행복한 결혼식을 빛내는 하객이 됐지.

그 뒤엔 어떻게 됐을까? 동쪽 태양과 서쪽 달 너머 마법의 성은 크고 화려했지만 그들은 거기 머물지 않았어. 성을 뒤로하고서 다들 고향으로 돌아갔단다. 누가 뭐래도 사랑하는 가족과 친구가 있는 곳이 최고 아니겠니?

그들이 어떻게 그곳에서 돌아왔냐고? 그건 이 할망도 잘 몰라. 하지만 한 가지는 알지. 뜻이 있는 곳에 길이 있다는 것.

| 연이 | 퉁이 | 엄지 | 이반 | 세라 | 규 아재 | 노고할망 | 약손할배 |

퉁이　와, 재미있다. 멋진 피날레예요! 감사합니다, 할머니.

이반　처음엔 약간 〈미녀와 야수〉 같았는데, 뒤에 가니까 느낌이 싹 달라지네요. 절벽 끝에서 할머니들을 만나고 동서남북 바람을 타고 움직이는 게 인상적이에요. 이것도 대자연의 상징이겠죠?

세라　그래. 그리고 심리적 상징으로도 볼 수 있을 것 같아. 땅끝에서 땅끝으로 가는 거나 북풍을 타고서 움직이는 일이 뭔가 마음의 극한처럼 느껴지거든.

연이　그러네요. 동쪽 태양과 서쪽 달 너머의 성이라는 것도 심리적 상징일 수 있겠어요. 뭐랄까, 꿈의 장소 같기도 하고 허상 같기도 하고, 좀 어렵네요.

세라　무의식의 심연 같은 느낌이기도 해. 심연(深淵)이라는 말이 무슨 뜻인지 아니?

퉁이　깊은 연못 아닌가?

세라　그래. 헤어나기 힘든 구렁을 뜻하기도 하지.

엄지　왕자에게는 확실히 깊은 구렁 같은 곳이었어요.

세라　할머니, 이야기 속에 등장하는 할머니들도 노고할망님 같은 분이셨을까요?

노고할망　아마도 그렇겠지?

퉁이	혹시 할머니께서 거기 한쪽에 앉아 계셨던 거 아니에요? 황금 빗으로 머리를 빗으면서?
노고할망	오, 그걸 알아챘단 말이냐? 하하.
뀨 아재	내가 남쪽 바람이었단 사실은 아무도 모르는 건가?
퉁이	그럼 저는 왕자님이에요. 하하.
연이	어울린다. 하얀 곰탱이. 크크크.
약손할배	하하. 내가 너희들 덕분에 제대로 웃는구나.
퉁이	할머니, 다음 이야기엔 할아버지들도 등장시켜 주세요.
노고할망	오냐. 내가 몇 명 붙잡아 오마.
세라	하하. 오늘도 좋은 여행 많이 했네요. 태양과 달 너머까지 다녀왔으니 더할 나위 없어요.
엄지	맞아요. 옛이야기 최고!
세라	옛이야기를 주머니에 가둬두면 뭐가 된다?
아이들	독이 되고, 귀신이 된다!
세라	맞아요. 좋은 이야기들, 세상에 널리널리 퍼뜨리기로 해요. 파이팅!
일동	파이팅!

storytelling time.
나도 이야기꾼!

기본 스토리텔링

이번 스테이지에서 만난 이야기 중 가장 마음에 드는 것을 골라서 다음과 같은 단계로 스토리텔링 활동을 해보자.

step 1: 책에 쓰인 그대로 이야기를 소리 내어 읽는다.

step 2: 책에 쓰인 그대로 이야기를 소리 내어 읽되, 가상의 청자에게 말해주듯이 읽는다.

step 3: 청자에게 이야기를 전달하되, 틈틈이 책을 참고한다.

step 4: 청자에게 이야기를 전달하되, 책을 참고하지 않는다.

step 5: 청자에게 이야기를 전달하되, 표현과 내용을 조금씩 자신의 방식대로 바꿔본다.

step 6: 완전히 내 것이 된 이야기를 구연 환경과 청자의 성향에 맞춰 내용과 표현을 자유자재로 조절하며 전달한다.

이야기별 재창작 스토리텔링

다음은 이번 스테이지에서 만난 이야기들에 대한 활동거리이다. 이 중 하나이상을 골라 스토리텔링 활동을 해보자.

<못 말리는 공주와 게 왕자>

① **숨은 이야기 상상하기:** 이야기 속 요정의 정체에 대해, 그리고 요정과 왕자 사이의 숨은 사연에 대해 상상해 이야기를 만들어보자.

② **인상적인 장면 그리기:** 이야기 속에서 가장 인상적인 장면을 하나 골라 그림으로 그려보자. 만화 형식으로 그려도 좋다.

<용감한 젊은이와 노마잘라 공주>

③ **노랫말에 곡 붙이기:** 이야기 속 노마잘라 공주가 부르는 노랫말에 어울리는 곡을 붙여서 직접 불러보자.

④ **다른 인물의 관점에서 이야기하기:** 이 이야기를 음자모가 아닌 노마잘라 공주에게 초점을 맞춰 재서술해 보자. 단, 공주의 심리와 의도가 잘 담기도록 한다.

<사랑을 찾아 나선 프라스톤 왕자>

⑤ **세부적인 이야기 만들기:** 이 이야기에서 요약하고 넘어간 프라스톤 왕자의 7년 7개월 7일 동안의 일을 상상해서 더 자세히 써보자.

<왕이 된 새섁이>

⑥ **인물 속으로 들어가기:** 베 짜던 처녀가 새섁이와 집을 떠날 때 어떤 상황
에 있었으며 어떤 심정이었는지 상상해서 숨은 이야기를 만들어보자.
단, 처녀가 새섁이를 따라간 일에 충분한 개연성을 부여한다.

<동쪽 태양과 서쪽 달 너머>

⑦ **화소와 서사 바꾸기:** 이야기 속 주요 장소인 '동쪽 태양과 서쪽 달 너머'
를 새롭고 독창적인 장소로 설정한 뒤, 주인공의 여정을 그 장소에 어울
리도록 재구성해 보자.

이야기 연계 스토리텔링

1. 앞선 이야기들의 등장인물 중 가장 마음에 드는 인물을 고른 다음, 그 인물과 자신의 공통점과 차이점을 정리해 보자. 그리고 이를 바탕으로 자신이 더 좋은 방향으로 발전하기 위해 무엇이 필요할지 생각해 보자.

2. 〈못 말리는 공주와 게 왕자〉 속의 공주와 〈왕이 된 새샙이〉의 새 잡는 총각을 짝으로 설정해서 하나의 새로운 이야기를 만들어보자. 배경은 서양으로 해도 좋고, 한국으로 해도 좋다. 공주의 캐릭터를 잘 살릴 수 있도록 한다.

3. 음자모와 프라스톤 왕자, 새샙이, 흰곰이 의형제가 되어 하나의 꿈을 찾아 나가는 이야기를 만들어보자. 단, 이들이 찾는 꿈이 어떤 것인지 명확히 설정한다. 인물들이 하나의 꿈이 아닌 각각 꿈을 가진 것으로 설정해도 좋다.

4. 이 외에 이야기들을 흥미롭게 연계할 수 있는 여러 가지 방법을 찾아보고, 이를 토대로 다양한 스토리텔링 활동을 해보자.

집중 탐구! 이야기의 비밀 코드

설화의 다양한 종류와 특성

신화와 전설, 민담

　옛이야기(설화)는 그 종류가 많습니다. 대표적으로 신화와 전
설, 민담을 들 수 있지요. 세 양식의 차이를 일목요연하게 말하기
는 쉽지 않아요. 경계가 딱 나뉘지 않고 겹쳐 있지요. 하지만 세
양식 사이에는 분명한 차이가 있습니다.

　신화(神話 ; myth)는 무엇일까요? 신화라면 '신에 대한 이야기'
가 떠오르겠지만, 딱 맞는 정의는 아닙니다. 신이 등장하는 이
야기가 다 신화는 아니고, 신화가 다 신에 대한 이야기도 아니
에요. 인간이 주인공인 신화도 많습니다. 학자들이 말하는 신화
의 정의는 '신성한 이야기' 또는 '신성시되는 이야기'입니다. 신성
(sacredness)을 지닌 것으로 받아들여지는, 그리하여 그 자체로 존
중 대상이 되는 이야기가 신화이지요.

　신화의 중요한 미적 특성으로 '일체화'를 들 수 있습니다. 신화
의 전승자들은 이야기 주인공과 자기 자신의 일체화를 지향합니
다. 신화의 주인공은 사람들에게 '또 다른 나'로 다가오면서 깊은
울림을 주지요.

　신화의 신성성은 의례를 통해 구체화되곤 합니다. 우리가 잘
아는 신화들은 신을 모시는 의례와 연결되어서 전승돼 온 것들이
에요. 이집트나 그리스 신화도 그렇고 한국의 민간 신화도 그러
합니다. 〈단군 신화〉도 본래 하늘신을 모시는 의례에서 구연된 것

으로 알려져 있어요. 집단의 경건한 의례 속에서 구술된 이야기들이라면 이는 곧 신화라고 보아도 좋습니다.

전설(傳說 ; legend)은 내용상 신화와 통하는 점이 많습니다. 경이감을 불러일으키는 기이한 능력과 사건이 부각되곤 하지요. 하지만 신화와 전설은 전승의 방식이 다릅니다. 신화의 전승에서 믿음과 존중이 작용하는 것과 달리 전설의 전승에는 논쟁과 비평이 두드러집니다. 사람들은 과연 이야기가 진실인지, 진실이라면 어떤 의미를 지니는지를 이리저리 따지곤 하지요. 그래서 학자들은 전설을 '토론적인 이야기'라고 말하곤 합니다.

전설의 특징적 요소는 '증거물'입니다. 전설은 구체적인 증거물과 연결돼서 전해지는 경우가 많아요. 산, 강, 바위, 굴, 연못, 샘 같은 자연물과 사원, 탑, 조각상, 종 같은 인공물, 그리고 각종 풍속에 이르기까지 전설의 증거물은 매우 다양합니다. 전설은 그들이 어떻게 생겨났는지를 전하는 유래담 성격을 지니지요. 그리하여 '무엇무엇에 대한 전설'이라고 말해지곤 합니다.

민담(民譚 ; folktale, Märchen)은 허구적 상상을 자유롭게 펼쳐나가는 흥미 중심의 이야기입니다. 마녀와 거인, 도깨비와 선녀 같은 상상적 존재가 자유롭게 등장하고 별세계가 쭉쭉 펼쳐지며 동물들이 사람처럼 말하는 등 민담의 상상력에는 제한이 없습니다. 낯설고 특별한 화소들이 생생하게 살아날 때 전형적인 민담이 되지요. 민담의 중심에 '환상담(fairy tale)'이 놓이는 것은 우연이 아닙니다.

신화나 전설과 달리 민담은 '개인적 이야기'의 성격이 강합니다. 이야기들은 대개 본래부터 있었던 것이지만, 어느 것을 선택하여 어떻게 엮어나가는가는 각자의 자유입니다. 화자는 취향껏 자기한테 맞는 이야기를 골라서 자기 식으로 풀어내게 되지요. 세부 표현 외에 기본 스토리를 바꾸는 것도 허용됩니다. 신화와 전설이 전승된 내용에 충실해야 하는 것과 다르지요.

민담은 내용 면에서도 개인적 욕망과 성공을 다루는 경우가 많습니다. 민담의 주인공은 자기 삶을 멋지고 행복하게 펼쳐내기 위한 여정에 나서곤 하지요. 민담이 그려내는 꿈과 욕망, 사랑과 행복 등은 인류 보편의 것이기도 합니다. 처음 들어보는 먼 나라의 민담에서 깊은 재미와 공감을 느끼는 건 자연스러운 일이지요. 그렇게 민담은 시간과 공간의 경계를 넘어서 사람들을 이어줍니다.

전설의 포인트, 증거물

　전설은 신화, 민담과 짝을 이루는 설화의 주요 양식입니다. 신화나 민담에 비해서 짧은 편이지만 특별한 화소와 스토리로 강렬한 느낌을 자아내지요. 전설은 기이하고도 경이로운 사건을 담기 마련인데, 그것을 실제로 있었던 일처럼 전하는 것이 특징입니다. 믿기지 않는 놀라운 일이 실제로 있었다고 하는 데서 흥미와 충격을 느끼게 됩니다.

　이때 중요한 역할을 하는 것이 증거물입니다. 민담과 달리 전설은 구체적인 지형지물과 연결돼서 전해지는 경우가 많습니다. 산과 강, 절벽, 호수, 바위, 굴 같은 자연물에 얽힌 전설이 많지요. 교회나 사원, 탑, 조각상 같은 인공물에 대한 전설들도 꽤 많습니다. 동식물이나 풍속의 유래를 전하는 전설들도 있어요. 무언가 사연이 있을 듯한 특징적인 자연물이나 인공물에는 대개 전설이 있다고 보면 됩니다. 그리고 그 사연은 흔히 대상물의 이름으로 반영됩니다. 앙가라강, 사랑의 절벽, 바나나 나무, 바다의 눈, 사랑의 절벽, 마십굴 등이 다 그런 사례들이지요.

　호수나 강, 산과 바위 같은 사물들은 금방 없어지지 않습니다. 그 이름도 마찬가지고요. 이름과 짝이 된 전설은 생명력이 높습니다. 사람들이 그 이름에 대해 궁금증을 가질 수밖에 없고, 거기 얽힌 사연을 듣게 되면 그게 마음에 깊이 남게 되지요. 특히 해당

지역에 살고 있는 사람들에게는 더 그러합니다. 자기가 사는 곳에서 그런 놀라운 일이 일어났다는 말이니까요. 지역 사람들에게 그것은 일종의 역사라고 할 수 있어요. 글로 기록된 것과는 다른 말로 이어진 역사지요. 그 속에는 일반 평민들의 경험과 세계관이 담기기 마련입니다. 민간에서 전승돼 온 것이니까요.

국내이건 해외이건 여행을 다닐 때 전설에 관심을 가져보세요. 남다른 이름을 가진 곳에 가면 혹시 전설이 있는지 탐색해 보는 거지요. 그러면 지역의 삶과 생생하게 연결된 이야기들을 만날 수 있을 거예요. 증거물과 이야기 내용이 절묘하게 연결돼서 신기하게 느껴지는 경우도 많을 겁니다.

전설은 얼핏 보기에 내용이 황당해서 엉터리인 양 생각될 수 있습니다. 하지만 그 이야기들 속에는 '사실'과는 다른 차원의 '진실'이 담겨 있다는 점을 잊지 마세요. 그것을 통해서 일반적 통념을 넘어서 인간과 세계의 안쪽을 들여다보는 눈을 얻을 수 있습니다. 사람들 사이에서 오랫동안 전해온 이야기들에는 다 그만한 이유가 있기 마련이지요.

민담의 세 유형

이야기판에 존재하는 수많은 담화 가운데 꽃에 해당하는 것이 설화라면, 설화의 꽃은 민담이라고 할 수 있어요. 민담은 종류가 많아서 이야기판에서 끝없이 이어질 수가 있지요.

민담은 상상력이 어떤 방식으로 발휘되는가에 따라 크게 세 가지 유형으로 나눌 수 있습니다. 비현실적 시공간을 넘나들면서 환상을 펼쳐나가는 민담이 있는가 하면, 현실을 우스꽝스럽게 변형하거나 뒤집는 희극적 상상의 민담이 있지요. 그리고 비현실적인 요소를 최소화하면서 실제 현실과 비슷하게 상상력을 펼쳐나가는 민담이 있습니다. 이들을 각각 환상적 민담, 희극적 민담, 사실적 민담이라고 할 수 있습니다.

환상적 민담은 환상이 자유롭게 개입하는 가운데 현실과 비현실이 어우러지는 이야기입니다. 선녀나 도깨비, 마녀, 거인 같은 비현실적 존재가 등장하고 지하국이나 천상계, 저승, 용궁 같은 초월계가 눈앞에 펼쳐지지요. 구렁이와 여우, 곰 같은 동물이 사람으로 변신하거나 사람이 동물로 변신하기도 해요. 갖가지 동물과 식물, 사물이 사람처럼 움직이면서 말하기도 합니다. 아이들은 이런 환상을 특히 좋아해서 환상적 민담은 동화로 널리 힘을 내고 있습니다. 한국 설화 가운데 〈선녀와 나무꾼〉, 〈구렁덩덩 신선비〉, 〈도깨비 방망이〉 등을 환상적 민담의 주요 사례로 들 수 있어요. 이 책에 실린 〈작은 암말과 소년〉, 〈사르센바이의 사랑〉, 〈미녀와 괴물〉, 〈세상 끝의 우물〉, 〈못 말리는 젊은이와 게 왕자〉 등도 환상적 민담에 해당합니다.

희극적 민담은 사람들의 모습과 행동, 사건 등을 희극적으로 변형하여 웃음을 자아내는 이야기입니다. 세상을 살다 보면 이런저런 우스운 사람들을 만나고 우스꽝스런 상황을 겪기 마련이에요. 이를 적절히 담아내고 상상을 보태서 맛을 내면 희극적인 이야기가 됩니다. 세상의 수많은 바보 이야기들은 전형적인 희극적 민담입니다. 한 예로 〈바보 사위〉만 하더라도 그 종류가 무척 많아요. 〈방귀쟁이 며느리〉나 〈꾀 많은 하인〉 같은 이야기도 희극적 민담의 좋은 사례입니다. 희극적 민담은 얼핏 웃고 즐기는 이야기로만 생각되지만, 세상의 허점을 폭로하거나 부조리를 매섭게 풍자하기도 합니다.

사실적 민담은 이야기 내용이 사실적·현실적으로 엮어지는 민담입니다. 흥미 중심의 이야기이면서도 환상적인 요소에 기대지 않고 현실적 개연성의 테두리 안에서 내용이 전개되는 것이 특징이지요. 사실적 민담은 생각보다 폭이 넓고 이야기 종류가 많습니다. 한국 설화에서 예를 들면, 〈내 복에 산다〉, 〈지혜로운 아이〉, 〈지혜로운 원님〉, 〈걱정 없는 노인〉, 〈암행어사를 누른 백정〉 등을 들 수 있습니다. 사실적 민담은 허구적 상상력을 발휘하면서도 현실적 삶을 생생하게 반영하는 것이 특징입니다. 일부 이야기들은 뒤에 소설로 발전하기도 했지요.

민담과 3의 법칙

　민담에는 특징적인 서사적 관습이 있는데, 하나의 단적인 예로 '3의 법칙'을 들 수 있습니다. 사람이 등장할 때 세 명이 짝이 돼서 나오는 경우가 아주 많아요. 이 책에 실린 이야기만 보더라도 〈강한 바람의 신부〉와 〈구렁덩덩신선비〉, 〈막내 왕자의 개구리 신부〉 등에 삼자매나 삼형제가 나옵니다. 인물에게 주어지는 과업이나 특정 사건도 삼세번으로 반복되는 경우가 많습니다. 어떤 설화학자는 이를 두고 '3의 법칙'이라는 표현을 쓰기도 했어요. 왜 3일까요? 그리고 왜 셋째일까요?

　예로부터 3은 그 자체로 완전한 숫자로 이해돼 왔습니다. 솥을 보더라도 다리가 셋인 경우가 많지요. 세 개의 다리가 있으면 물건은 넘어지지 않고 흔들리지도 않습니다. 음악이나 미술에서도 3은 중요한 숫자예요. 종교나 문화, 과학에서도 마찬가지입니다. 삼위일체, 3차원, 3원색 등등 3이 들어가는 주요 개념이 무척 많습니다.

　이야기 가운데는 3명의 인물이 서로 힘을 합쳐서 문제를 해결하는 경우도 있습니다. 3이 조화를 이룬 경우죠. 하지만 〈강한 바람의 신부〉나 〈막내 왕자의 개구리 신부〉 등에서처럼 앞의 둘이 못한 일을 셋째가 해내는 경우가 그 이상으로 많습니다. 왜 셋째는 그 일을 해내는 걸까요? 셋째 딸이나 셋째 아들이 특별한 능력을 타고나기라도 하는 걸까요?

이는 하나의 이야기 문법으로 설명할 수 있습니다. 일단 그렇게 해야 이야기가 재미있게 성립되지요. 처음 시도한 사람이 턱 성공해 버리면 너무 싱겁잖아요? 실패를 거듭하다가 마지막 사람이 성공해야 재미가 있습니다. 이때 앞의 실패자 2명은 '다수'를 뜻한다고 볼 수 있습니다. 그들은 일반 상식과 통념에 따라 움직이는 게 보통입니다. 평범한 다수인 셈이죠. 그들의 거듭된 실패는 그 방식이 통하지 않음을 의미합니다. 이때 셋째가 나타나는 거죠. 그는 앞의 두 인물과 다른 방식으로 움직여서 성공을 이룹니다. 그는 특별한 소수에 해당한다고 볼 수 있어요. 다른 이들의 실패를 통해 배우는 사람이고 새로운 길을 찾아내는 사람이에요. 그러니까 주인공이지요.

가장 나이 어린 셋째가 성공하는 것은 세상의 변화 원리와도 통합니다. 세상을 바꾸는 주역은 신세대 젊은 사람이라는 것이지요. 자신이 살아가야 할 미래는 어린 사람들이 스스로 열어가야 하는 것 아니겠어요?

많은 사람들이 "옛날이야기는 보나마나 해피 엔딩"이라고 말하는데, 그렇지 않습니다. 이야기 속에서 성공하는 사람은 소수입니다. 〈강한 바람의 신부〉만 하더라도 모두가 실패하고 딱 한 명만 성공하잖아요? 성공할 만한 자격을 갖춘 특별한 사람이 성공한다는 것이 민담식 해피 엔딩의 원리입니다. 두 언니나 형들과 같은 길을 가면 성공할 수 없지요. 셋째도 마찬가지입니다. 새 길을 찾지 않고 기존의 길을 답습했으면 실패했을 거예요. 만약 여러분이 다른 사람들의 실패를 보면서 나만의 특별한 길을 찾을 수 있다면 당당한 주인공이라고 할 수 있습니다. 셋째가 아니라 첫째나 둘째 또는 넷째라고 해도요.

삼형제가 아니고 삼세번인 경우는 어떻게 봐야 하냐고요? 이치가 다르지 않습니다. 앞의 두 번 시도에서 실패하잖아요? 거기 굴하지 않고 새롭게 시도한 결과가 성공이었고요. 앞의 실패를 통해서 배우면서 성공할 때까지 도전하는 모습이 '삼세번' 화소 속에 담겨 있습니다. 그렇게 움직이는 사람이 이야기의 주인공이고 또한 세상의 주인공이라 할 수 있습니다.

설화에는 3 이외에도 7과 9, 100 같은 특별한 숫자들이 있습니다. 거기 단위가 붙어서 세 달이나 3년, 7년과 9년, 100일이나 100년 등으로 말해지기도 하지요. 이 숫자들도 앞뒤 맥락을 잘 살펴보면 흥미로운 스토리적 원리와 의미를 찾아낼 수 있습니다. 한번 그 코드(code)를 스스로 풀어내 보면 좋겠습니다.

참고한 책들

(자료에 있는 내용을 참고하되 내용과 표현을 새롭게 재서술했음을 밝힙니다.)

작은 암말과 소년: Jens Christian Bay et al., *Danish Folk Tales*, New York and London: Harper & Brothers Publishers, 1899.

업둥이와 레나: 그림 형제 지음, 김경연 옮김, 《그림 형제 민담집》, 현암사, 2012. | 그림 형제 지음, 김열규 옮김, 《그림 형제 동화전집》 1-2, 현대지성사, 1998. | Brüder Grimm(Autor), Heinz Rölleke(Herausgeber), *Kinder- und Hausmärchen*, 1-3, Stuttgart: Philipp Reclam jun. GmbH & Co., 1980.

사르센바이의 사랑: 안상훈 엮어 옮김, 《카자흐 민담》, 민속원, 2018.

강한 바람의 신부: 이우학 역, 《인디언 설화》, 한국학술정보(주), 2006. | 조안나 코울 편, 서미석 옮김, 《세상에서 가장 사랑받는 200가지 이야기 ④ 아프리카·아메리카 편》, 현대지성사, 1999.

황우양과 막막: 김태곤 편, 《한국무가집》 3, 집문당, 1978. | 서대석·박경신, 《서사무가》 1, 고려대학교 민족문화연구소, 1996. | 신동흔, 《살아있는 한국신화》, 한겨레출판, 2014.

미녀와 괴물: 양민종, 《알타이 이야기》, 정신세계사, 2003.

구렁덩덩신선비: 《한국구비문학대계》에 수록된 설화 자료들. | 신동흔 엮음, 《세계민담전집 01 한국 편》, 황금가지, 2003.

세상 끝의 우물: 조지프 제이콥스 지음, 서미석 옮김, 《영국 옛이야기》, 현대지성사, 2005.

막내 왕자의 개구리 신부: 신동흔 외, 《러시아·중앙아시아 설화》, 다문화 구비문학대계 15, 북코리아, 2022.

들장미성의 잠자는 공주: 함정임 옮김, 《페로 동화집》, 허밍버드, 2017. | 그림 형제 지음, 김경연 옮김, 《그림 형제 민담집》, 현암사, 2012.

백설공주: 그림 형제 지음, 김경연 옮김, 《그림 형제 민담집》, 현암사, 2012. | 그림 형제 지음, 김열규 옮김, 《그림 형제 동화전집》 1-2, 현대지성사, 1998. | Brüder Grimm(Autor), Heinz Rölleke(Herausgeber), *Kinder- und Hausmärchen*, 1-3, Stuttgart: Philipp Reclam jun. GmbH & Co., 1980.

바위가 된 남녀: 브리오출판사 편집부 엮음, 류재화 옮김, 《중국민화집》, 아일랜드, 2011.

강물이 된 딸 앙가라: 바이칼 여행 당시 채록 자료. | 김은희 역, 《북아시아 설화집 1 부랴트족》, 이담북스, 2015.

호수의 약혼녀: 김덕희 엮음, 《세계민담전집 08 프랑스 편》, 황금가지, 2003.

폭포가 된 처녀: 아침나무 지음, 《세계의 전설: 서양 편》, 삼양미디어, 2009.

사랑의 절벽: 괌 현지 안내판 자료. | 인터넷 검색 자료.

나무가 된 원주민 여성: 신동흔 외, 《유럽·중동·중남미 설화》, 다문화 구비문학대계 16, 북코리아, 2022.

바나나 나무가 생겨난 유래: 신동흔 외, 《필리핀·인도네시아·대만·홍콩 설화》, 다문화 구비문학대계 6, 북코리아, 2022.

바다의 눈, 모르스키에 오코: 오경근·김지향 엮음, 《세계민담전집 10 폴란드·유고 편》, 황금가지, 2003.

만리장성을 무너뜨린 맹강녀: 신동흔 외, 《중국 설화 (I)》, 다문화 구비문학대계 7, 북코리아, 2022. | 신동흔 외, 《중국 설화 (II)》, 다문화 구비문학대계 8, 북코리아, 2022.

마십의 슬픈 사랑 이야기: 윤영 외, 《조선민간전설》, 흑룡강 조선민족출판사, 1990. | 임석재전집 3, 《한국구전설화》 평안북도편 III 평안남도편 황해도편, 평민사, 1988.

두루미 아내: 신동흔 외, 《일본 설화 (II)》, 다문화 구비문학대계 12, 북코리아, 2022.

히네모아의 연가: 아침나무 지음, 《세계의 전설: 서양 편》, 삼양미디어, 2009. | 최영진 대표 편역, 《숨의 문화, 숨의 이야기: 뉴질랜드 마오리 신화와 민담》, 동인, 2015.

못 말리는 공주와 게 왕자: 이기철 엮음, 《세계민담전집 06 이탈리아 편》, 황금가지, 2003. | Italo Calvino, *Italian Folktales*, Penguin Books, 2002.

용감한 젊은이와 노마잘라 공주: 장용규 엮음, 《세계민담전집 04 남아프리카 편》, 황금가지, 2003.

사랑을 찾아 나선 프라스톤 왕자: 신동흔 외, 《캄보디아 설화 (II)》, 다문화 구비문학대계 2, 북코리아, 2022.

왕이 된 새샙이: 《한국구비문학대계》에 수록된 설화 자료들. | 신동흔 엮음, 《세계민담전집 01 한국 편》, 황금가지, 2003.

동쪽 태양과 서쪽 달 너머: 조안나 코올 편, 서미석 옮김, 《세상에서 가장 사랑받는 200가지 이야기 ② 영국·북유럽 편》, 현대지성사, 1999. | 안젤라 카터 편, 서미석 옮김, 《여자는 힘이 세다》, 민음사, 1999.

세 계 설 화 를 읽 다 2

태양과 달을 얻은 사르센바이

1판 1쇄 발행일 2024년 2월 19일

지은이 신동혼
그린이 최아영

발행인 김학원
발행처 (주)휴머니스트출판그룹
출판등록 제313-2007-000007호(2007년 1월 5일)
주소 (03991) 서울시 마포구 동교로23길 76(연남동)
전화 02-335-4422 **팩스** 02-334-3427
저자·독자 서비스 humanist@humanistbooks.com
홈페이지 www.humanistbooks.com
유튜브 youtube.com/user/humanistma **포스트** post.naver.com/hmcv
페이스북 facebook.com/hmcv2001 **인스타그램** @humanist_insta

편집책임 문성환 **편집** 윤무재 **디자인** 기하늘
용지 화인페이퍼 **인쇄** 청아디앤피 **제본** 민성사

ⓒ 신동혼·최아영, 2024

ISBN 979-11-7087-111-8 44800
      979-11-7087-109-5 (세트)

• 이 책은 저작권법에 따라 보호받는 저작물이므로 무단 전재와 무단 복제를 금합니다.
• 이 책의 전부 또는 일부를 이용하려면 반드시 저자와 (주)휴머니스트출판그룹의 동의를 받아야 합니다.